汪曾祺

著

说说唱唱

作家出版社

图书在版编目（CIP）数据

说说唱唱 / 汪曾祺著 . -- 北京：作家出版社，
2016.5

　　ISBN 978-7-5063-8935-8

　Ⅰ．①说… Ⅱ．①汪… Ⅲ．①随笔－作品集－中国－
当代 Ⅳ．① I267.1

中国版本图书馆 CIP 数据核字 (2016) 第 105821 号

说说唱唱

作　　者：汪曾祺
责任编辑：丁文梅
装帧设计：伦洋工作室
责任印制：李卫东　李大庆
出 品 方：北京中作华文数字传媒股份有限公司
出版发行：作家出版社
社　　址：北京农展馆南里 10 号　　　　**邮　　编：**100125
电话传真：86-10-65930756（出版发行部）
　　　　　　86-10-65004079（总编室）
　　　　　　86-10-65015116（邮购部）
E-mail: zuojia@zuojia.net.cn
http://www.haozuojia.com（作家在线）
印　　刷：北京中科印刷有限公司
成品尺寸：140×203
字　　数：204 千
印　　张：10.75
版　　次：2016 年 8 月第 1 版
印　　次：2017 年 5 月第 4 次印刷
ISBN　978-7-5063-8935-8
定　　价：49.80 元

目录

我是怎样和戏曲结缘的

有一位老朋友，三十多年不见，知道我在京剧院工作，很诧异，说："你本来是写小说的，而且是有点'洋'的，怎么会写起京剧来呢？"我来不及和他详细解释，只是说："这并不矛盾。"

我的家乡是个小县城，没有什么娱乐。除了过节，到亲戚家参加婚丧庆吊，便是看戏。小时候，只要听见哪里锣鼓响，总要钻进去看一会儿。

我看过戏的地方很多，给我留下较深的印象的，是两处。

一处是螺蛳坝。坝下有一片空场子。刨出一些深坑，植上粗大的杉篙，铺了木板，上面盖一个席顶，这便是戏台。坝前有几家人家，织芦席的，开茶炉的……门外都有相当宽绰的瓦棚。这些瓦棚里的地面用木板垫高了，摆上长凳，这便是"座"——不就座的就都站在空地上仰着头看。有一年请来一个比较整齐的戏班子。戏台上点了好几盏雪亮的汽灯，灯光下只见那些簇新的行头，五颜六色，金光闪闪，煞是好看。除了《赵颜借寿》《八百八年》等开锣吉祥戏，正戏都唱了些什么，我已经模糊了。印象较真切的，是一出《小放牛》，一出《白水滩》。我喜欢《小放牛》的村姑的一身装束，唱词我也大部分能听懂。像"我用手一指，东指西指，南指北指，杨柳树上挂着一个大招牌……""杨

1

柳树上挂着一个大招牌",到现在我还认为写得很美。这是一幅画,提供了一个春风骀荡的恬静的意境。我常想,我自己的唱词要是能写得像这样,我就满足了。《白水滩》这出戏,我觉得别具一种诗意,有一种凄凉的美。十一郎的扮相很美。我写的《大淖记事》里的十一子,和十一郎是有着某种潜在的联系的。可以说,如果我小时候没有看过《白水滩》,就写不出后来的十一子。这个戏班里唱青面虎的花脸很能摔。他能接连摔好多个"踝子"。每摔一个,台下叫好。他就跳起来摘一个"红封"揣进怀里——台上横拉了一根铁丝,铁丝上挂了好些包着红纸的"封子",内装铜钱或银角子。凡演员得一个"好",就可以跳起来摘一封。另外还有一出,是《九更天》。演《九更天》那天,开戏前即将钉板竖在台口,还要由一个演员把一只活鸡拽在钉板上,以示铁钉的锋利。那是很恐怖的。但我对这出戏兴趣不大,一个老头儿,光着上身,抱了一只钉板在台上滚来滚去,实在说不上美感。但是台下可"炸了窝"了!

另一处是泰山庙。泰山庙供着东岳大帝。这东岳大帝不是别人,是《封神榜》里的黄飞虎。东岳大帝坐北朝南,大殿前有一片很大的砖坪,迎面是一个戏台。戏台很高,台下可以走人。每逢东岳大帝的生日——我记不清是几月了,泰山庙都要唱戏。约的班子大都是里下河的草台班子,没有名角,行头也很旧。旦角的水袖上常染着洋红水的点子——这是演《杀子报》时的"彩"溅上去的。这些戏班,没有什么准纲准词,常常由演员在台上随意瞎扯。许多戏里都无缘无故出来一个老头，一个老太太，念几句数板，而且总是那几句：

> 人老了，人老了，
>
> 人老先从哪块老？
>
> 人老先从头上老：
>
> 白头发多，黑头发少。
>
> 人老了，人老了，
>
> 人老先从哪块老？
>
> 人老先从牙齿老：
>
> 吃不动的多，吃得动的少。

他们的京白、韵白都带有很重的里下河口音，而且很多戏里都要跑鸡毛报：两个差人，背了公文卷宗，在台上没完没了地乱跑一气。里下河的草台班子受徽戏影响很大，他们常唱《扫松下书》。这是一出冷戏，一到张广才出来，台下观众就都到一边喝豆腐脑去了。他们又受了海派戏的影响，什么戏都可以来一段"五音联弹"——"催战马，来到沙场，尊声壮士把名扬……"他们每一"期"都要唱几场《杀子报》。唱《杀子报》的那天，看戏是要加钱的，因为戏里的闻（文？）太师要勾金脸。有人是专为看那张金脸才去的。演闻太师的花脸很高大，嗓音也响。他姓颜，观众就叫他颜大花脸。我有一天看见他在后台栏杆后面，勾着脸——那天他勾的是包公，向台下水锅的方向，大声喊叫："××！打洗脸水！"从他的洪亮的嗓音里，我感觉到草台班子演员的辛酸和满腹不平之气。我一生也忘记不了。

我的大伯父有一架保存得很好的留声机——我们那里叫作"洋戏"，还有一柜子同样保存得很好的唱片。他有时要拿出来听听——大都是阴天下雨的时候。我一听见留声机响了，就悄悄地走进他的屋里，聚精会神地坐着听。他的唱片里最使我感动的是程砚秋的《金锁记》和杨小楼的《林冲夜奔》。几声小镲，"啊哈！数尽更筹，听残银漏……"杨小楼的高亢脆亮的嗓子，使我感到一种异样的悲凉。

我父亲是个多才多艺的人，他会画画，会刻图章，还会弄乐器。他年轻时曾花了一笔钱到苏州买了好些乐器，除了笙箫管笛、琵琶月琴，连唢呐海笛都有，还有一把拉梆子戏的胡琴。他后来别的乐器都不大玩了，只是拉胡琴。他拉胡琴是"留学生"——跟着留声机唱片拉。他拉，我就跟着学唱。我学会了《坐宫》《起解·玉堂春》《汾河湾》《霸王别姬》……我是唱青衣的，年轻时嗓子很好。

初中，高中，一直到大学一年级时，都唱。西南联大的同学里有一些"票友"，有几位唱得很不错。我们有时在宿舍里拉胡琴唱戏，有一位广东同学，姓郑，一听见我唱，就骂："丢那妈！猫叫！"

大学二年级以后，我的兴趣转向唱昆曲。在陶重华等先生的倡导下，云南大学成立了一个曲社，参加的都是云大和联大中文系的同学。我们于是"拍"开了曲子。教唱的主要是陶先生；吹笛的是云大历史系的张中和先生。从《琵琶记·南浦》《拜月记·走雨》开蒙，陆续学会了《游园·惊梦》《拾画·叫画》《哭像》《闻铃》《扫花》《三醉》《思凡》《折柳·阳关》《瑶台》《花报》……大都是生旦戏。偶尔也学两出老生花脸戏，如《弹词》《山门》《夜奔》……在曲社的基础上，还时常举行"同期"。参加"同期"的除同学外，还有校内校外的老师、前辈。常与"同期"的，有陶光（重华）。他是唱"冠生"的，《哭像》《闻铃》均极佳，《三醉》曾受红豆馆主亲传，唱来尤其慷慨淋漓，植物分类学专家吴征镒，他唱老生，实大声洪，能把《弹词》的"九转"一气唱到底，还爱唱《疯僧扫秦》；张中和和他的夫人孙凤竹常唱《折柳·阳关》，极其细腻；生物系的教授崔芝兰（女），她似乎每次都唱《西楼记》；哲学系教授沈有鼎，常唱《拾画》，咬字讲究，有些过分；数学系教授许宝騄，我的《刺虎》就是他亲授的；我们的系主任罗莘田先生有时也来唱两段；此外，还有当时任航空公司经理的查阜西先生，他兴趣不在唱，而在研究乐律，常带了他自制的十二平均律的钢管笛子来为人伴奏；还有一位世事洞明、人情练达、童心犹在、风趣非常的老人许茹香，每"期"必到。许家是昆曲世家，他能戏极多，而且"能打各省乡谈"，苏州话、扬州话、绍兴话都说得很好。

他唱的都是别人不唱的戏，如《花判》《下山》。他甚至能唱《绣襦记》的《教歌》。还有一位衣履整洁的先生，我忘记他的姓名了。他爱唱《山门》。他是个聋子，唱起来随时跑调，但是张中和先生的笛子居然能随着他一起"跑"！

参加了曲社，我除学了几出昆曲，还酷爱上了吹笛——我原来就会吹一点。我常在月白风清之夜，坐在联大"昆中北院"的一棵大槐树暴出地面的老树根上，独自吹笛，直至半夜。同学里有人说："这家伙是个疯子！"

抗战胜利后，联大分校北迁，大家各奔前程，曲社"同期"也就风流云散了。

一九四九年以后，我就很少唱戏，也很少吹笛子了。

我写京剧，纯属偶然。我在北京市文联当了几年编辑，心里可一直想写东西。那时写东西必须"反映现实"，实际上是"写政策"，必须"下去"，才有东西可写。我整天看稿、编稿，下不去，也就写不成，不免苦闷。那年正好是纪念世界名人吴敬梓，王亚平同志跟我说："你下不去，就从《儒林外史》里找一个题材编一个戏吧！"我听从了他的建议，就改了一出《范进中举》。这个剧本在文化局戏剧科的抽屉里压了很长时间，后来是王昆仑同志发现，介绍给奚啸伯演出了。这个戏还在北京市戏曲会演中得了剧本一等奖。

我当了右派，下放劳动，就是凭我写过一个京剧剧本，经朋友活动，而调到北京京剧院里来的。一晃，已经二十几年了。

人的遭遇，常常是不以自己的意志为转移的。

我参加戏曲工作，是有想法的。在一次齐燕铭同志主持的座谈会上，我曾经说："我搞京剧，是想来和京剧闹一阵别扭的。"简单地说，我想把京剧变成"新文学"。更直截了当地说：我想把现代思想和某些现代派的表现手法引进到京剧里来。我认为中国的戏曲本来就和西方的现代派有某些相通之处。主要是戏剧观。我认为中国戏曲的戏剧观和布莱希特以后的各流派的戏剧观比较接近。戏就是戏，不是生活。中国的古代戏曲有一些西方现代派的手法（比如《南天门》《乾坤福寿镜》《打棍出箱》《一匹布》……），只是发挥得不够充分。我就是想让它得到更多的发挥。我的《范进中举》的最后一场就运用了一点心理分析。我刻画了范进发疯后的心理状态，从他小时读书、逃学、应考、不中、被奚落，直到中举，做了主考，考别人："我这个主考最公道，订下章程有一条：年未满五十，一概都不要，本道不取嘴上无毛！……"我想把传统和革新统一起来，或者照现在流行的话说：在传统与革新之间保持一种张力。

我说了这一番话，可以回答我在本文一开头提到的那位阔别三十多年的老朋友的疑问。

我写京剧，也写小说。或问：你写戏，对写小说有好处吗？我觉得至少有两点。

一是想好了再写。写戏，得有个总体构思，要想好全剧，想好各场。各场人物的上下场，各场的唱念安排。我写唱词，即使一段长到二十句，我也是每一句都想得能够成诵，才下笔的。这样，这一段唱词才是"整"的，有层次，有起伏，有跌宕，浑然一体，我不习惯于想一句写一句。这样的习惯也影响到我写小说。我写小说也是全篇、各段都想好，腹稿已具，几乎能够背出，然后凝神定气，一气呵成。

　　前几天，有几位从湖南来的很有才华的青年作家来访问我，他们指出一个问题："您的小说有一种音乐感，您是否对音乐很有修养？"我说我对音乐的修养一般。如说我的小说有一点音乐感，那可能和我喜欢画两笔国画有关。他们看了我的几幅国画，说："中国画讲究气韵生动，计白当黑，这和'音乐感'是有关系的。"他们走后，我想：我的小说有"音乐感"吗？——我不知道。如果说有，除了我会抹几笔国画，大概和我会唱几句京剧、昆曲，并且写过几个京剧剧本有点关系。有一位评论家曾指出我的小说的语言受了民歌和戏曲的影响，他说得有几分道理。

听遛鸟人谈戏

近年我每天早晨绕着玉渊潭遛一圈。遛完了，常找一个地方坐下听人聊天。这可以增长知识，了解生活。还有些人不聊天。钓鱼的、练气功的，都不说话。游泳的闹闹嚷嚷，听不见他们嚷什么。读外语的学生，读日语的、英语的、俄语的，都不说话，专心致志把莎士比亚和屠格涅夫印进他们的大脑皮层里去。

比较爱聊天的是那些遛鸟的。他们聊的多是关于鸟的事，但常常联系到戏。遛鸟与听戏，性质上本相接近。他们之中不少是既爱养鸟，也爱听戏，或曾经也爱听戏的。遛鸟的起得早，遛鸟的地方常常也是演员喊嗓子的地方，故他们往往有当演员的朋友，知道不少梨园掌故。有的自己就能唱两口。有一个遛鸟的，大家都叫他"老包"，他其实不姓包，因为他把鸟笼一挂，自己就唱开了："包龙图打坐在开封府……"就这一句。唱完了，自己听着不好，摇摇头，接着再唱："包龙图打坐……"

因为常听他们聊，我多少知道一点关于鸟的常识。知道画眉的眉子齐不齐，身材胖瘦，头大头小，是不是"原毛"，有"口"没有，能叫什么玩意儿；伏天、喜鹊——大喜鹊、山喜鹊、苇咋子、猫、家雀打架、鸡下蛋……知道画眉的行市，哪只鸟值多少"张"——"张"，是一张十元的钞票。他们的行话不说几十块钱，而说多少张。有一个七十八岁的老头，原先本是勤行，他的一只画眉，人称鸟王。有人问他出不出手，要多少钱，他说："二百。"遛鸟的都说："值！"

我有些奇怪了，忍不住问：

"一只鸟值多少钱，是不是公认的？你们都瞧得出来？"

几个人同时叫起来："那是！老头的值二百，那只生鸟值七块。梅兰芳唱戏卖两块四，戏校的学生现在卖三毛。老包，倒找我两块钱！那能错了？""全北京一共有多少画眉？能统计出来吗？"

"横是不少！"

"'文化大革命'那阵没有了吧？"

"那会儿谁还养鸟哇！不过，这玩意儿禁不了。就跟那京剧里的老戏似的，'四人帮'压着不让唱，压得住吗？一开了禁，你瞧，呼啦，呼啦——全出来了。不管是谁，禁不了老戏，也就禁不了养鸟。我把话说在这儿：多会儿有画眉，多会儿他就得唱老戏！报上说京剧有什么危机，瞎掰的事！"

这位对画眉和京剧的前途都非常乐观。

一个六十多岁的退休银行职员说："养画眉的历史大概和京剧的历史差不多长，有四大徽班那会儿就有画眉。"

他这个考证可不大对。画眉的历史可要比京剧长得多，宋徽宗就画过画眉。

"养鸟有什么好处呢？"我问。

"嘻，遛人！"七十八岁的老厨师说，"没有个鸟，有时早上一醒,觉得还困,就懒得起了;有个鸟,多困也得起!"

"这是个乐儿!"一个还不到五十岁的扁平脸、双眼皮很深、络腮胡子的工人——他穿着厂里的工作服,说。

"是个乐儿!钓鱼的、游泳的,都是个乐儿!"说话的是退休银行职员。

"一个画眉,不就是叫吗?怎么会有那么大的差别?"

一个戴白边眼镜的穿着没有领子的酱色衬衫的中等个子老头儿,他老给他的四只画眉洗澡——把鸟笼放在浅水里让画眉抖擞毛羽,说:

"叫跟叫不一样!跟唱戏一样,有的嗓子宽,有的窄,有的有膛音,有的干冲!不但要声音,还得要'样',得有'做派',有神气。您瞧我这只画眉,叫得多好!像谁?"

像谁?

"像马连良!"

像马连良?!我细瞧一下,还真有点像!它周身干净利索,挺拔精神,叫的时候略偏一点身子,还微微摇动脑袋。

"潇洒!"

我只得承认:潇洒!

不过我立刻不免替京剧演员感到一点悲哀,原来在这些人的心目中,对一个演员的品鉴,就跟对一只画眉一样。

"一只画眉,能叫多少年?"

勤行老师傅说:"十来年没问题!"

老包说："也就是七八年。就跟唱京剧一样：李万春现在也只能看一招一式，高盛麟也不似当年了。"

他说起有一年听《四郎探母》，�说四郎、公主，佘太君是李多奎，那嗓子，冲！他慨叹说："那样的好角儿，现在没有了！现在的京剧没有人看——看的人少，那是啊，没有那么多好角儿了嘛！你再有杨小楼，再有梅兰芳，再有金少山，试试！照样满！两块四？四块八也有人看！——我就看！卖了画眉也看！"

他说出了京剧不景气的原因：老成凋谢，后继无人。这与一部分戏曲理论家的意见不谋而合。

戴白边眼镜的中等个老头儿不以为然：

"不行！王师傅的鸟值二百（哦，原来老人姓王），可是你叫个外行来听听：听不出好来！就是梅兰芳、杨小楼再活回来，你叫那边那几个念洋话的学生来听听，他也听不出好来。不懂！现而今这年轻人不懂的事太多。他们不懂京剧，那戏园子的座儿就能好了哇？"

好几个人附和："那是！那是！"

他们以为京剧的危机是不懂京剧的学生造成的。如果现在的学生都像老舍所写的赵子曰，或者都像老包，像这些懂京剧的遛鸟的人，京剧就得救了。这跟一些戏剧理论家的意见也很相似。

然而京剧的老观众，比如这些遛鸟的人，都已经老了，他们大部分已经退休。他们跟我闲聊中最常问的一句话是："退了没有？"那么，京剧的新观众在哪里呢？

哦，在那里：就是那些念屠格涅夫、念莎士比亚的学生。

也没准儿将来改造京剧的也是他们。

谁知道呢！

我的"解放"

我的"解放"很富于戏剧性，是江青下的命令。江青知道我，是因为《芦荡火种》。这出戏彩排的时候，她问陪她看戏的导演（也是剧团团长）肖甲："词写得不错，谁写的？"她看戏，导演都得陪着，好随时记住她的"指示"。其时大概是一九六四年夏天。

《芦荡火种》几经改写，定名为《沙家浜》，重排后在北京演了几场。

我又被指定参加《红岩》的改编。一九六四年冬，某日，党委书记薛恩厚带我和阎肃到中南海去参加关于《红岩》改编的座谈会。地点在颐年堂。这是我第一次见江青。在座的有《红岩》小说作者罗广斌和杨益言，有林默涵，好像还有袁水拍。他们对《红岩》改编方案已经研究过，我是半路插进来的，对他们的谈话摸不着头脑，一句也插不上嘴，只是坐在沙发里听着，心里有些惶恐。江青说了些什么，我也全无印象，只因为觉得奇怪才记住她最后跟罗广斌说的那句话："将来剧本写成了，小说也可以按照戏来改。"

自一九六四年冬至一九六五年春我们就被集中起来改《红岩》剧本。先是在六国饭店，后来改到颐和园的藻鉴堂。到藻鉴堂时昆明湖结着冰，到离开时已解冻了。

其后，我们随剧团大队，浩浩荡荡，到四川"体验生活"。在渣滓洞坐了牢（当然是假的），大雨之夜上华蓥山演习了"扯红"（暴动）。这种"体验生活"实在如同儿戏，只有在江青直接控制下的剧团才干得出来。"体验"结束，剧团排戏（排《沙家浜》），我们几个编剧住在北温泉的"数帆楼"改《红岩》剧本。

一九六五年四月中旬剧团由重庆至上海，排了一些时候戏，江青到剧场审查通过，定为"样板"，决定"五一"公演。"样板戏"的名称自此时始。剧团那时还不叫"样板团"，叫"试验田"，全称是"江青同志的试验田"。

江青对于"样板戏"确实是"抓"了的，而且抓得很具体，从剧本、导演、唱腔、布景、服装，包括《红灯记》铁梅的衣服上的补丁，《沙家浜》沙奶奶家门前的柳树，事无巨细，一抓到底，限期完成，不许搪塞。有人说"样板戏"都是别人搞的，江青没有做什么，江青只是"剽窃"，这种说法是不科学的。对于"样板戏"可以有不同看法，但是企图在"样板戏"和江青之间"划清界限"，以此作为"样板戏"可以"重出"的理由，我以为是不能成立的。这一点，我同意王元化同志的看法。作为"样板戏"的过来人，我是了解情况的。

从上海回来后，继续修改《红岩》。"样板戏"的创作，就是没完没了地折腾。一直折腾到年底，似乎这回可以了。我们想把戏写完了好过年。春节前两天，江青从上海打来电话，给市委宣传部部长李琪，叫我们到上海去。我对阎肃说："戏只差一场，写完了再去行不行？"李琪回了电话，复电说："不要写了，马上来！"李琪于是带着薛恩厚、阎肃、我，乘飞机到上海。住东湖饭店。

李琪是不把江青放在眼里的。到了之后，他给江青写了一个便条："我们已到上海，何时接见，请示。"下面的礼节性的词句却颇奇怪，不是通常用的"此致敬礼"，而是"此问近祺"。我和阎肃不禁相互看了一眼。稍微知道一点中国的文牍习惯的，都知道这至少不够尊敬。

江青在锦江饭店接见了我们。江青对李琪说："对于他们的戏，我希望你了解情况，但是不要过问。"（这是什么话呢？我们剧团是市委领导的剧团，市委宣传部部长却对我们的戏不能过问！）她对我们说："上次你们到四川去，我本来也想去。因为飞机经过一个山，我不能适应。有一次飞过的时候，几乎出了问题，幸亏总理叫来了氧气，我才缓过来。你们去，有许多情况，他们不会告诉你们。我万万没有想到：那个时候，四川党还有王明路线！"

我们当时听了虽然感到有点诧异，但是没有感到这句话的严重性，以为她掌握了什么内部材料。"文化大革命"以后，回想起来，才觉出这是一句了不得的话，她要整垮四川党的决心，早就有了。

她决定，《红岩》不搞了，另外搞一个戏：由军队派一个干部（女的），不通过地方党，找到一个社会关系，打进兵工厂，发动工人护厂，迎接解放。

（哪有这样的事呢？一个地下工作者，不通过党的组织，去开展工作，这根本不符合党的工作原则；一个人，单枪匹马，通过社会关系，发动群众，这可能吗？）

我和阎肃，按照她的意思，两天两夜，赶编了一个提纲。阎肃解放前夕在重庆，有一点生活，但是也绝没有她说的那样的生活——那样的生活根本没有。我是一点生活也没有，但是我们居然编出一个提纲来了！"样板戏"的编剧都有这个本事：能够按照江青的意图，无中生有地编出一个戏来。不这样，又有什么办法呢？提纲出来了，定了剧名：《山城旭日》。

我们在"编"提纲时，李琪同志很"清闲"，他买了一包上海老城隍庙的奶油五香豆，一边"荡马路"，一边嗑嗑倒嗉。

江青虽然不让李琪过问我们的戏，我们还有点"组织性"，我们把提纲向李琪汇报了。李琪听了，说了一句不凉不酸的话："看来，没有生活也是可以搞创作的哦？"

我们向江青汇报了提纲，她挺满意！说："回去写吧！"

回到北京，着手"编"剧。

三月中，她又从上海打电话来："叫他们来一下，关于戏，还有一些问题。"

这次到上海，气氛已经很紧张了。批《海瑞罢官》已经达到高潮。李琪带了一篇他写的批判文章（作为北京市委宣传部部长，他不得不写一篇文章）。他把文章交给江青看看。第二天，江青还给了他，只说了一句："太长了吧。"江青这时正在炮制军队文艺座谈会纪要。我和薛恩厚对这个座谈会一无所知。阎肃是知道这个会的，李琪当然也会知道。李琪的神色不像上一次到上海时显得那么自在了。据薛恩厚说（他们的房间相对着，当中隔一个小客厅），他半夜大叫（想是做了噩梦）。

一天，江青叫秘书打电话来，叫我们到"康办"（张春桥在康平路的办公室）去见她。李琪说："我不去了——她找你们谈剧本。"我说："不去不好吧，还是去一下。"李琪在屋里来来回回地走。汽车已经开出来在门口等着了，他还是来回走。最后，才下了决心："好！去！"

关于剧本，其实没有谈多少意见，她这次实际上是和李琪、薛恩厚谈"试验田"的事。他们谈了些什么，我和阎肃都没有注意。大概是她提了一些要求，李琪没有爽快地同意，只见她站了起来，一边来回踱步，一边说："叫老子在这里试验，老子就在这里试验！不叫老子在这里试验，老子到别处去试验！"声音不很大，但是语气分量很重。回到东湖饭店，李琪在客厅里坐着，沉着脸，半天没有说话。薛恩厚坐在一边，汗流不止。我和阎肃看着他们。我们知道她这是向北京市摊牌。我和阎肃回到房间，阎肃说："一个女同志，'老子''老子'的！唉！"我则觉得江青说话时的神情，完全是一副"白相人面孔"。

《山城旭日》写出来了，排练了，彩排了几场，"文化大革命"起来了，戏就搁下了。江青忙着"闹革命"，也顾不上再过问这个戏。

剧团的领导都被揪了出来，他们是"走资派"。我也被揪了出来，因为是"老右派"，而且我和薛恩厚曾合作写过一个剧本《小翠》，被认为是反党反社会主义的大毒草。剧中有一个傻公子，救了一只狐狸，他说是猫，别人告诉他这不是猫，你看，这是个大尾巴，傻公子愣说"大尾巴猫"！这就不得了了，这影射什么！"文化大革命"中许多"革命群众"的想象力真是特别丰富，他们能从一句话里挖出你想象不到的意思。

批斗、罚跪、在头发当中推一剪子开出一条马路，在院内游街，挨几下打，这些都是题中应有之义，全国皆然，不必细说。

后来把我们都关到一间小楼上，这时两派斗了起来，"革命群众"对我们也就比较放松，不大管了。

小楼上关的，有被江青在"一一·二八"大会上点名的剧团领导，几个有历史问题的"反革命"，还有得罪了江青的赵燕侠。虽然只十来个人，但小楼很小，大家围着一张长桌坐着，凳子挨着凳子，也够挤的。坐在里边的人要下楼解手，外边的人就得站起来让他过去。我有一次下楼，要从赵燕侠身前过，她没有站起来，却唰的一下把左脚高举过了头顶。赵老板有《大英杰烈》的底子，腿功真不错！我们按时上下班，比起"革命群众"打派仗，热火朝天，卜昼卜夜，似乎还更清静一些。每天的日程是学毛选，交代问题，劳动。"问题"只是那些，交代起来没个完，于是大家都学会了车轱辘话来回转，这次是"一、二、三、四、五"。下次是"五、四、三、二、一"。劳动主要是两项。一是劈劈柴。剧团隔一个胡同有个小院子，里面有许多破桌子烂椅子，我们就把这些桌椅破碎供生炉子取暖用。这活劳动量不大，关起院门，与世隔绝，可以自由休息，随便说话。另外一项是抬煤。两个人抬一筐，不算太沉。吃饭自己带。有人竟然带了干烧黄鱼中段、煨牛肉、三鲜馅的饺子来，可以彼此交换品尝。应该说，我们的小楼一统的日子，没有受太大的罪。但是一天一天这么下去，到哪儿算一站呢？

一天，薛恩厚正在抬煤，李英儒（当时是中央"文革"小组的联络员，隔十天半月到剧团来看看）对他说："老薛；像咱们这么大的年纪，这样重的活就别干了。"我一听，奇怪，为何态度亲切乃尔？过了几天，我在抬煤，李英儒看见，问我："汪曾祺，你最近在干什么哪？"我说："检查、交代。"他说："检查什么！看看《毛选》吧。"我心里明白，我们的问题大概快要解决了。

四月二十七日上午，革委会的一位委员上小楼叫我，说："李英儒同志找你。"我到了办公室，李英儒说："准备解放你，你准备一下，向群众作一次检查。"我回到小楼，正考虑怎样检查。李英儒又派人来叫我，说："不用检查了，你表一个态——不要长，五分钟就行了。"我刚出办公室，走了几步，又把我叫回去，说："不用五分钟，三分钟就行了！"

过不一会儿，群众已经集合起来。三分钟，说什么？除了承认错误，我说："江青同志如果还允许我在'样板戏'上尽一点力，我愿意鞠躬尽瘁，死而后已！"这几句话在"四人帮"垮台后，我不知道检查了多少次。但是我当时说的是真心话，而且是非常激动的。

表了态，我就"回到革命队伍当中"了，先在"干部组"待着。和八九个月以前朝夕相处的老同志坐在一起，恍同隔世。

刚刚坐定，一位革委会委员拿了一张戏票交给我："江青同志今天来看《山城旭日》，你晚上看戏。"

过了一会儿，委员又把戏票要走。

过了一会儿，给我送来一张请帖。

过了一会儿，又把请帖要走。

我不知道这是怎么回事。李英儒派人来叫我到办公室，告诉我："江青同志今天来看戏，你和阎肃坐在她旁边。"

我当时囚首垢面，一身都是煤末子，衣服也破烂不堪。回家换衣服，来不及了，只好临时买了一套。

开戏前，李英儒早早在贵宾休息室坐着。我记得闻捷和李丽芳来，李英儒和他们谈了几句（这是我唯一一次见到闻捷）。快开演前，李英儒嘱咐我："不该说的话不要说。"我不知道这句话是什么意思。我没有什么话要跟江青说，也不知道有什么话不该说。恍恍惚惚，如在梦里。

快开戏了，江青来，坐下后只问我一个她所喜欢的青年演员在运动中表现怎么样，我不了解情况，只好说："挺好的。"

看戏过程中，她说了些什么，我全不记得了，只记得她说："你们用毛主席诗词做每场的标题，倒省事啊！不要用！"

散了戏，座谈。参加的人，限制得很严格。除了剧作者，只有杨成武、谢富治、陈亚丁。她坐下后，第一句话是："你们开幕的天幕上写的是'向大西南进军'（这个戏开幕后是大红的天幕，上写六个白色大字：'向大西南进军'），我们这两天正在研究向大西南进军。"

当时我们就理解，她所谓"向大西南进军"，就是搞垮大西南的党政领导，把"革命"的烈火在大西南烧得更猛。后来西南几省，尤其是四川，果然乱得一塌糊涂。

除了陈亚丁长篇大论地谈了一些对戏的意见外，他们所谈的都是关于"文化大革命"的事。我和阎肃只好装着没听见。

忽然江青发现一个穿军装的年轻女同志在一边不停地记，她脸色一变，问："你是哪来的？""我是军报的。""谁让你进来的？""……""我们在这里漫谈，你来干什么？出去！"这位女记者满面通红，站起来往外走。"把你的笔记本留下，你这样做，我很不放心！"江青有个脾气，她讲话，不许记录。何况今天的讲话，非同小可，这位女同志冒冒失失闯了进来，可谓"不知天高地厚"。

杨成武说了几句，门外喊"报告"，杨成武听出是秘书的声音。"进来！"秘书在杨成武耳边说了几句话，杨成武起立，说："打下了一架无人驾驶飞机，我去处理一下。"江青轻轻一扬手：

"去吧！"

江青这种说话语气，我们见过不止一次。她对任何干部，都是"见官大一级"，用"一朝国母"的语气说话。

谢富治发言，略谓"打开了重庆，我是头一个到渣滓洞去看了的。根据我对地形的观察，根本不可能跑出一个人来"！

我当时就想：坏了！按照他的逻辑，渣滓洞的幸存者，全是叛徒。我马上想到罗广斌。罗广斌后来不明不白地死掉了，我一直想，这和谢富治这句斩钉截铁的断言是有（尽管不是直接的）关系的。

座谈结束，已经是凌晨两点多钟。公共汽车、电车早已停驶。

剧团不会给我留车。我也绝没想到让剧团给我派一辆车。我只好由虎坊桥步行回甘家口，走到家，天都快亮了。

我在"文化大革命"中的遭遇，我的"解放"，尘芥浮呕而已。我要揭出的是我亲自听到的江青的两句话："我万万没有想到，那个时候，四川党还有王明路线"，和"我们这两天正在研究向大西南进军"。我是一个侧面的历史见证人。因为要衬出这个历史片段的来龙去脉，遂不惮其烦地述说了我的"解放"，否则说不清楚。我的缕述，细节、日期或不准确，但是江青的这两句话，我可以保证无讹。

《去年属马》题记

京味和京派是两回事，两个不同的概念。京派是一个松散的群体，并没有共同的纲领性的宣言。但一提京派，大家有一种比较模糊的共识，就是这样一群作家有其近似的追求，都比较注重作品的思想。即都有一点人道主义。而被称或自称"京味"的作家则比较缺乏思想，缺少人道主义。

我算是"京味"作家吗？

《天鹅之死》把天鹅和跳"天鹅之死"的芭蕾演员两条线交错进行，这是现代派的写法。这不像"京味"。《窥浴》是一首现代抒情诗。就是大体上是现实主义的小说《八月骄阳》，里面也有这样的词句：

粉蝶儿、黄蝴蝶乱飞。忽上，忽下。忽起，忽落。黄蝴蝶，白蝴蝶。白蝴蝶，黄蝴蝶……

用蝴蝶的上下纷飞写老舍的起伏不定的思绪，这大概可以说是"意象现实主义"。

我这样做是有意的。

我对现代主义比对"京味"要重视得多。因为现代主义是现代的，而一味追求京味，就会导致陈旧，导致油腔滑调，导致对生活的不严肃，导致玩世不恭。一味只追求京味，就会使作家失去对生活的沉重感和潜藏的悲愤。

本集有不少篇是写京剧界的人和事的。京剧界是北京特有的一个社会。京剧界自称为"梨园行""内行"，而将京剧界以外的都称为"外行"。有说了儿媳妇的，有老亲问起姑娘家是干什么的，老太太往往说："是外行。"这里的"外行"不是说不懂艺术，只是说是梨园行以外的人家，并无褒贬之意。梨园行内的人，大都沾亲带故，三叔二大爷，都论得上。他们有特殊的风俗，特殊的语言。如称票友为"丸子"，说玩笑开过分了叫"前了"……"梨园行"自然也和别的行一样，鱼龙混杂，贤愚不等。有姜妙香那样的姜圣人，肖老（长华）那样乐于助人而自奉甚薄的好人，有"好角儿"，也有"苦哈哈""底帏子"。从俯视的角度看来，梨园行的文化素质大都不高。这样低俗的文化素质是怎样形成的？如《讲用》里的郝有才、《去年属马》里的夏构丕，他们是那样可笑，又那样的可悲悯，这应该由谁负责？由谁来医治？

梨园行是北京的一个重要的组成部分。可以说没有梨园行就没有北京，也没有"京味"。我希望写京味文学的作家能写写梨园行。但是要探索他们的精神世界，不要只是写一点悲欢离合的故事。希望能出一两个写梨园行的狄更斯。

艺术和人品

　　方荣翔称得起是裘派传人。荣翔八岁学艺，后专攻花脸，最后归宗学裘。当面请益，台下看戏、听唱片、听录音，潜心揣摩，数十年如一日，未曾间断。呜呼，可谓勤矣。荣翔的生理条件和盛戎很接近，音色尤其相似。盛戎鼻腔共鸣好，荣翔的鼻腔共鸣也好，因此荣翔学裘有先天的优势。过去唱花脸，都以"实大声洪"取胜，一响遮百丑。唱花脸而有意识地讲究韵味，实自盛戎始。盛戎演戏，能体会人物的身份、性格，所处的环境，人物关系，运用音色的变化，控制音量的大小，表现人物比较内在的感情，不是在台上一味地嚷，不咋呼。荣翔学裘，得其神似。

　　两年前，中央人民广播电台录了荣翔几段唱腔，准备集中播放，征求荣翔意见，让谁来作唱腔介绍合适，荣翔提出让我来担任。我听了几遍录音，对荣翔学裘不仅得其声，而且得其意，稍有感受。比如《探皇陵》，本是一出于史无证的戏，而且文句不通，有些地方简直不知所云。但是京剧演员往往能唱出剧本词句所不曾提供的人物感情。荣翔的《探皇陵》唱得很苍凉，唱出了一个白发老臣的一腔忠义。这段唱腔有一句高腔，"见皇陵不由臣珠泪交流"，荣翔唱得很"足"，表现出一个股肱老臣在国运垂危时的激动。这种激动不是唱词里写出来的，而是演员唱出来的，是文外之情。又如《铡期》。裘盛戎演《铡期》，能从总体上把握人物，把握主题，不是就字面上枝枝节节地处理唱腔、唱法。他的唱腔具有很大的暗示性，唱出了比唱词字面丰富得多的内容。荣翔也能这样。"马杜岑奉王命把草桥来镇，调老夫回朝转侍奉当今。"这本来只是两句叙述性的唱词，本身不带感情色彩。但是铫期深知奉调回朝，是一件非同小可的事，回京后将会发生什么事，无从预料。因此这两句散板听起来就有点隐隐约约的不安，有一种暗自沉吟的意味。这两句平平常常的唱词就不只是叙述一件事，而是铫期心情的流露了。"马王爷赐某的饯行酒"四句流水唱得极其流畅，显得铫期归心似箭，行色匆匆。《铡美案》的唱腔处理是合情合理的。"包龙图打坐在开封府"，荣翔把这句倒板唱得很舒展。下面的原板也唱得平和婉转。包拯一开头对陈世美是劝告，不是训斥，而且和一个当朝驸马叙话，也不宜疾言厉色，盛气凌人。这样才不悖两个人的身份。何况以后剧情还要发展——升堂、开铡，高潮迭起。如果这一段唱得太猛，不留余地，后面的唱就再也上不去了。《将相和》戏剧冲突强烈，这出戏可以演得火爆，但是盛戎却把它往"文"里演，这是有道理的。廉颇虽然热情刚烈，但毕竟是一员大将，而且年岁也大了，不能像小伙子似的血气方刚。蔺相如封官，廉颇不服，一个人在家里自言自语地叨咕，但不是暴跳如雷，骂大街。荣翔是全照盛戎的方法演的。这场戏的写法是唱念交错，大段二簧唱段的每一小段后，有一段相当长的夹白，这在花脸戏中是不多见的。盛戎把夹白念得很轻（盛戎念白在不是关键的地方往往念得很轻），荣翔也是如此。荣翔的念白，除了"难逞英雄也"的也音用了较大的胸腔共鸣，其余的地方简直像说话。这样念，比较生活化，也像一个老人的口吻。唱，在音色运用、力度、共鸣上和念白不同。这样，唱和念既有对比，又互相衔接，有浓有淡，有柔有刚。盛戎教荣翔唱《刺王僚》，总是说要"提溜"着唱。所谓"提溜"就是提着气，气一直不塌，出字稍高，多用上滑音。荣翔《刺王僚》唱得有摇曳感，因为这是王僚说梦，同时又有点恍恍惚惚，显得王僚心情不安。京剧能表现出人物的精神状态，很难得。

我听荣翔的戏不多，不能对他的演唱做一个全面的美学的描绘，只是就这几段唱腔说一点零碎的印象。其中一定有些外行话，愿与荣翔的爱好者印可。

荣翔个头不高，但是穿了厚底，系上胖袄，穿上蟒或扎上靠，显得很威重，像盛戎一样，这是因为他们能掌握人物的气质，其高大在神而不在形。

荣翔文武戏都擅长，唱铜锤，也能唱架子，戏路很宽，这一点也与乃师相似。

在戏曲界，荣翔是一位极其难得的恂恂君子。他幼年失学，但是有很高的文化素养。他在人前话不多，说话声音也较小。我从来没有听他在背后说挖苦同行的损话，也从来没有说过粗鄙的或者下流的笑话。甚至他的坐态都显得很谦恭，收拢两腿，坐得很端正，没有跷着二郎腿，高谈阔论，旁若无人的时候。他没有梨园行的不好的习气，没有"角儿"气。他不争牌位，不争戏码前后，不计较待遇。戏曲界对钱财上看得比较淡，如方荣翔者，我还没有见过第二人。"四人帮"时期，曾批判"克己复礼"。其实克己复礼并没有什么不好。荣翔真是做到这一点。荣翔艺品高，和他的人品高，是有关系的。

荣翔和老师的关系是使人感动的。盛戎生前，他随时照顾，执礼甚恭。盛戎生病，随侍在侧。盛戎病危时，我到医院去看他，荣翔引我到盛戎病床前，这时盛戎已经昏迷，荣翔轻轻叫他"先生，有人看您。"盛戎睁开眼，荣翔问他："您还认得吗？"盛戎在枕上微微点头，说了一个字："汪"，随即流下一滴眼泪。我知道他为什么流泪。我们曾经有约，等他病好，再一次合作，重排《杜鹃山》。现在，他知道不可能了。我在盛戎病床前站了一会儿，告辞退出，荣翔随我出来。我看看荣翔，真是"哀毁骨立"，瘦了一圈，他大概已经几夜没有睡了。

盛戎去世后，荣翔每到北京，必要到裘家去。他对师娘、师弟、师妹一直照顾得很周到。荣翔在香港演出时，还特地写信给孩子，让他在某一天送一笔钱到裘家去，那一天是盛戎的生日。荣翔不幸早逝，使我们不但失去一位才华未尽的表演艺术家，也失去一位堪供后生学习的道德的模范，是可痛也。

且说过于执

　　浙江省昆苏剧团整理演出的"十五贯"有许多好处，大家已经谈了很多，这里只想就"过于执"这个人物说一点感想。

　　过于执基本上是个新创造出来的人物。

　　所以要创造过于执，是因为要使剧本的主题更鲜明。"十五贯"的整理者抓住了原著的精华部分，要突出地描写为民请命的况钟，因而把熊友蕙、侯三姑的一条线索去掉，把所有不相干的人物和情节也都统统去掉，这是十分果断的作为。但这样一来，就会使剧情不大连贯，而且单薄；不流畅，不丰满；必须加戏，要突出地描写况钟怎样"担着心、捏着汗"地救人，就必须加重地描写他所处的环境，描写他的敌对势力。这种敌对势力是十分顽固的，并且是互相沆瀣一气，牢牢结合在一起的。这样才看得出况钟斗争的尖锐性，充分地表现出他的公正聪明、沉着果敢来。这样也才合乎历史情况。原著的几场戏，特别是"见都"一折，是大胆地揭露了官场的昏暗腐朽的，这是原剧人民性最强烈的部分；因此，整理者除了把词句通俗化了一下，基本上原封保留了下来，也是很正确的。但是单是这一折戏，还不够；这还不足以显出况钟处境的艰难险恶，也不足以显出他的坚毅难能。戏怎么加呢？从哪里发展出来呢？集中在谁的身上呢？这样，这位过老爷就被"借重"了。

朱素臣原著的"十五贯"里，是有过于执这个人的。他的简历如下：他原在山阳县正堂。三年任满，改授常州理刑。他在山阳县任内，因为"一时执见"，枉断了熊友蕙、侯三姑的官司；巧得很，他刚刚调到常州后，又遇到熊友兰、苏戌娟的官司，又因"一时执见""枉断"了。这两桩案子，被苏州知府况钟审清楚了，他才"随任往军门自劾"，巡抚周忱念他"终任清廉"，一力保奏，仅仅罚了半年薪俸。后来适逢乡试，他又被荐入内廉阅卷。刚好，熊氏兄弟都去投考，都中了，都成了他的门生。发榜后，兄弟二人例当去谒师，又都见到了过于执。相见之下，过于执自然有些难为情，于是为了赎取前愆，他自己提出给熊氏兄弟做媒。熊友兰、熊友蕙当时虽然是拒绝了，但是后来毕竟和侯三姑、苏戌娟"团圆"了。在有些本子里，这出戏最后还是由他老先生出来"哈哈"笑了两声，唱了几句吉祥话结束的。

　　从这里可以看出原作者对于过于执，对于当时官场的模棱的、妥协的态度。作者有心替他开脱。他错断了两件命案，几乎枉役了四个无罪的人，得的惩处却仅仅是罚俸半年，这成什么话呢！当然，从个别地方看来，作者对于过于执，还是不无微词的，但是，显然并不是深恶而痛绝之。从这里我们可以看出，原作者在世界观和创作方法上的弱点。

　　整理者在原著中发现了这一个人，把他一把抓住；并且从原剧发展的线索中找到合适的关节（头堂官司原是他审的，况钟踏勘时他这个地方官理应在场），从那里展开了两场戏（"受冤"和"疑鼠、踏勘"），这是很巧妙的措置。这是从内部抽长出来的枝叶，不是人工的嫁接，所以看上去非常自然，非常得体。要是不看原著，会觉得那是本来就有，不是新加上去的。有了这个人物，这两场戏，戏就多了一面，而这一面是关系全局的一面。有了这一面就面面俱到，戏就饱满了，也更深刻了。

过于执虽在原著中著了名姓，但是整理本中的过于执和原本中的过于执已经是判若两人。整理者不仅把他作为一个必要的人物来处理，并且是作为一个艺术典型来创造的。他在剧里显然有反衬况钟的作用。但是并不是况钟是白，他就是黑，不是他的一举一动都是况钟的反面。要是这样，他就成了一个没有独立的个性为特征的丑角，他的行事就是一些只是滑稽的笑剧了。不，无论剧本，无论导演和演员，都没有这样处理他。他是有自己的色调、自己的个性的。没有况钟，他也是这样；有了况钟，他的性格就表现得更强烈，因为况钟"侵犯"了他。

"被冤"一场，已经有很多人谈过。过于执的自负、自满，只管自己博得一个"英明果断"的能名，不管百姓死活；他的主观、武断，他的运用得十分便捷的逻辑推理，已经是有目共睹。这里只想谈谈演员朱国梁同志所创造的形象。我觉得他在人物的身份上掌握得十分准确。过于执是一个愚而自用的县官，但还不是一个渴血的酷吏，他跟以杀人作升官的本钱的大员——比如《老残游记》里的王太尊，是有所不同的。同时把他的年龄的特点也表现得很突出。他并不是少年得意，使气妄为，他很老大了；而他的老大跟他的无知和自满相结合，才更加可笑。不知别人有没有这样的感觉，我觉得这个过于执一出台的时候，给人一种非常之"干"的印象，他的腰腿面目都很僵硬干枯，他的灵魂也是干的。这样的人没有一点人情，没有任何幽默感，他从无"内省"，没有什么人的声音能打动他。演员对于角色的精神状态是体会得很深的。

"疑鼠、踏勘"是一场独特的、稀有的、少见的戏。许多中国戏在结构上有这样一个特点：忙里偷闲，紧中有慢，越是紧张，越是从容；而这样，紧张就更向里收束，更是内在的，更深刻。比起追求表面激情，这是更高的艺术。"疑鼠、踏勘"就是这样的戏。这场戏紧接在"见都"之后，况钟和周忱斗了一场，这一场又要和过于执斗，然而幕一打开，戏简直就像是重新开始，把前面的事情好像完全放下不管了，后面的事也一点不老是惦记着。

在若有所思的、简直有点抒情意味的音乐声中，况钟等一行人走到尤葫芦家里。从况钟、过于执的扇子、皂隶的动作，非常真实而鲜明地渲染出一种空寂荒凉的气氛来，你简直闻得出满台呛人的尘土和霉气。这也暗示出事隔已久，时间会抹去当日的蛛丝马迹，让人觉得很难摸出头绪。同时从所有人（除了过于执）的十分谨慎而不免有点惝然的神态上，也使人充分地感觉出这是发生一件凶杀案的现场，不是什么别的地方。况钟绝不是一下子就探囊取物似的得出真相来的，不是的，他在案情的周围摸索了很久。他向总甲问了一些照例的问话，他仔细详察了大门、肉案、墙壁、床铺、地上的血迹……这些不是显出况钟的不够干练，而是显出了他的虚心，他的实事求是。这些细节不是多余的，而是增加了真实感，增加了深度。同时，从皂隶的精细认真，从审察肉案时门子用袖子给况钟拂去落在身上的尘土，可以看出况钟给予下属怎样的精神影响，他怎样受到身边人的爱戴，这些地方都十分令人感动，因而也更衬托出况钟人格的崇高。难得的是这些细节绝不是割断剧情的模拟生活的自然主义，不是喧宾夺主，而是江河不择细流，有推动剧情发展的作用。这是一场精致的戏。

在这一折戏里，过于执和况钟所占的地位是势均力敌的，两个人的一举一动随时都是扣在一起的，角色的呼应一刻也没有中断。这一场戏可以划出两段，以发现铜钱的地方为分水岭。在这以前过于执占着主动地位，他在斗争中占着上风；在这以后况钟占着主动地位，占了上风，而在全折发展中真正的主动人物又是况钟。这里非常真切地看出矛盾的发展和转换。一开头，过于执是"成竹在胸"，很有把握的。他嘲笑况钟的深入调查研究为"迂阔"。他也陪同察勘，也上上下下看了一遭，然而是虚应故事，视而未见，心不在焉。他的眼睛更多的时候是看着况钟。他冷眼看着况钟摸索，口角眼风掩不住轻蔑。他竟然胆敢装腔作势地用地上的血迹来捉弄况钟。竟然在问了声"大人是否曾见可疑之处"之后，用露骨的讽刺语气说："啊！处处可疑啊！"他一个字一个字地念出自己审理此案是"凭、赃、凭、证、据、理、而、断！"真是目中无人。他用深深的打躬来表示抗傲，用笑声来宣泄满腔敌意。我们随时看见他的高高拱起的背，听到他的干涩的冷笑，而到"况大人胸有成竹，怎会徒劳往返？"仰起头来做了三声断开的、没有尾声的干笑之后，深深一躬，说道："请——查！"他的肆无忌惮就达到了顶点，而他的暂时稳固的立脚点就开始摇晃起来了。从他对于况钟的进攻之中，我们只觉得况钟的虚怀若谷，沉静稳重，潜心考虑问题，毫不因为过于执的冷言冷语而分心动气，这是何等的风度！反过来，过于执则是多么的浅狭、无聊！到了发现铜钱之后，在况钟的层层深入，真正谨严的、具有充分前提的逻辑推论比照之下，过于执的逻辑的虚伪性就更加毕露了。他越来越强词诡辩，压制民意，希图掩饰蒙混过去，他的卑鄙险恶的心机也就越来越彻底地在观众的面前揭开。到了后来他跑到周忱面前倒打一耙，诬告况钟"捕风捉影，诡词巧辩，捏造凭证，颠倒是非，又假私访为名，每日游山玩水，分明是拖延斩期，包庇死囚"，这种毒辣的行径，是他的性格很逻辑的进一步发展。

从过于执的两场戏当中，我们看出昆苏剧团不但能使新加的东西不比原有的好东西逊色，而且能使新旧之间、部分与全体之间非常调协谐和，毫无生米、熟饭煮作一锅之感。从这场戏里，我们还可以看到作者、导演、演员之间的无间的合作，他们的艺术思想是那样的一致，以致使全戏的剧本和演出像是同时生长出来的，不是两件事。……

从过于执的两场戏当中，我们是可以看出昆苏剧团在工作上（包括剧本整理、导演和演员表演）的创造性来的。向创造性致敬！

动人不在高声

《打渔杀家》萧恩过江时的哭头"桂英儿呀",是很特别的。不同于一般哭头的翻高,走了一个低腔。低腔的哭头在京剧里大概只此一个,它非常生动地表现了人物的悲怆心情。据徐兰沅先生说,这是谭鑫培从梆子的哭头变过来的。谭鑫培不愧是谭鑫培!

这才叫"创腔"。

《四郎探母》的唱腔堪称一时独步。那么大一出戏,"西皮"到底。然而,就好像是菊花,粉白黛绿,各不相重。即以"见娘"来说,"老娘亲请上受儿拜",这句唱腔是任何一出戏里所没有的:哭头之后,接一个回肠荡气的回龙;在"老娘亲"的高腔之后,"请上"走了一个很低的腔,犹如一倾瀑布从九天上跌落而下,真是哀婉情深。

这才叫"创腔"。

学唱梅派戏的人都知道,梅先生的每一出新戏,都有低腔。梅先生的低腔最难学,也最好听。

近来安腔,大都往高里走,自有"样板戏"以来,此风尤甚。高,且怪。好像下定决心,非要把演员的嗓子唱坏了不可。

其实,动人不在高声。

名优逸事

萧长华

萧先生八十多岁时身体还很好。腿脚利落，腰板不塌。他的长寿之道有三：饮食清淡，经常步行，问心无愧。

萧先生从不坐车。上哪儿去，都是地下走。早年在宫里"当差"，上颐和园去唱戏，也都是走着去，走着回来。从城里到颐和园，少说也有三十里。北京人说：走为百练之祖，是一点不错的。

萧老自奉甚薄。他到天津去演戏，自备伙食。一棵白菜，两刀切四片，一顿吃四分之一。餐餐如此：窝头，熬白菜。他上女婿家去看女儿，问："今儿吃什么呀？"——"芝麻酱拌面，炸点花椒油。""芝麻酱拌面，还浇花椒油呀？！"

萧先生偶尔吃一顿好的：包饺子。他吃饺子还不蘸醋。四十个饺子，装在一个盘子里，浇一点醋，特喽特喽，就给"开"了。

萧先生不是不懂得吃。有人看见，在酒席上，清汤鱼翅上来了，他照样扁着筷子夹了一大块往嘴里送。

懂得吃而不吃，这是真的节俭。

萧先生一辈子挣的钱不少，都为别人花了。他买了几处"义地"，是专为死后没有葬身之所的穷苦的同行预备的。有唱戏的"苦哈哈"，死了老人，办不了事，到萧先生那儿，磕一个头报丧，萧先生问，"你估摸着，大概其得多少钱，才能把事办了哇？"一面就开箱子取钱。

"三反""五反"的时候，一个演员被打成了"老虎"，在台上挨斗，斗到热火燎辣的时候，萧先生在台下喊："××，你承认得了，这钱，我给你拿！"

赞曰：

窝头白菜，寡欲步行，

问心无愧，人间寿星。

姜妙香

姜先生真是温柔敦厚到了家了。

他的学生上他家去，他总是站起来，双手当胸捏着扇子，微微躬着身子："您来啦！"临走时，一定送出大门。

他从不生气。有一回陪梅兰芳唱《奇双会》，他的赵宠。穿好了靴子，总觉得不大得劲。"唔，今儿是怎样搞的，怎么总觉得一脚高一脚低的？我的腿有毛病啦？"伸出脚来看看，两只靴子的厚底一只厚二寸，一只二寸二。他的跟包叫申四。他把申四叫过来："老四哎，咱们今儿的靴子拿错了吧？"你猜申四说什么？——"你凑合着穿吧！"

姜先生从不争戏。向来梅先生演《奇双会》，都是他的赵宠。偶尔俞振飞也陪梅先生唱，赵宠就是俞的。管事的说："姜先生您来个保童。"——"哎好好好。"有时叶盛兰也陪梅先生唱。"姜先生，您来个保童。"——"哎好好好。"

姜先生有一次遇见了劫道的，就是琉璃厂西边北柳巷那儿。那是敌伪的时候。姜先生拿了"戏份儿"回家。那会儿唱戏都是当天开份儿。戏打住了，管事的就把份儿分好了。姜先生这天赶了两"包"，华乐和长安。冬天，他坐在洋车里，前面挂着棉布帘。"站住！把身上的钱都拿出来！"——他也不知道里面是谁。姜先生不慌不忙地下了车，从左边口袋里掏出一沓（钞票），从右边又掏出了一沓。"这是我今儿的戏份儿。这是华乐的，这是长安的。都在这儿，一个不少。您点点。"

那位不知点了没有。想来大概是没有。

在上海也遇见过那么一回。"站住，把身浪厢值钿（钱）格物事（东西）才（都）拿出来！"此公把姜先生身上搜刮一空，扬长而去。姜先生在后面喊：

"回来，回来！我这还有一块表哪，您要不要？"

事后，熟人问姜先生："您真是！他走都走了，您干吗还叫他回来？他把您什么都抄走了，您还问'我这还有一块表哪，您要不要？'"

姜妙香答道："他也不容易。"

姜先生有一次似乎是生气了。"文化大革命"，红卫兵上姜先生家去抄家，抄出一双尖头皮鞋，当场把鞋尖给他剁了。姜先生把这双剁了尖、张着大嘴的鞋放在一个显眼的地方。有人来的时候，就指指，摇头。

赞曰：

温柔敦厚，有何不好？

"文革"英雄，愧对此老。

贯盛吉

在京剧丑角里，贯盛吉的格调是比较高的。他的表演，自成一格，人称"贯派"。他的念白很特别，每一句话都是高起低收，好像一个孩子在被逼着去做他不情愿做的事情时的嘟囔。他是个"冷面小丑"，北京人所谓"绷着脸逗"。他并不存心逗人乐。他的"哏"是淡淡的，不是北京人所谓"胳肢人"，上海人所谓"硬滑稽"。他的笑料，在使人哄然一笑之后，还能想想，还能回味。有人问他："你怎么这么逗呀？"他说："我没有逗呀，我说的都是实话。""说实话"是丑角艺术的不二法门。说实话而使人笑，才是一个真正的丑角。喜剧的灵魂，是生活，是真实。

不但在台上，在生活里，贯盛吉也是那么逗。临死了，还逗。

他死的时候，才四十岁，太可惜了。

他死于心脏病，病了很长时间。

家里人知道他的病不治了，已经为他准备了后事，买了"装

41

裹"——即寿衣。他有一天叫家里人给他穿戴起来。都穿齐全了，说："给我拿个镜子来。"

他照照镜子："唔，就这德行呀！"

有一天，他让家里给他请一台和尚，在他的面前给他放一台焰口。

他跟朋友说："活着，听焰口，有谁这么干过没有？——没有。"

有一天，他很不好了，家里忙着，怕他今天过不去。他齉声齉气地说："你们别忙。今儿我不走。今儿外面下雨，我没有伞。"

一个人能够病危的时候还能保持生气盎然的幽默感，能够拿死来"开逗"，真是不容易。这是一个真正的丑角，一生一世都是丑角。

赞曰：

拿死开逗，滑稽之雄。

虽东方朔，无此优容。

郝寿臣

郝老受聘为北京市戏校校长。就职的那天，对学生讲话。他拿着秘书替他写好的稿子，讲了一气。讲到要知道旧社会的苦，才知道新社会的甜。旧社会的梨园行，不养小，不养老。

多少艺人，唱了一辈子戏，临了是倒卧街头，冻饿而死。说到这里，郝校长非常激动，一手高举讲稿，一手指着讲稿，说：

"同学们！他说得真对呀！"

这件事，大家都当笑话传。细想一下，这有什么可笑呢？本来嘛，讲稿是秘书捉刀，这是明摆着的事。自己戳穿，有什么丢人？倒是"他说得真对呀"，才真是本人说出的一句实话。这没有什么可笑。这正是前辈的不可及处：老老实实，不装门面。

许多大干部作大报告，在台上手舞足蹈，口若悬河，其实都应该学学郝老，在适当的时候，用手指指秘书所拟讲稿，说：

"同志们！他说得真对呀！"

赞曰：

人为立言，己不居功。

老老实实，古道可风。

关于于会泳

于会泳死了大概有二十年了，现在没有人提起他。年轻人大都不知道有过这个人。但是提起"十年浩劫"，提起"革命样板戏"，不提他是不行的。写戏曲史，不能把他"跳"过去，不能说他根本没有存在过——戏曲史不论怎么写，总不能对这十年只字不提，只是几张白纸。于会泳从一个文工团演奏员、音乐学院教研室主任，几年工夫爬到文化部部长，则其人必有"过人"之处。

于会泳对文艺与政治的关系有他的看法。他曾经领导组织了一台晚会，有三个小戏，是抓特务的，阎肃半开玩笑地对他说："一个晚上抓了三个特务，你这个文化部成了公安部了！"于会泳当时没有说什么。第二天在宾馆里做报告，于会泳非常严肃地说："文化部就是要成为意识形态的公安部！"弄得大家都很尴尬。本来是一句玩笑话，他却提到了原则高度。这个人翻脸不认人，和他开不得半句玩笑。这是个不讲人情的人。

把文化部说成是"意识形态的公安部"，持这种看法的人，现在还有。

于会泳善于把江青的片言只句加以敷衍，使得它更加"周密"，更加深化，更带有"理论"色彩。江青很重视主题。在她对《杜鹃山》做指示时说："主题是改造自发部队，这一点不能不明确。"于会泳后来就在一次报告中明确提出："主题先行。"

应该佩服这位文化部长，概括得非常准确——其荒谬性也就暴露得更加充分。尤其荒谬的是把人物分等论级。他提出一个公式："在所有的人物中突出正面人物，在正面人物中突出英雄人物，在英雄人物中突出主要英雄人物。"这就是有名的"三突出"。世界文艺理论中还从来没有人提出过这种阶梯模式，在创作实践中也绝对行不通。连江青都说："我没有提过'三突出'，我只提过一突出——突出英雄人物。"

"主题先行""三突出"，这两大"理论"影响很大，遗祸无穷。

于会泳是搞音乐的。平心而论，他对戏曲音乐唱腔是有贡献的。他的贡献可以说是前无古人。很多人都想对京剧唱腔有所创新，有所突破，但找不到方法。有人拼命使用高八度。还有人违反唱腔的自然走势，该往高处走的，往低处走；该往低处走的，往高处走。有个老演员批评某些唱腔设计是："顺姐她妹妹——别妞（扭）。"于会泳走了另外一条路：把地方戏曲、曲艺的腔吸收进京剧。他对地方戏、曲艺的确下过一番功夫，据说他曾分析过几十种地方戏、曲艺，积累了很多音乐素材，把它吸收进来，并与京剧的西皮、二簧融合在一起，使京剧的音乐语言大大丰富了。听起来很新鲜，不别扭。

于会泳把西方歌剧的人物主题旋律的方法引用到京剧唱腔中来，运用得比较成功的是《杜鹃山》柯湘的唱腔，既有性格，也出新，也好听。

"音乐布局"是于会泳关于京剧唱腔的一个较新的概念。他之受知于江青，就在江青在上海定《沙家浜》为样板时，他在报纸上发表了一篇《论〈沙家浜〉的音乐布局》的文章。"样板"当时还未被人承认，于会泳这篇文章正是江青所需要的。文章言之成理，她很欣赏。关于音乐唱腔，毛泽东提出：一定要有大段唱，老是散板、摇板，要把人的胃口唱倒的。江青提出一个"成套唱腔"的概念。到于会泳就发展成"核心唱段"。这些都是有道理的，但是不能绝对。老戏也有成套的唱腔。《文昭关》《捉放曹》的"叹五更"都是成套的，也可以说是唱段的核心。《四郎探母》杨延辉开场即唱，而且是大段，但从剧本看，却很难说这是核心。唱腔布局不能机械划分，首先必须受剧情的制约。但是唱腔要有总体构思，是对的。否则就会零碎散乱。

于会泳的功劳之一，是创造了一些新的板式。例如《海港》的"二簧宽板"。演员拿到曲谱，不知道怎么拍板，因为这样轻重拍的处理，在老戏里是没有的。又如《杜鹃山》柯湘唱的"家住安源萍水头"就不知道是什么板。似乎是西皮二六，但二六的节奏没有那么多的变化。起初是比较舒缓的回忆，当中是激越的控诉，节奏加快，最后"叫散"，却转为高腔，结句重复，形成"搭句"。于会泳好像也没有给这段新板式起个名字。

于会泳设计唱腔还有一个特点，即同时把唱法（他叫作"润腔手段"）也设计出来。在演员唱不好时，他就自己示范（他能唱，而且小嗓很好）。

于会泳有罪，有错误，但是是个有才能的人。他在唱腔、音乐上的一些经验，还值得今天搞京剧音乐的同志借鉴、吸收。

退役老兵不"退役"

马少波同志值得我们学习的第一点是坚守岗位。目前戏曲很不景气，北京京剧院的一流演员也只卖二百座。戏曲的创作人才水土流失得很厉害。大家都觉得干得没意思。写了戏没人演；演了，没人看，干个什么劲儿呢？很多人都改了行，或兼营副业。在戏曲创作队伍人心思散的时候，少波同志却一直坚持写戏曲剧本，今年还发表了两个本子。"我自岿然不动"，成为戏曲界的一块"泰山石敢当"。他是个已经退役的老兵，本来可以在家享清福，书画自娱，寄情山水，为什么还孜孜不倦地写剧本呢？这只能说明他对戏曲有一种始终不渝的忠贞，对戏曲一定还有前途的不可动摇的信念。少波同志的这种精神足以使贪夫廉，顽夫立，会对戏曲界产生很大影响的。

少波同志值得学习的第二点是老当益壮。从我认识他时，他差不多就是这样，没变样，不见老。我那时还是个小伙子，如今已是皤然一翁，他却依然风度翩翩，不减当年。少波同志是胶东才子。一般说来，才子一老了，就没有什么意思了。江郎才尽，写不出什么东西了。少波同志却不是这样，功力才华，与日俱增。这几年，他写了多少剧本！昆曲、京剧、越调、蒲剧……什么都写。读他的剧本，没有任何衰老之感，依然是才气纵横。为什么他能够保持新鲜活泼的艺术感觉和语言感觉？

因为他始终不断地写。宝刀不老，是因为天天磨。古人说"仁者寿"，照我看应该是"劳者寿"。少波同志坚持精神劳动，他的创作生命会很长，希望他再写二三十年。

少波同志熟悉戏曲规律，熟悉舞台，他的剧本不是案头之作，演出常有很好的舞台效果；同时又具有很高的文学性、可读性。他的剧本能把政治性和抒情性很好地结合起来，即使是满台恸哭，也还是风流蕴藉。他并不故步自封，不断对自己有所突破，晚年作品多有新意。作为一个老剧作家，尤为难得。

少波同志值得学习的第三点是爱才若渴。他除了自己写作，还要给青年作者看很多稿子。我是很怕看别人的稿子的，尤其怕看剧本。看到一篇好稿子，那是很愉快的，但这样的时候不多。一般说来，这是一桩苦差事。少波同志却不以为苦，收到剧本，他都仔细地看，提意见，挂号退还。他认识很多演员，对他们多方勉励奖掖。《乐耕园诗词二百首》中，少波同志的诗有五十多首是题赠给演员，尤其是青年演员的。

我集了少波同志自己的诗，成一绝句，为少波同志寿：

> 红花岁岁炫颜色，
> 青史滔滔唱海桑。
> 信是明妍天下甲，
> 西厢双至咏西厢。

裘盛戎二三事

裘盛戎把花脸艺术推到了一个新的阶段。以前的花脸大都以气大声洪、粗犷霸悍取胜，盛戎开始演唱得很讲究，很细，很韵味，很美。盛戎初露头角时，有人对他的演唱看不惯，嘲笑他是"妹妹花脸"。这些人说对了！盛戎即便是演粗豪人物也带有几分妩媚。粗豪和妩媚是辩证的统一。男性美中必须有一点女性美。

盛戎非常注意宏细、收放、虚实，不是一味在台上喊叫。这样才有对比，有映照，有起伏。他在《铫期》中打的虎头引子，"终朝边塞"几乎是念出来的，而且是轻轻地念出来的，下边"征胡虏"才用深厚的胸音高唱，这样才有大将风度。如果上来就铆足了劲，就不像个元老重臣，像个山大王了。《雪花飘》开场四句："打罢了新春六十七（哟），看了五年电话机。传呼一千八百日，舒筋活血强似下棋。"盛戎也是轻唱，在叙述中带点抒情，很潇洒。这四句散板简直有点像马派老生。旧本《杜鹃山》有一场"烤番薯"。毒蛇胆在山下烧杀乡亲，雷刚不能下山搭救。他在篝火中烤一块番薯，番薯的烟香使他想起乡亲们往日待他的恩情，唱道："一块番薯掰两半，曾受深恩三十年……""一块番薯掰两半"是虚着唱的，轻轻地，他在回忆。"深恩"用足胸腔共鸣，深沉浑厚，感情很浓重。

盛戎高音很好，但不滥用，用则如奇峰突起，极其提神。《连环套》"饮罢了杯中酒"，一般花脸"杯"字多唱平，盛戎拔了一个高。《群英会》黄盖只有四句散板，盛戎能要下三个"好"。"俺黄盖受东吴三世厚恩"，"三"字拔高，非常突出。我问过盛戎的琴师汪本贞："'三'字高唱是不是盛戎的创造？"汪本贞说："是的。"我说："'三'字高唱，表现出黄盖受东吴之恩不止一世，因此才愿冒极大风险，诈降曹营。"汪本贞说："就是！就是！"盛戎在香港告别演出的剧目是《锁五龙》，那天他不知怎么来了劲，"二十年投胎某再来"，"投胎"使了个嘎调——高八度，台底下炸了窝。连汪本贞都没有想到，说："我给他拉了一辈子胡琴，从来没有听他这么唱过。"

　　花脸有"炸音"，有"鼻音"。一般花脸演员能"炸"就"炸"，有eng的字很早就归入鼻音，听起来"嗯嗯"作响。这是架子花脸的唱法，不是铜锤的唱法。这是唱"花脸"，不是唱人物。盛戎很少使"炸音""鼻音"。他唱《盗御马》"自有那黄三泰与你们抵偿"，"泰"字稍用"炸音"，但不过分。《铡美案》"包龙图打坐在开封府"，"封"字只略带鼻音，盛戎的鼻腔共鸣极好，可以说是举世无双。一个耳鼻喉科的苏联专家对盛戎的鼻腔构造发生很大兴趣。但是盛戎字字有鼻腔共鸣，而无字着意用鼻音，只是自自然然地唱。盛戎演的是人物，不是行当。此盛戎超出于侪辈，以至造成"无净不裘"的秘密所在。

　　盛戎善于用气，晚年在研究气口上下了很大功夫。他跟我说:"老汪哎,花脸唱一场戏,得用多少气呀!我现在岁数大了,不研究气口怎么行?"他在气口运用上有很多独到之处。《智取威虎山》李勇奇的独唱有一句大腔,一般花脸都只是唱半句,后面就交给了胡琴,盛戎说:"要叫我唱,我就唱全了,用程派,声音控制得很'小'。"盛戎的唱法有许多地方确实从程派受到启发。李勇奇唱腔的最后一句:"扫平那威虎山我一马当先",按花脸惯例,都是在"一马"后面换气,"当先"一口气唱出,盛戎不这样,他在"当"字后换气,唱成"一马当——先……"他说"当"字唱在后面,"先"字就没有多少气了,不"足"。

盛戎的表演能够扬长避短,不拘成法。他的腿不太好,踢得不高,他就把《盗御马》的踢腿改成了大跨步,很美,台下一片掌声。他"四记头"亮相,髯口甩在哪边,没准谱。到他快亮相的时候,后台的青年演员就在边幕后等着:"瞧着瞧着!看他今天甩在左边,还是右边!"——"怪!甭管甩在哪边,都挺好看!"《除三害》的周处,把开氅一甩,往肩上一搭,迤里歪斜地就下场了,完全是一个天桥杂巴地!这个身段的设计是从生活来的,周处本来是个痞子。

盛戎许多表演都是从生活中来,借鉴了话剧,借鉴了周信芳。铫刚杀死国丈,家院一报,铫期一惊,差一点落马,是有名的例子。见到铫刚,问了一句:"儿是铫刚?"随即一串冷笑。我问过盛戎,这时候为什么冷笑,盛戎说:"你真是好样儿的,你给我闯了这么大的祸!"戏曲演员运用潜台词的不多,盛戎的戏常有丰富的潜台词。《万花亭》郭妃给铫期敬酒,盛戎接杯,口中连说:"不敢!不敢!"声音很小,又是背着身,台下是根本听不见的,但是盛戎每次演到这里,从来都是一丝不苟。

盛戎文化不高,但是理解能力很强,而且表现突出。《杜鹃山·打长工》有两句唱:"他遍体伤痕都是豪绅罪证,我怎能在他的旧伤痕上再加新伤痕?"是流水板,原来设计的唱腔是"数"过去的。我跟盛戎说:"老兄,这可不成!你得真看到伤痕,而且要想一想。"盛戎立刻理解:"我再来来,您看成不成?"他把"旧伤痕上"唱"散"了,放慢了速度,加一个弹拨乐的单音小执头"登登登登……"然后回到原节奏,"再加新伤痕"一泻无余。设计唱腔的唐在炘、熊承旭齐声叫"好"!《烤番薯》里的一句唱词"一块番薯掰两半",设计唱腔的同志不明白这是什么意思,盛戎说:"这有什么不明白的!一块番薯掰两半,有他吃的就有我吃的。"基于这种理解,盛戎才能把这一句唱词唱得那样感情深厚。

盛戎一直想重演《杜鹃山》,愿意和我、唐在炘、熊承旭再合作一次。为此曾特意请我和老唐、老熊上家里吃过一次饭。

这时盛戎身体已经不行了,可是不死心。他一个人睡在小屋里,夜里看剧本,两次把床头灯的灯罩烤着了。

盛戎大概已经知道自己得的是癌症,肺癌。他跟我说:"甭管它是什么,有病咱们治病!"他并未丧失信心。

盛戎住进了肿瘤医院,癌细胞已经扩散到脑子,不治了,但还想着演《杜鹃山》，枕边放着剧本。有一次剧本被人挪开，他在枕边乱摸。他的夫人用报纸卷了个纸筒放在他手里，他才算安心。他临终前两三天，我和在炘、承旭到医院去看他。他的学生方荣翔领我们到盛戎的病房。盛戎的半拉脸烤电都烤煳了，正在昏睡。荣翔叫他："先生先生，有人来看您。"盛戎微微睁眼。荣翔指指我问盛戎："您还认识吗？"盛戎在枕上点点头，说了一个字："汪"，随即流下一大滴眼泪。千古文章未尽才，悲夫！

难得最是得从容

——《裘盛戎影集》前言

> 千秋一净裘盛戎，
> 遗像宛然沐清风。
> 虎啸龙吟余事耳，
> 难得最是得从容。

裘盛戎幼年失学，文化不高，但是对艺术有特殊的禀赋。他的艺术感极好，对剧情、人物理解极深，反应极快，而且表现得非常准确。导演有什么要求，一点就破，和编剧、导演很默契。导过他的戏的导演都说：给盛戎导戏，很省事，不用"阐述""启发"这一套，几句话就行了。

《杜鹃山》（老本）有一场"打长工"，雷刚认为长工和地主是一回事，把长工打了，事后看到长工身上的伤痕，非常后悔。有这样两句唱：

> 他遍体伤痕都是豪绅罪证，
> 我怎能在他的旧伤痕上再加新伤痕！

唱腔是流水。练唱的时候我在旁边，说："老兄，你不能就这样‘数’过去，得有个过程，得真看到伤痕，心里悔恨。"盛戒想了想说："我再来来。"其实也很简单，他把"旧伤痕上"唱"散"了，加了一个单音的弹拨乐小垫头，然后再回到原尺寸。这样，眼里、心里就都充满仇恨。在场听唱的，齐声说："好！就是这样！"《杜鹃山》有一稿有一场"烤番薯"。毒蛇胆在山下杀人放火，残害乡亲，雷刚受军纪约束，一时不能下山拯救百姓，心如火焚，按捺不住。山上断粮，只能每人发一个番薯当饭。番薯在火里烤出了香味，勾起雷刚想起乡亲们多年对他的好处：

> 一块番薯掰两半，
> 曾受深恩三十年……

盛戒把两句压低了音量，唱得很"虚"，表现出雷刚对乡亲们的思念，既深且远。

盛戒善于运用音色、体形的变化塑造不同的人物。他演的铫期端肃威重，俨然是一位坐镇一方的开国老臣，一位王爷。他演的周处（《除三害》），把开氅往肩上一搭，迤里歪斜地就下了场了，完全是一个痞子，一个天桥耍胳臂的"杂巴地"——这种不从程式而从生活出发塑造人物的方法在花脸里很少见。

盛戒的身体条件不太好，不像"十全大面"金少山那样的魁梧。他比较瘦，但是也有他的优越条件：肩宽，腰细，扮戏很"受装"。他扮出来的《盗御马》的窦尔墩，箭衣板平。这样的箭衣装当得起北京人爱说的一个字：帅。裘派装是很讲究的。盛戎有一件平金白蟒，全用金线，绣的是一条整龙。这件一条龙的平金绣蟒真是美极了——当然也得看是什么人穿。

盛戎的脸比较瘦削，勾出脸来不易好看，但是他能弥补自己的缺陷。他一般不演曹操，因为曹操的盔头压得低，更显得演员脸小。盛戎勾脸的特点是干净，细致，每一笔都有起落，有交代。铫期的眉子是略有深浅的，不是简单两个圆形的黑点子。包拯两颊揉红，恰到好处，不像有些唱花脸的演员把脸画成了两个大海茄子。即便是窦尔墩的花三块瓦，也是清清楚楚，一笔是一笔，不让人有"乱七八糟"之感。他弥补脸形的诀窍是以神带形，首先要表现出人物的品格气质，这样本来是一般化的脸谱就有了不一般的表情。他演的铫期，透过眼窝还能充分表现出眼神，并且眼神的内涵很丰富。

盛戎的戏也有节奏较快的，如《盗御马》，但是快而不乱。一般人物都演得很从容，不火暴，不论是什么性格，都有一种发自于中的儒雅，即一般常说的"书卷气"。这就提高了人物品格，增加了人物的深度。花脸而有书卷气，此裘派之所以为裘派，这是寻常花脸所达不到的。

盛戎不大爱活动。他常出来遛个小弯，从西河沿到虎坊桥，脚步较慢，不慌不忙，潇潇洒洒，比许多知识分子更像知识分子——盛戎曾自嘲，说他是个没有文化的文化人，一个没有知识的高级知识分子。到虎坊桥练功厅略坐一坐，找人聊聊天，工夫不大，就溜达回去了。他的家居生活也比较清简，他不喜欢高朋满座，吵嚷喧哗。偶尔在家请几个熟朋友，菜不过数道，但做得很讲究。有一次请唐在炘、熊承旭和我吃饭，有一盘香菜炒鸡丝。香菜是特供的，鸡肉肥而极嫩。有一次在鸿宾楼请我吃涮肉，涮的不是羊肉，而是鸿宾楼特意留下的一块极嫩的牛肉。不要乱七八糟的佐料，只是一碟酱油，切几个蒜片。盛戎这种饮食口味，淡而能浓，存本味，得清香，和他对艺术的赏鉴是相关的。

除了看看报，给儿子拉胡琴吊嗓子，教徒弟，做身段示范，大部分时间盘膝坐在床上一个人琢磨戏。晚年特别重视气口。他说：花脸一句唱得用多少气？年轻时全凭火力壮，现在上了岁数，得在气口上下功夫。他精研气口，深有心得。比如《智取威虎山》李勇奇唱的"扫平那威虎山我一马当先"，一般花脸都唱成"一马——当先"，盛戎说，叫我，我唱成这样："我一马当——先"，"当"字唱在上面，和"一马当"一口气，然后换气，再单独唱"先"，这样"先"字气才显足。他很欣赏《智取威虎山》"同志们语重心长"的"长"字唱断，不拖泥带水。他是唱花脸的，但对程派兴趣很大，认为花脸运腔，可以参考。

盛戎在台上，在平常生活里，都从容不迫，他走得可是过于匆匆了。他去世时才五十六岁，活到今天，也只是八十岁，本来可以留下更多的东西，现在只搜集到不多的图片，可供后人凝眸怀想，是可悲也。

名优之死

裘盛戎真是京剧界的一代才人!

再有些天就是盛戎的十周年忌辰了。他要是活着,今年也才六十六岁。

我是很少去看演员的病的。盛戎病笃的时候,我和唐在炘、熊承旭到肿瘤医院去看他。他的学生方荣翔引我们到他的床前。盛戎因为烤电,一边的脸已经焦煳了,正在昏睡。荣翔轻轻地叫醒了他,他睁开了眼。荣翔指指我,问他:"您还认识吗?"盛戎在枕上微点了点头,说了一个字:"汪",随即从眼角流出了一大滴眼泪。

盛戎的病原来以为是肺气肿,后来诊断为肺癌,最后转到了脑子里,终于不治了。当中一度好转,曾经出院回家,且能走动。他的病他是有些知道的,但不相信就治不好,曾对我说:"有病咱们治病,甭管它是什么!"他是很乐观的。他还想演戏,想重排《杜鹃山》,曾为此请和他合作的在炘、承旭和我到他家吃了一次饭。那天他精神还好,也有说话的兴致,只是看起来很疲倦。他是能喝一点酒的,那天倒了半杯啤酒,喝了两口就放下了。菜也吃得很少,只挑了几根掐菜,放在嘴里慢慢地咀嚼。

然而他念念不忘《杜鹃山》。请我们吃饭的前一阵,他搬到东屋一个人住，床头随时放着一个《杜鹃山》剧本。

这次一见到我们，他想到和我们合作的计划实现不了了。那一大滴眼泪里有着多大的悲痛啊！

盛戎的身体一直不大好。他是喜欢体育运动的，年轻时也唱过武戏。他有时不免技痒，跃跃欲试。年轻的演员练功，他也随着翻了两个"虎跳"。到他们练"窜扑虎"时，他也走了一个"趋步"，但是最后只走了一个"空范儿"，自己摇摇头，笑了。我跟他说："你的身体还不错。"他说："外表还好，这里面——都娄了！"然而他到了台上，还是生龙活虎。我和他曾合作搞过一个小戏《雪花飘》（据浩然同名小说改编），他还是兴致勃勃地和我们一同去挤公共汽车，去走路，去电话局搞调查，去访问了一个七十岁的看公用电话的老人。他年纪不大，正是"好岁数"，他没有想到过什么时候会死。然而，这回他知道没有希望了。

听盛戎的亲属说，盛戎在有一点精力时，不停地琢磨《杜鹃山》，看剧本，有时看到深夜。他的床头灯的灯罩曾经烤着过两次。他病得已经昏迷了，还用手在枕边乱摸。他的夫人知道他在找剧本，剧本一时不在手边，就只好用报纸卷了一个筒子放在他手里。他攥着这一筒报纸，以为是剧本，脸上平静下来了。他一直惦着《杜鹃山》的第三场。能说话的时候，剧团有人去看他，他总是问第三场改得怎么样了。后来不能说话了，见人伸出三个指头，还是问第三场。直到最后，他还是伸着三个指头死的。

盛戏死于癌症，但致癌的原因是因为心情不舒畅，因为不让他演戏。他自己说："我是憋死的。"这个人，有戏演的时候，能琢磨戏里的事，表演，唱腔……就高高兴兴；没戏演的时候，就整天一句话不说，老是一个人闷着。一个艺术家离开了艺术，是会死的。十年动乱，折损了多少人才！有的是身体上受了摧残，更多的是死于精神上的压抑。

《裘盛戏》剧本的最后有一场《告别》。盛戏自己病将不起，录了一段音，向观众告别。他唱道：

> 唱戏四十年，
> 知音满天下。
> 梦里高歌气犹酣，
> 醒来僵卧在床榻。
> 树已老，春又寒，
> 枯枝难再发。
> 不恨树老难再发，
> 但愿新树长新芽。
> 挥手告别情何限，
> 漫山开遍杜鹃花。

但愿盛戏的艺术和他的对于艺术的忠贞、执着和挚爱能够传下去。

马·谭·张·裘·赵
——漫谈他们的演唱艺术

马（连良）、谭（富英）、张（君秋）、裘（盛戎）、赵（燕侠），是北京京剧团的"五大头牌"。我从一九六一年底参加北京京剧团工作，和他们有一些接触，但都没有很深的交往。我对京剧始终是个"外行"（京剧界把不是唱戏的都叫作"外行"）。看过他们一些戏，但是看看而已，没有做过任何研究。现在所写的，只能是一些片片段段的印象。有些是我所目击的，有些则得之于别人的闲谈，未经核实，未必可靠。好在这不入档案，姑妄言之耳。

描述一个演员的表演是几乎不可能的事。马连良是个雅俗共赏的表演艺术家，很多人都爱看马连良的戏。但是马连良好在哪里，谁也说不清楚。一般都说马连良"潇洒"。马连良曾想写一篇文章:《谈潇洒》，不知写成了没有。我觉得这篇文章是很难写的。"潇洒"是什么？很难捉摸。《辞海》"潇洒"条，注云:"洒脱，不拘束"，庶几近之。马连良的"潇洒"，和他在台上极端的松弛是有关系的。马连良天赋条件很好:面形端正，眉目清朗——眼睛不大，而善于表情，身材好——高矮胖瘦合适,体格匀称。他的一双脚，照京剧演员的说法，"长得很顺溜"。京剧演员很注意脚。过去唱老生大都包脚，为的是穿上靴子好看。一双脚踹里咕叽，浑身都不会有精神。他腰腿幼功很好，年轻时唱过《连环套》、唱过《广泰庄》这类的武戏。脚底下干净，清楚。一出台，就给观众一个清爽漂亮的印象，照戏班里的说法："有人缘儿。"

马连良在做角色准备时是很认真的。一招一式，反复琢磨。他的夫人常说他："又附了体。"他曾排过一出小型现代戏《年年有余》（与张君秋合演），剧中的老汉是抽旱烟的。他弄了一根旱烟袋，整天在家里摆弄，"找感觉"。到了排练场，把在家里琢磨好的身段步位走出来就是，导演不去再提意见，也提不出意见，因为他的设计都挑不出毛病，所以导演排他的戏很省劲。到了演出时，他更是一点负担都没有。《秦香莲》里秦香莲唱了一大段"琵琶词"，他扮的王延龄坐在上面听，没有什么"事"，本来是很难受的，然而马连良不"空"得慌，他一会儿捋捋髯口（马连良捋髯口很好看，捋"白满"时用食指和中指轻夹住一绺，缓缓捋到底），一会儿用眼瞟瞟陈世美，似乎他随时都在戏里，其实他在轻轻给张君秋拍着板！他还有个"毛病"，爱在台上跟同台演员小声地聊天。有一次和李多奎聊起来："二哥，今儿中午吃了什么？包饺子？什么馅儿的？"害得李多奎到该张嘴时忘了词。马连良演戏，可以说是既在戏里，又在戏外。

既在戏里，又在戏外，这是中国戏曲，尤其是京剧表演的一个特点。京剧演员随时要意识到自己的唱念做打，手眼身法步，没法长时间地"进入角色"。《空城计》表现诸葛亮履险退敌，但是只有在司马懿退兵之后，诸葛亮下了城楼，抹了一把汗，说道："好险哪！"观众才回想起诸葛亮刚才表面上很镇定，但是内心很紧张，如果要演员一直"进入角色"，又表演出镇定，又表演出紧张，那"我本是卧龙岗散淡的人"的慢板和"我正在城楼观山景"的二六怎么唱？

有人说中国戏曲注重形式美。有人说只注重形式美，意思是不重视内容。有人说某些演员的表演是"形式主义"，这就不大好听了。马连良就曾被某些戏曲评论家说成是"形式主义"。"形式美"也罢，"形式主义"也罢，然而马连良自是马连良，观众爱看，爱其"潇洒"。

马连良不是不演人物。他很注意人物的性格基调。我曾听他说过："先得弄准了他的'人性'：是绵软随和，还是干艮倔犟。"

马连良很注意表演的预示，在用一种手段（唱、念、做）想对观众传达一个重点内容时，先得使观众有预感，有准备，照他的说法是："先打闪，后打雷。"

马连良的台步很讲究，几乎一个人物一个步法。我看过他的《一捧雪》，"搜杯"一场，莫成三次企图藏杯外逃，都为严府家丁校尉所阻，没有一句词，只是二次上场、退下，三次都是"水底鱼"，三个"水底鱼"能走下三个满堂好。不但干净利索，自然应节（不为锣鼓点捆住），而且一次比一次遑急，脚底下表现出不同情绪。王延龄和老薛保走的都是"老步"，但是王延龄位高望重，生活优裕，老而不衰；老薛保则是穷忙一生，双腿僵硬了。马连良演《三娘教子》，双膝微弯，横跨着走。这样弯腿弯了一整出戏，是要功夫的！

马连良很知道扬长避短。他年轻时调门很高，能唱《龙虎斗》这样的乙字调唢呐二簧，中年后调门降了下来。他高音不好，多在中音区使腔。《赵氏孤儿》鞭打公孙杵臼一场，他不能像余叔岩一样"白虎大堂奉了命"，"白虎"直拔而上，就垫了一个字："在白虎"，也能"讨俏"。

对编剧艺术，他主张不要多唱。他的一些戏，唱都不多。《甘露寺》只一段"劝千岁"，《群英会》主要只是"借风"一段二簧。《审头刺汤》除了两句散板，只有向戚继光唱的一段四平调；《胭脂宝褶》只有一段流水。在讨论新编剧本时他总是说："这里不用唱，有几句白就行了。"他说："不该唱而唱，比该唱而不唱，还要叫人难受。"我以为这是至理名言。现在新编的京剧大都唱得太多，而且每唱必长，作者笔下痛快，演员实在吃不消。

马连良在出台以前从来不在后台"吊"一段，他要喊两嗓子。他喊嗓子不像别人都是"啊——咿"，而是："走哇！"我头一次听到直纳闷：走？走到哪儿去？

马连良知道观众来看戏，不只看他一个人，他要求全团演员都很讲究。他不惜高价，聘请最好的配角。对演员服装要求做到"三白"——白护领、白水袖、白靴底，连龙套都如此（在

"私营班社"时,马剧团都发理发费,所有演员上场前必须理发)。他自己的服装都是按身材量制的, 面料、绣活都得经他审定,有些盔头是他看了古画, 自己琢磨出来的,如《赵氏孤儿》程婴的镂金透空的员外巾。他很会配颜色。有一回赵燕侠要做服装,特地拉了他去选料子。现在有些剧装厂专给演员定制马派服装。马派服装的确比官中行头穿上要好看得多。

听谭富英听一个"痛快"。谭富英年轻时嗓音"没挡",当时戏曲报刊都说他是"天赋佳喉"。而且,底气充足。一出《定军山》,"敌营打罢得胜的鼓哇呃",一口气,高亮脆爽,游刃有余,不但剧场里"炸了窝",连剧场外拉洋车的也一齐叫好——他的声音一直传到场外。"三次开弓新月样","来来来带过爷的马能行",也同样是满堂的彩,从来没有"漂"过——说京剧唱词不通,都得举出"马能行",然而《定军山》的"马能行"没法改,因为这里有一个很漂亮的花腔,"行"字是"脑后摘音",改了即无此效果。

谭富英什么都快。他走路快。晚年了,我和他一起走,还是赶不上他。台上动作快(动作较小)。《定军山》出场简直是握着刀横窜出来的。开打也快。"鼻子""削头",都快。"四记头"亮相,末锣刚落,他已经抬脚下场了。他的唱,"尺寸"也比别人快。他特别长于唱快板。《战太平》"长街"一场的快板,《斩马谡》"见王平"的快板都似脱线珍珠一样溅跳而出。快,而字字清晰劲健,没有一个字是"嚼"了的。五十年代,"挖掘传统"

那阵，我听过一次他久已不演的《朱砂痣》，赞银子一段，"好宝贝！"一句短白，碰板起唱，张嘴就来，真"脆"。

我曾问过一个经验丰富、给很多名角跨过刀、艺术上很有见解的唱二旦的任志秋："谭富英有什么好？"志秋说："他像个老生。"我只能承认这是一句很妙的回答，很有道理。唱老生的的确有很多人不像老生。

谭富英为人恬淡豁达。他出科就红，可以说是一帆风顺，但他不和别人争名位高低，不"吃戏醋"。他和裘盛戎合组太平京剧团时就常让盛戎唱大轴，他知道盛戎正是"好时候"，很多观众是来听裘盛戎的。盛戎大轴《铡判》，他就在前面来一出《桑园会》（与梁小鸾合演）。这是一出"歇工戏"，他也乐得省劲。马连良曾约他合演《战长沙》，他的黄忠，马的关羽。重点当然是关羽，黄忠是个配角，他同意了（这出戏筹备很久，我曾在后台见过制作得极精美的青龙偃月刀，不知因为什么未能排出，如果演出，那是会很好看的）。他曾在《秦香莲》里演过陈世美，在《赵氏孤儿》里演过赵盾。这本来都是"二路"演员的活。

富英有心脏病，到我参加北京京剧团后，就没怎么见他演出，但不时还到剧团来，和大家见见，聊聊。他没有架子，极可亲近。

他重病住院，用的药很贵重。到他病危时，拒绝再用，他说："这种药留给别人用吧！"重人之生，轻己之死。如此高洁，能有几人？

张君秋得天独厚，他的这条嗓子，一时无两：甜，圆，宽，润。他的发声极其科学，主要靠腹呼吸，所谓"丹田之气"。他不使劲地摩擦声带，因此声带不易磨损，耐久，"顶活"，长唱不哑。中国音乐学院有一位教师曾经专门研究张君秋的发声方法——这恐怕是很难的，因为发声是身体全方位的运动。他的气很足。我曾在广和剧场后台就近看他吊嗓子，他唱的时候，颈部两边的肌肉都震得颤动，可见其共鸣量有多大。这样的发声真如浓茶醲酒，味道醇厚。一般旦角发声多薄，近听很亮，但是不能"打远"，"灌不满堂"。有别的旦角和他同台，一张嘴，就比下去了。

君秋在武汉收徒时曾说："唱我这派，得能吃。"这不是开玩笑的话。君秋食量甚佳，胃口极好。唱戏的都是"饱吹饿唱"，君秋是吃饱了唱。演《玉堂春》，已经化好了妆，还来四十个饺子。前面崇公道高叫一声："苏三走动啊！"他一抹嘴："苦哇！"就上去了，"忽听得唤苏三……"在武汉，住璇宫饭店，每天晚上鳜鱼氽汤，二斤来重一条，一个人吃得干干净净。他和程砚秋一样，都爱吃炖肘子。

（唱旦角的比君秋还能吃的，大概只有一个程砚秋。他在上海，到南市的老上海饭馆吃饭，"青鱼托肺"——青鱼的内脏，这道菜非常油腻，他一次要两只。在老正兴吃大闸蟹，八只！搞声乐的要能吃，这大概有点道理。）

君秋没有坐过科，是小时在家里请教师学的戏，从小就有一条好嗓子,搭班就红(他是马连良发现的),因此不大注意"身上"。他对学生说:"你学我,学我的唱,别学我的'老斗身子'。"他也不大注意表演。但也不尽然。他的台步不考究,简直无所谓台步,在台上走而已,"大步量"。但是着旗装、穿花盆底,那几步走,真是雍容华贵,仪态万方。我还没有见过一个旦角穿花盆底有他走得那样好看的。我曾仔细看过他的《玉堂春》,发现他还是很会"做戏"的。慢板、二六、流水,每一句的表情都非常细腻,眼神、手势,很有分寸,很美,又很含蓄(一般旦角演玉堂春都嫌轻浮,有的简直把一个沦落风尘但不失天真的少女演成一个荡妇)。跪禀既久,站起来,腿脚麻木了,微蹲着,轻揉两膝,实在是楚楚动人。花盆底脚步,是经过苦练练出来的;《玉堂春》我想一定经过名师指点,一点一点"抠"出来的。功夫不负苦心人。君秋是有表演才能的,只是没有发挥出来。

君秋最初宗梅,又受过程砚秋亲传(程很喜欢他,曾主动给他说过戏,好像是《六月雪》,确否,待查)。后来形成了张派。张派是从梅派发展出来的,这大家都知道。张派腔里有程的东西,也许不大为人注意。

君秋的嗓子有一个很大的特点,非常富于弹性,高低收放,运用自如,特别善于运用"擞"。《秦香莲》的二六,低起,到"我叫叫一声杀了人的天"拔到旦角能唱的最高音,那样高,还能用"擞",婉转回环,美听之至。他又极会换气,常在"眼"

上偷换，不露痕迹，因此张派腔听起来缠绵不断，不见棱角。中国画讲究"真气内行"，君秋得之。

我和裘盛戎只合作过两个戏，一个《杜鹃山》，一个小戏《雪花飘》，都是现代戏。

我和盛戎最初认识是和他（还有几个别的人）到天津去看戏——好像就是《杜鹃山》。演员知道裘盛戎来看戏，都"铆上"了。散了戏，我们到后台给演员道辛苦，盛戎拙于言词，但是他的态度是诚恳的，朴素的，他的谦虚是由衷的谦虚。他是真心实意地来向人家学习来了。回到旅馆的路上，他买了几套煎饼馃子摊鸡蛋，有滋有味地吃起来。他咬着煎饼馃子的样子，表现了很喜悦的怀旧之情和一种天真的童心。盛戎睡得很晚，晚上他一个人盘腿坐在床上抽烟，一边好像想着什么事，有点出神，有点迷迷糊糊的。不知是为什么，我以后总觉得盛戎的许多唱腔、唱法、身段，就是在这么盘腿坐着的时候想出来的。

盛戎的身体早就不大好。他曾经跟我说过："老汪唉，你别看我外面还好，这里面——都娄啦！"搞《雪花飘》的时候，他那几天不舒服，但还是跟着我们一同去体验生活。《雪花飘》是根据浩然同志的小说改编的，写的是一个看公用电话的老人的事。我们去访问了政协礼堂附近的一位看电话的老人。这家只有老内口。老头子六十大几了，一脸的白胡楂，还骑着自行车到处送电话。他的老伴很得意地说："头两个月他还骑着二八的车哪，这最近才弄了一辆二六的！"盛戎在这间屋里坐了好大一会儿，还随着老头子送了一个电话。

《雪花飘》排得很快，一个星期左右，戏就出来了。幕一打开，盛戎唱了四句带点马派味儿的散板：

> 打罢了新春六十七哟，
> 看了五年电话机。
> 传呼一千八百日，
> 舒筋活血，强似下棋！

我和导演刘雪涛一听，都觉得"真是这里的事儿"！

《杜鹃山》搞过两次。一次是一九六四年，一次是一九六九年，一九六九年那次我们到湘鄂赣体验了较长时期的生活。我和盛戎那时都是"控制使用"，他的心情自然不大好。那时强调军事化，大家穿了"价拨"的旧军大衣，背着行李，排着队。盛戎也一样，没有一点特殊。他总是默默地跟着队伍走，不大说话，但倒也不是整天愁眉苦脸的。我很能理解他的心情。虽然是"控制使用"，但还能"戴罪立功"，可以工作，可以演戏。我觉得从那时起，盛戎发生了一点变化，他变得深沉起来，盛戎平常也是个有说有笑的人，有时也爱逗个乐，但从那以后，我就很少见他有笑影了。他好像总是在想什么心事。用一句老戏词说："满怀心腹事，尽在不言中。"他的这种神气，一直到死，还深深地留在我的印象里。

那趟体验生活，是够苦的。南方的冬天比北方更难受。不生火，墙壁屋瓦都很单薄。那年的天气也特别，我们在安源过的春节，旧历大年三十，下大雪，同时却又打雷，下雹子，下大雨，一块儿来！盛戎晚上不再穷聊了，他早早就进了被窝。这老兄！他连毛窝都不脱，就这样连着毛窝睡了。但他还是坚持下来了，没有叫一句苦。

　　和盛戎合作，是非常愉快的。他很少对剧本提意见。他不是不当一回事，没有考虑过，或者提不出意见。盛戎文化不高，他读剧本是有点吃力的。但是他反复地读，盘着腿读。他读着，微微地摇着脑袋。他的目光有时从老花镜上面射出框外。他摇晃着脑袋，有时轻轻地发出一声："唔。"有时甚至拍着大腿，大声喊叫："唔！"

　　盛戎的领悟、理解能力非常之高。他从来不挑"辙口"，你写什么他唱什么。写《雪花飘》时，我跟他商量，这个戏准备让他唱"一七"，他沉吟着说："哎呀，花脸唱闭口字……"我知道他是"放傻"，就说："你那《秦香莲》是什么辙？"他笑了："'一七'，好，唱，'一七'！"盛戎十三道辙都响。有一出戏里有一个"灭"字，这是"乜斜"，"乜斜"是很不好唱的，他照样唱得很响，而且很好听。一个演员十三道辙都响，是很难得的。《杜鹃山》有一场"打长工"，他看到被他当作地主奴才的长工身上的累累伤痕，唱道："他遍体伤痕都是豪绅罪证，我怎能在他的旧伤痕上再加新伤痕？"这是一段二六转流水，创腔的时候，我在旁边，说："老兄，这两句你不能就这样'数'了过去！唱到'旧伤痕上'，得有个'过程'，就像你当真看到，而且想到一样！"盛戎一听，说："对！您听听，我再给您来来！"他唱到"旧伤痕上"时唱"散"了，下面加了一个弹拨乐器的单音重复的小"垫头"，"登、登、登……"到"再加新伤痕"再归到原来的"尺寸"，而且唱得很强烈。当时参加创腔的唐在炘、熊承旭同志都说："好极了！"一九六九年本的《杜鹃山》原来有一大段烤番薯，写雷刚被困在山上断了粮，杜小山给他送来两个番薯。他把番薯放在篝火堆里烤着，番薯烔了，烤出了香气，他拾起番薯，唱道："手握番薯全身暖，勾起我多少往事在心间……"他想起"我从小父母双亡讨米要饭，多亏了街坊邻舍问暖嘘寒"，他想起"大革命，造了反，几次探险在深山，每到有急和有难，都是乡亲接济咱。一块番薯掰两半，曾受深恩三十年！……到如今，山下来了毒蛇胆，杀人放火把父老摧残，我稳坐高山不去管，隔岸观火心怎安！……"。

（这剧本已经写了很多年，我手头无打印的剧本，词句全凭记忆追写，可能不尽准确。）创腔的同志对"一块番薯掰两半"不大理解，怕观众听不懂，盛戎说："这有什么不好理解的？！'一块番薯掰两半'，有他吃的就有我吃的！"他把这两句唱得非常感人，头一句他"虚"着一点唱，在想象，"曾受深恩"，"深恩"用极其深沉浑厚的胸音唱出，"三十年"一泻无余，跌宕不已。盛戎的这两句唱到现在还是绕梁三日，使我一想起就激动。这一段在后台被称为"烤白薯"，板式用的是反二簧。花脸唱反二簧虽非创举，当时还是很少见。盛戎后来得了病，他并不怎么悲观。他大概已经怀疑或者已经知道是癌症了，跟我说："甭管它是什么，有病咱们瞧病！"他还想唱戏。有一度他的病好了一些。他还是想和我们把《杜鹃山》再搞出来（《杜鹃山》后来又写了一稿）。他为了清静，一个人搬到厢房里住，好看剧本。他死后，我才听他家里人说，他夜里躺在床上看剧本，曾经两次把床头灯的罩子烤着了。他病得很沉重了，有一次还用手在床头到处摸，他的夫人知道他要剧本。剧本不在手边，他的夫人就用报纸卷了一个筒子放在他手里，他这才平静下来。

他病危时，我到医院去看他。他的学生方荣翔引我到他的病床前，轻轻地叫醒他："先生，有人来看您。"盛戎半睁开眼，荣翔问他："您还认得吗？"盛戎在枕上微微点了点头，说了一个字："汪"，随即流下了一大滴眼泪。

赵燕侠的发声部位靠前，有点近于评剧的发声。她的嗓音的特点是：清，干净、明亮、脆生。这样的嗓子可以久唱不败。她演的全本《玉堂春》《白蛇传》都是一人顶到底。唱多少句都不在乎。田汉同志为她的《白蛇传·合钵》一场加写了一大段和孩子哭别的唱词，李慕良设计的汉调二簧，她从从容容就唱完了。《沙家浜》"人一走，茶就凉"的拖腔，十四板，毫不吃力。

赵燕侠的吐字是一绝。她唱戏，可以不打字幕，每个字都很清楚，观众听得明明白白。她的观众多，和这点很有关系。田汉同志曾说:赵燕侠字是字，腔是腔，先把字报出来，再使腔，这有一定道理。都说京剧是"按字行腔"，实际情况并非如此。一句大腔，只有头几个音和字的调值是相合或接近的，后面的就不再有什么关系。如果后面的腔还是字音的延长，就会不成腔调。先报字，后行腔，自易清楚。当然"报"字还是唱出来的，不是念出来的。完全念出来的也有。我听谭富英说过，孙菊仙唱《奇冤报》"务农为本颇有家财"，"务农为本"就完全是用北京话念出来的。这毕竟很少。赵燕侠是先把字唱正了，再运腔，不使腔把字盖了。京剧的吐字还有件很麻烦的事，就是同时存在两个音系：湖广音和北京音。两个音系随时打架。除了言菊朋纯用湖广音，其余演员都是湖广音、北京音并用。余叔岩钻研了一辈子京剧音韵，他的字音其实是乱的。马连良说他的字音是"怎么好听怎么来"，我看只能如此。赵燕侠的字音基本上是北京音，所以易为观众接受（也有一些字是湖广音，如《白蛇传》的那段汉调。这段唱腔的设计者李慕良是湖南人，难免把他的乡音带进唱腔）。赵燕侠年轻时爱听曲艺，她大概从曲艺里吸收了不少东西，咬字是其一——北方的曲艺咬字是最清楚的。赵燕侠的吐字清楚，是大家都知道的,但是其中奥秘，还有待研究。

　　赵燕侠的戏是她的父亲"打"出来的，功底很扎实，腿功尤其好。《大英杰烈》扳起朝天蹬，三起三落。"文化大革命"期间，我和她关在一个牛棚内。我们的"棚"在一座小楼上，只能放下一张长桌，几把凳子，我们只能紧挨着围桌而坐。坐在里面的人要出去，外面的就得站起让路。我坐在赵燕侠里面，要出去，说了声"劳驾"，请她让一让，这位赵老板没有站起来，腾地一下把一条腿抬过了头顶："请！"前几年我遇到她，谈起这回事，问她："您现在还能把腿抬得那样高吗？"她笑笑说："不行了！"我想她再练练功，也许还行。

赵燕侠快六十了，还能唱，嗓子还那么好。

谭富英逸事

谭富英有时很"逗",有意见不说,却用行动表示。他嫌谭小培给他的零花钱太少了,走到父亲跟前,摔了个硬抢背。谭小培明白,富英的意思是说:你给我的钱太少,我就摔你的儿子!五爷(谭小培行五,梨园行都称之为五爷)连忙说:"哎呀儿子!有话你说!有话,说!别这样!"梨园行都说谭小培是个"有福之人"。谭鑫培活着时,他花老爷子的钱;老爷子死了,儿子富英唱红了,他把富英挣的钱全管起来,每月只给富英有数的零花。富英这一抢背,使他觉得对儿子克扣得太紧,是得给长长份儿。

有一年,在哈尔滨唱。第二天谭富英要唱的是重头戏,心里有负担,早早就上了床,可老睡不着。同去的有裘盛戎。他第二天的戏是一出"歇工戏"。盛戎晚上弄了好些人在屋里吃涮羊肉,猜拳对酒,喊叫喧哗,闹到半夜。谭富英这个烦呀!他站到当院唱了一句倒板:"听谯楼打九更……""打九更"?大伙一愣,盛戎明白,意思是都这会儿了,你们还这么吵嚷!忙说:"谭团长有意见了,咱们小点儿声,小点儿声!"

有一个演员,练功不使劲,谭富英看了摇头。这个演员说:"我老了,翻不动了!"谭富英说:"对!人生三十古来稀,你是老了!"

谭富英一辈子没少挣钱，但是生活清简。一天就是蜷在沙发里看书，看历史（据说他能把"二十四"史看下来，恐不可靠），看困了就打个盹，醒来接着再看，一天不离开他那张沙发。他爱吃油炸的东西，炸油条、炸油饼、炸卷果，都欢喜（谭富英不说"喜欢"，而说"欢喜"）。爱吃鸡蛋，炒鸡蛋、煎荷包蛋、煮鸡蛋，都行。抗美援朝时，他到过朝鲜，部队首长问他们生活上有什么要求，他说想吃一碗蛋炒饭。那时朝鲜没有鸡蛋，部队派吉普车冒着炮火开到丹东，才弄到几个鸡蛋。为此，有人在"文革"中给他贴了大字报。谭富英跟我小声说："我哪儿知道几个鸡蛋要冒这样的危险呀！知道，我就不吃了！"谭富英有个"三不主义"：不娶小、不收徒、不做官。他的为人，梨园行都知道。反党野心家江青对此也了解，但在"文革"中，她却要谭富英退党（谭富英是老党员了）。江青劝退，能够不退吗？谭富英把退党是很当回事的。他生性平和恬淡，宠辱不惊，那一阵可变得少言寡语，闷闷不乐，很久很久，都没有缓过来。

谭富英病重住院，他原有心脏病，这回大概还有其他病并发，已经报了"病危"，服药注射，都不见效。谭富英知道给他开的都是进口药，很贵，就对医生说："这药留给别人用吧！我用不着了！"终于与世长辞，死得很安静。

赞曰：

生老病死，全无所谓。

抱恨终生，无端"劝退"。

建文帝的下落

我对建文帝有一点感情，是因为学唱过《惨睹》。《惨睹》是传奇《千忠戮》的一折。《千忠戮》作者无考，大约是明末清初人。这部传奇写的是燕王朱棣攻破南京后，建文帝与大臣陈济化装为僧道，流亡湖广、云南，备受迫害的故事。《惨睹》的唱词写得很特别，一折中用了八个"阳"字，唱昆曲的人故又别称之为"八阳"。"八阳"的曲子十分慷慨悲壮。头一句"收拾起大地山河一担装，四大皆空相"，破空而来，如果是有好嗓子的冠生，唱起来真是声如裂帛。这是昆曲里的名曲，一度十分流行。"家家'收拾起'，户户'不提防'"，可想见其盛况——"不提防"是《长生殿·弹词》的开头："不提防余年值乱离。"我随中国作协作家赴云南访问团到云南，离昆明后第一站是武定狮子山。听说狮子山的正续禅寺，建文帝曾在那里住过，我于是很有兴趣。

狮子山郁郁葱葱，多奇树珍禽，流泉曲径，但山势并不很雄伟险峻。有人称它是"西南第一山"，未免夸大。

正续禅寺也算不得是一座大寺庙。如果把中国的寺庙划分等级，至多只能列入三等。但是附近几县来烧香的人很多，因为这里曾经住过一位皇帝。寺不在大，有帝则名。来烧香的善男信女当中，有人未必知道这位皇帝是建文帝，更不知道建文帝是怎样的一个皇帝，反正只要是皇帝就好。中国的农民始终对皇帝保持着崇敬。何况这位皇帝又当了和尚，或者这位和尚曾经是皇帝，这就在他们的崇敬心理上更增加了一个层次。

建文帝的下落是一个谜。《明史》只说："城破，宫中火起，帝不知所终。""不知所终"，留下一个疑案。他当时没有死，流亡出去，是有可能的。但是是不是经湖广，到云南，并无确证。至于是不是往来滇西一带，又常常在正续禅寺歇足，就更难说了。但是清代有些在云南做过地方官的文人是愿意把这件事坐实了的。正续禅寺的大雄宝殿楹柱上有一副对联：

> 叔误景隆军，一片婆心原是佛；
> 祖兴皇觉寺，再传天子复为僧。

这说得还比较含混。寺后有惠帝祠。阁前有一副对联，就更加言之凿凿了：

> 僧为帝，帝亦为僧，数十载衣钵相传，
> 正觉依然皇觉旧；
> 叔负侄，侄不负叔，八千里芒鞋徒步，
> 狮山更比燕山高。

大雄宝殿后面还有一座殿，据说布局不似佛殿，而像皇家的朝廷，有丹陛、品级台。莫非建文帝当了和尚还要坐朝？后殿和惠帝祠都正在修缮，我们没有能进去看。看了惠帝塑像的照片，仍做皇帝的打扮，龙袍，戴着没有翅子的纱帽，端坐着，眼睛细长，胖乎乎的，腮帮子有点下坠。

大雄宝殿东侧有一小院，院中有亭，亭外有联。上联是写景的，没有记住，下联是"小亭曾是帝王居"。据说建文帝生前就住在这亭子里。我们坐在帝王居里的矮凳上喝了一杯茶。亭前花木甚多，木香花花大如小儿拳。

寺里的负责人请大家写字，在所难免。用隶书写了一副对联：

皇权僧钵千年梦；
大地山河一担装。

还请写一个横批，用行书写了四个大字：

是耶非耶

武定出壮鸡。我原来以为壮鸡就是一肥壮的鸡。不是的。所谓"壮鸡"，是把母鸡骟了，长大了，样子就有点像公鸡，味道特别鲜嫩。只有武定人会动这种手术。我只知道公鸡可骟，不知母鸡亦可骟也！

杨慎在保山

我到保山，有一个愿望：打听杨升庵的踪迹。我请市文联的同志给我找几本地方志。感谢他们，找到了。

我对升庵并没有多少了解。五十年代在北京看过一出川戏《文武打》。这是一出格调古淡的很奇怪的戏，写的是一个迂阔的书生，路上碰到一个酒醉的莽汉，醉汉打了书生几砣，后来又认了错，让书生打他，书生怕打重了，乃以草棍轻击了醉汉几下。这出戏说不上有什么情节。事隔三十多年，我连那点几乎没有的情节也淡忘了。但这两个人物的扮相却分明记得：莽汉穿白布短衫，脖领里斜插了一只红布的灯笼；书生穿青褶子，脸上涂得雪白，浓墨描眉，眼角下弯，两片殷红的嘴唇，像戴了一个面具。这出戏以丑行应工，但完全没有后来丑角的科诨，演得十分古朴。有人告诉我，这出戏是杨升庵写的。我想这是可能的。我还想，很有可能杨升庵当时这出戏就是这样演的，这可以让我们窥见明杂剧的一种演法，这是一件活文物。我曾经搞过几年民间文学，读了升庵辑录的古今谣谚。因此，对升庵颇有好感。

七十年代，我到过四川新都，这是杨升庵的老家。新都有个桂湖，环湖都植桂花。湖畔有升庵祠。桂湖不大，逛一圈毫不吃力。看了一点关于升庵的材料，想了四句诗：

桂湖老桂弄新姿，湖上升庵旧有祠。

一种风流谁得似，状元词曲罪臣诗。

升庵名慎，字用修，升庵乃其别号。他年轻时即负才名。
正德间试进士第一，其时他大概是十八九岁，可谓少年得志。
到明世宗时以"议大礼"得罪，谪戍永昌，这时他大概三十四
岁。他死于一五五九年，七十一岁，一直流放在永昌，未能归蜀。
永昌府在明代管属地区甚广，一直延及西双版纳，但是府治在
今保山。杨升庵也以住保山的时候为多。算起来，他在保山待
了大概有三十七年。可谓久矣。

杨慎在保山是如何度过这三十七年的呢？

曾在一本书里看到，他醉则乘篮舆过市，插花满头。陈老
莲曾画升庵醉后图，面色酡红，相当胖，插花满头，但是由侍
儿扶着步走，并未乘舆。

《康熙通志》曰："杨慎戍永昌，遍游诸郡，所至携倡伶以随。
曼酋欲求其诗不可得，乃以白绫作裓，遣服之。酒后乞诗，杨
欣然命笔，醉墨淋漓，挥满裙袖，重价购归。杨知之更以为快。"

"裓"字未经见，《辞海》也不收，我怀疑这是倡伶的水袖。

这样看起来，升庵在保山是仍然保持诗人气质，放诞不羁
的。"所至携倡伶以随"，生活也相当优裕，不像是下放劳动，
靠挣工分吃饭。但是他的内心是痛苦的。放诞，正是痛苦的一

种表现。他在保山，多亏了他的世叔保山张志淳和忘年诗友张志淳的儿子张含的照顾。张含《丙寅除夕简杨用修》诗曰："征途易老百年身，底事光阴改换频。子美生涯浑烂醉，叔伦寥落又逢春。诗魂豪荡不可捉，乡梦渺茫何足真。独把一杯饯残岁，尽情灯火伴愁人。"丙寅是一五六六年，其时升庵已经死了七年了，"寅"字可能是个错字，或当作"丙辰"。丙辰是一五五六年，距升庵谪戍已经有多年了，这些年他只能于烂醉中度过。

增加杨升庵生活的悲剧性，是他和夫人黄娥的长期离别。黄娥也是才女，能诗。

《永昌府志》曰"杨用修久戍滇中，妇黄氏寄一律曰：'雁飞曾不到衡湘，锦字何由寄永昌。三春花柳妾薄命，六诏风烟君断肠。曰归曰归愁岁暮，其雨其雨怨朝阳。相怜空有刀环约，何日金鸡下夜郎？'"这首诗我在升庵祠的壁上曾见过石刻的原迹。我很怀疑这只是黄夫人独自的思念，没有寄到升庵手里，"锦字何由寄永昌"，只是欲寄而不达，说得很清楚。一个女诗人，盼丈夫回来，盼了三十多年，想一想，能不令人泪下？

"何日金鸡下夜郎？"杨慎本来可以赦回四川了，但是，《康熙通志》曰："杨慎归蜀，年已七十余，而滇士有谗之抚臣王昺者。昺俗戾人也，使四指挥以银铛锁来滇。慎不得已，至滇，则昺以墨败；然慎不能归，病寓禅寺以殁。"

乍一看这一条材料，我颇觉新奇，"以银铛锁来滇"，用银链子把杨升庵锁回云南，那是很好看的。后来一想，这"银"

字是个刻错了的字，原字当是"锒"。"锒铛"是铁链。杨升庵还是被用铁链锁回来的。王昺是个"俗戾人"，不会干出用银链锁人这样的韵事。这位王昺不过是地区和省一级之间的干部，竟能随便把一位诗人用铁链锁回来，令人发指！王昺因贪污而垮台（"以墨败"），然而杨慎却以七十余岁的高龄病死在寺庙里了。

　　杨慎到底犯了什么罪？"议大礼"。"议大礼"是怎么回事？我没有弄清楚。也不大容易弄清楚，因为《升庵集》大概不会收这篇文章。但是想起来不外是于当时的某种制度发表了一通议论，杨升庵犯的是言论自由罪。

探皇陵

　　《大保国、探皇陵、二进宫》，简称《大、探、二》。这是一出找不到历史根据的戏，而且很多词句不通，甚至不知所云。但是这出戏久演不衰，很多人都爱听，包括文化程度很高的人。这是什么原因？原因是这出戏有很多唱，唱腔好听，听起来过瘾。有一个东欧的戏剧家到中国来，要求看中国的歌剧。介绍他看了不少中国戏曲，他说这都不是"歌剧"。后来请他看了《大、探、二》，他说：这才是"歌剧"。因为这出戏没有多少戏剧情节，没有大的戏剧动作，念白也很少，从头到尾就是唱，这和西方人的"歌剧"概念是符合的。这出戏旦角、老生、花脸的唱都很多，有各人的独唱，也有接口的轮唱，三个角色都得有好嗓子。其中徐延昭的唱尤为吃重。因为徐延昭抱着一个铜锤，习惯上把大花脸就叫作"铜锤"，可见这出戏对于大花脸来说，有多么重要的意义。

《一捧雪》前言

这个戏只是小改。主要的三场戏,《搜杯》《蓟州堂》《法场》,基本上没有动。我认为改旧戏,不管是大改还是小改,对原来精彩的唱念表演,最好尽量保留。否则就不是改编,而是创作。如果原剧并无精彩的唱念表演,也就不值得去改。

我所做的只有三件事。一是把原来《蓟州堂》莫成想起的心事,在前面写成明场。二是在《蓟州堂》与《法场》之间加了一场唱工戏,《长休饭,永别酒》(《五杯酒》),对莫成的奴才心理做更深的揭示。三是加了一个副末,这个副末不但念,也唱。

许多旧戏对于今人的意义,除了审美作用外,主要是它有深刻的认识作用。莫成的时代已经一去不复返,但是他的奴性,他的伦理道德观念,是我们民族心理的一个病灶。病灶,有时还会活动的。原剧是可以引起我们对历史的反思的。我们可以由此想及一个问题:人的价值。为了减弱感情色彩,促使观众思考,所以加了一个副末。

太监念京白

京剧里的太监都念京白（一般生、旦都念"韵白"，架子花偶尔念几句京白——行话叫"改口"，花旦多念京白，但也有念韵白的），《法门寺》的刘瑾的"自报家门"是其代表。特别是经金少山那么一念："咱家，姓刘名瑾，表字春华，乃是陕西延安府的人氏。自幼儿七岁净身，九岁进宫，一十三岁，伺候老王，老王驾崩，扶保正德皇帝登基。我与万岁，明是君臣，暗同手足的一般……"吐字归音，铿锵顿挫，让人相信，太监就是那样说话的。

大概从明朝起（更准确地说，从永乐年间起），太监就说一种特殊韵味的京白，不论在宫里、宫外，在京、出京。

《陶庵梦忆·龙山放灯》：

> 万历辛丑年，父叔辈张灯龙山……庙门悬禁条，禁车马，禁烟火，禁喧哗，禁豪家奴不得行辟人……十六夜，张分守宴织造太监于山巅星宿阁，傍晚至山下，见禁条，太监忙出舆笑曰："遵他！遵他！自咱们遵他起。"

张岱文每喜用口语写人物对话。这一篇写织造太监的说话如闻其声，是口语，而且是地道的京白。

明朝的太监横行天下，他们有一个特点是到哪里都说京白。

王世贞《弇山堂别集·中官考》载：

> 西厂太监谷大用遣逻卒四出刺访。江西南庭县民
> 吴登显等三家于端午竞渡，以擅造龙舟捕之，籍其家。
> 自是偏州下邑，见有华衣怒马作京师语音，辄相惊告，
> 官司密赂之，冀免其祸。

这些"逻卒"都是锦衣卫的太监。

刘瑾说的是什么话呢？他是陕西兴平人（《法门寺》他自
称是"陕西延安府的人氏"，差不多），本姓谈，按说该有点陕
西口音，但他"幼白宫投中官刘姓者得进，因冒其姓"（《弇山
堂别集》），他从小就进了宫，在太监堆里混大，一定已经说得
一口太监味儿的京白了。他犯罪被捕，由驸马蔡震审问，他还
仰起头来说："若何人？忘我德！"这显然是由记录者把他的话
译成文言了。他被捕时，"时夜旦半，瑾宿于内直房，闻喧声，
曰，'谁也？'应曰：'有旨。'瑾遂披青蟒衣以出……"（《弇山
堂别集》）这一声"谁也？"也很像是京白。

明清两代太监说京白，是没有问题的。到了民国后，还
有《茶馆》里的庞太监，说了那样一口阴阳怪气，听了叫人起
鸡皮疙瘩的醋溜京白。

至于明以前的太监，如宋朝的童贯，说的是什么话，就不
知道了。《白逼宫》里的穆顺也说京白，不知道有什么根据。

打渔杀家

《庆顶珠》全本很少有人演，听说高庆奎曾经演过。通常只演其中的《打渔》和《杀家》两折，合在一起，叫作《打渔杀家》。

《打渔杀家》是一出比较温的戏。但是其中有刻画得很细致的地方，为别的戏所不及。

萧恩决定铤而走险，过江杀尽吕子秋的一家。离家的时候和女儿桂英有一段对话：

　　"……取为父的衣帽戒刀过来。"

　　"戒刀在此。"

　　"好好看守门户，为父去也。"

　　"爹爹请转。"

　　"儿呀何事？"

　　"女儿跟随爹爹前去。"

　　"为父杀人，你去做什么？"

　　"爹爹杀人，女儿站在一旁，与爹爹壮壮胆量也是好的呀。"

　　"儿有此胆量？"

　　"有此胆量。"

　　"将儿婆家的聘礼珠子带在身旁。"

"现在身旁。"

"开门哪！"

"爹爹呀请转！这门还未曾上锁呢。"

"这门咋！——关也罢，不关也罢。"

"里面还有许多动用家具呢。"

"傻孩子呀，门都不要了，要家具作甚哪！"

"不要了？喂噫……"

"不省事的冤家呀……"

"不省事"今天的观众多不懂，马连良念成"不明白"。我建议干脆改为"不懂事"。

在过江时，萧恩唱"船行在半江中我儿要掌稳了舵！——我的儿为什么撒了篷索？"之后，有一小段对话：

"啊爹爹，此番过江杀人是真的还是假的？"

"杀人哪有假的！"

"如此女儿有些害怕。我，我，我不去了。"

"呀呀呸！方才在家，为父怎样嘱咐于儿，叫儿不要前来，儿是偏偏地要来！如今船行在半江之中……也罢！待为父扳转船头，送儿回去！"

"孩儿舍不得爹爹！"

"啊……桂英儿呀！"

这两段对话是很感人的。听说有的老演员在念到"门都不要了，要家具作甚哪！——不省事的冤家呀！"能把人的眼泪念下来。我小时听梅兰芳的唱片，梅先生念到"孩儿舍不得爹爹！"我的眼泪唰地一下子下来了。

一般演员很难有这样的效果。原因是没有很好地体会人物之间的关系。萧恩和桂英不是通常的父女。桂英幼年丧母，父女二人，相依为命。萧恩又当爸，又当妈，风里雨里，把桂英拉扯大，他非常疼爱这个独生女儿。由于爸爸的疼爱，桂英才格外地娇痴——不懂事。桂英不懂事，更衬托出失势的英雄萧恩毁家报仇的满腔悲愤。通过父女之爱表现这个报仇故事的深刻、内在的悲剧性，是《打渔杀家》的一个很大的特点。

这是很值得搞编剧的人学习的。我们今天的戏曲编剧往往忙于交代情节事件，或者热衷于塑造空空洞洞的高大形象，很少能像《打渔杀家》这样富于生活气息地细致地刻画——有人说京剧缺少生活气息，殊不尽然。

苏三监狱

晚报载姜伟堂同志写的《"苏三监狱"纯系附会》，把玉堂春故事的来龙去脉说得很清楚。说苏三在洪洞县蹲过监狱实在是"老虎闻鼻烟"——没有那宗事儿。

一九六三年初，我曾到洪洞县去了一趟，县里有一位老先生，是苏三问题专家。他陪同我们参观了苏三的遗迹，还送了我们一本《苏三传说》的小册子。我当时在心里有点好笑：苏三成了洪洞县的乡贤了！

这位老先生陪我们参观了县大堂，指定一块方砖，说是苏三就是跪在这里受审的。我们"哦哦"。

接着就参观"苏三监狱"。这是一座很小的监狱，监门只有一般人家的独扇门那样大。门头画着一只老虎头，这就是"狴犴"了。进门，有一溜低矮的房屋，瓦顶、砖墙、砖地，这是男监。穿过一条很窄的胡同（胡同两侧的瓦檐甚低，如系江洋大盗，稍有武功，可以毫不费事地纵身越狱），便是女监。女监是一座三合院，南、北、东面都是"监号"。老先生向我们介绍：北边的监号，就是苏三住的。院子里有一口井，叫作苏三井。井栏很小，只有一个大号洗脸盆那样大，却颇高。井栏是青石的，使我们不能不感动的，是井栏内侧有很多深深的道道，这是井绳拉出来的。从明朝拉到现在，几百年了，才能拉出这样深的绳道，啊呀！我不禁想起苏三从井里汲水，在井边梳头的样子。

洪洞县街上还有一家药铺，叫作××堂，传说赵监生毒死沈燕林的砒霜（原来是想毒死玉堂春的），就是从这家药铺买的。那装砒霜的青花瓷坛还保存着，用一块红绸子衬托着，放在柜台的一端，任人观看。据说这家药铺明朝就有。赵监生（如果有这个人）从这一家、这个坛子里买了砒霜，是有可能的——砒霜是剧毒，是不能随便换坛子的。

参观了这里，使我想起一个问题，我原来觉得洪洞县的人对苏三传说如此牵强附会，言之凿凿，未免可笑。走在洪洞县的街上，我想：到底是谁可笑？是洪洞县人，还是对传说持怀疑态度的我？

再谈苏三

《玉堂春》这出戏为什么流传久远,至今还有生命力?我想主要是由于人们对一个妓女的坎坷曲折的命运的同情。这出戏在艺术上有很大的特点,可以给人美感享受,这里不去说它。

对于今天的观众来说,这出戏有相当大的认识作用。透过一个妓女的遭遇,使我们了解那个时代、那个社会的一个侧面,了解商业经济兴起时期的市民意识,看出我们这个民族的一块病灶。从这一点说,这出戏是有现实意义的。

不少人在改《玉堂春》,实在是多一事不如少一事。《起解》原来有一句念白:"待我辞别狱神,也好赶路",有人改为"待我辞别辞别,也好赶路"。为什么呢?因为提到狱神,就是迷信。唉!保留原词,使我们知道监狱里供着狱神;犯人起解,辞别狱神,是规矩,这不挺好吗?祈求狱神保佑,这很符合一个无告的女犯的心理,能增加一点悲剧色彩,为什么要改呢?

有一个戏校老师把"头一个开怀是哪一个","十六岁开怀是那王公子"的"开怀"改了,说是怕学生问他什么叫"开怀",他不好解释。这有什么不好解释的呢?"开怀"是妓院的术语,这很有妓院生活的特点,而且也并不"牙碜"。这位老先生改成什么呢,改成了"结交"。可笑!

有一位女演员把"不顾腌臜怀中抱,在神案底下叙一叙旧

94

情"掐掉了，说是"黄色"。真是！你叫玉春堂这妓女怎样表达感情，给王金龙念一首诗？

这样的改法，削弱了原剧的认识作用。

苏三、宋士杰和穆桂英

洪洞县的出名，是因为有了京剧《玉堂春》。"苏三离了洪洞县"，凡有井水处都有人会唱，至少听过。我到山西，曾特为到洪洞县去弯了一趟，去看苏三遗迹。

一位本地研究苏三传说的专家陪着我们参观。进了县政府的大堂，这位专家告诉我们：苏三就是在这里受审的。他还指了一块方砖，说：她就跪在这块砖上回话的。他说苏三的案卷原来还保存在县里，后来叫一个国民党军官拿走了。

我们参观了苏三监狱。这是一座很小的监狱。监门只有普通人家的独扇门那样大。门头上画着一个老虎脑袋，这就是所谓"狴犴"了。进门，外边是男监。往里走，过一个窄胡同，是女监。女监是一个小院子，除了开门的一边，三间都有监号。专家指指靠北朝南的一个号子，说苏三就是关在这里的。院子当中有一口井，不大，青石井栏。据说苏三就是从这口井里汲水洗头洗脸洗衣裳的。井栏的内圈已经叫井绳磨出一道一道很深的沟槽。没有几百年的工夫，是磨不出这样的沟的。这座监狱据说明朝就有，这是全国保存下来少数明代监狱里的一个，这是有记载可查的。如果有一个苏三，苏三曾蹲过洪洞县的监狱，那么便只能是在这里。苏三从这口井里汲水，这想象很美，同时不能不引起人的同情。

我们还去参观赵监生买砒霜的药铺。当年盛砒霜的药罐还在，白地青花，陈放在柜台的一头，下面垫了一块红布——那当然是为了引人注目。这家药铺是明代就有的。砒霜是剧毒，盛砒霜的罐子是不能随便倒换的。如果有一个赵监生，他来买过砒霜，那么便只有取之于这个药罐。据我的一点关于瓷器的知识，这倒真是明青花。

据说洪洞县过去是禁演《玉堂春》的，因为戏里有一句"洪洞县内无好人"。洪洞县的人真可爱，何必那样认真呢？有人曾著文考证，力辟苏三监狱之无稽，苏三根本不是历史人物，《玉堂春落难逢夫》纯属小说家言，关于苏三的遗迹都是附会。这些有考据癖的先生也很可爱，何必那样认真呢？洪洞县的人愿意那样相信，你就让他相信去得了嘛！

河南信阳州宋士杰开的店原来还在，店门的门槛是铁的。铁门槛，这很有意思！这当然也是附会。

如果都认真考据，那就没完了。山海关外有多少穆桂英的点将台？几乎凡有一块比较平整的大石头，都是穆桂英的点将台！

老百姓相信许多虚构的戏曲人物是真有的，他们附会出许多戏曲人物的古迹，并且相信。这反映了市民和农民的爱憎。这是民族心理结构的一个层次，我们应该重视、研究。不只是"姑妄听之"而已。这一点，倒是可以认一点真。

关于《沙家浜》

一九六三年冬天，江青到上海看戏，回北京后带回两个沪
剧剧本，一个《芦荡火种》，一个《革命自有后来人》，找了中
国京剧院和北京京剧团的负责人去，叫改编成京剧。北京京剧
团"认购"了《芦荡火种》。所以选中《芦荡火种》，大概因为
主角是旦角，可以让赵燕侠演。《革命自有后来人》归了中国
京剧院，后改编为《红灯记》。

我和肖甲、杨毓珉去改编，住颐和园龙王庙。天已经冷了，
颐和园游人稀少，风景萧瑟。连来带去，一个星期，就把剧本
改好了。实际写作，只有五天。初稿定名为《地下联络员》，因
为这个剧名有点传奇性，可以"叫座"。

经过短时期突击性的排练，要赶在次年元旦上演，已经登
了广告。江青知道了，赶到剧场，说这样匆匆忙忙地搞出来，
不行！叫把广告撤了。

江青总结了五十年代出现过的一批京剧现代戏失败的教
训，认为这些戏没有能站住，主要是因为质量不够，不能和传
统戏抗衡。江青这个"总结"是对的。后来她把这种思想发展
成"十年磨一戏"。一个戏磨到十年，是要把人磨死的。但是
戏是要"磨"的。萝卜快了不洗泥，是搞不出好戏的。公平地说，
"磨戏"思想有其正确的一面。

决定重排，重写剧本。这次参加执笔的是我和薛恩厚。大概是一九六四年初春，住广渠门里一个招待所。我记得那几天还下了大雪，我和老薛踏雪到广渠门的一个饭馆里吃过涮羊肉。前后也就是十来天吧，剧本改出来了。二稿恢复了沪剧原名《芦荡火种》。

经过比较细致的排练，江青看了，认为可以请毛主席看了。

毛主席对京剧演现代戏一直是关心的，并提出过一些很中肯的意见，比如：京剧要有大段唱，老是散板、摇板，会把人的胃口唱倒的。这是针对五十年代的京剧现代戏而说的。五十年代的京剧现代戏确实很少有"上板"的唱，只有一点儿散板、摇板，顶多来一段流水、二六。我们在《芦荡火种》里安排了阿庆嫂的大段二簧慢板"风声紧雨意浓天低云暗"，就是受毛主席的启发，才敢这样干的。"风声紧雨意浓"大概是京剧现代戏里第一次出现的慢板。彩排的时候，吴祖光同志坐在我的旁边，说："这个赵燕侠真能沉得住气！""沉不住气"，是五十年代搞京剧现代戏的同志普遍的创作心理。后来的现代戏，又走了另一个极端，不用散板、摇板。都是上板的唱。不用散板、摇板，就成了一朵一朵光秃秃的牡丹。毛主席只是说不要"老是散板、摇板"，不是说不要散板、摇板。

毛主席看了《芦荡火种》，提了几点意见（是江青向薛恩厚、肖甲等人传达的，我是间接知道的）：

> 兵的音乐形象不饱满；后面要正面打进去，现在后面是闹剧，戏是两截；改起来不困难，不改，就这样演也可以，戏是好戏；剧名可叫《沙家浜》，故事都发生在这里。

我认为毛主席的意见都是有道理的，"态度"也很好，并不强加于人。

有些事实需要澄清。

兵的音乐形象不饱满，后面是闹剧，戏是两截，这都是原剧所存在的严重缺点。原剧的结尾是乘胡传魁结婚之机，新四军战士化装成厨师、吹鼓手，混进刁德一的家，开打。厨师念数板，有这样的词句："烤全羊，烧小猪，样样咱都不含糊。要问什么最拿手，就数小葱拌豆腐！"而且是"怯口"，说山东话。吹鼓手只有让乐队的同志上场，吹了一通唢呐。这简直是起哄。改成正面打进去。就可以"走边"（"奔袭"），"跟头过城"，翻进刁宅后院，可以发挥京剧的特长。毛主席的意见只是从艺术上、从戏的完整性上考虑的，不牵涉到政治。"要突出武装斗争"，是江青的任意发挥。把郭建光提到一号人物，阿庆嫂压成二号人物，并提高到"究竟是武装斗争领导地下斗争，还是地下斗争领导武装斗争"这样的原则高度，更是无限上纲，胡搅蛮缠。后来又说彭真要通过这出戏来反对武装斗争，更是莫须有的诬陷。

《沙家浜》这个剧名是毛主席定的，不是江青定的。最初提出《芦荡火种》剧名不妥的，是谭震林。他说那个时候，革命力量已经不是星星之火，已经是燎原之势了。谭震林是江南新四军的领导人，他的话是对的。"芦荡"和"火种"，在字面上也矛盾。芦荡里都是水，怎么能保存火种呢？有人以为《沙家浜》是江青取的剧名，并以为《沙家浜》是江青抓出来的。《芦荡火种》和江青的关系不大。一些戏曲史家、戏曲评论家都愿意提《芦荡火种》，不愿意提《沙家浜》，这实在是一种误解。

我们按照江青传达的毛主席的意见，改了第三稿。一九六五年五月，江青在上海审查通过，并定为"样板"，"样板戏"这个叫法，是这个时候开始提出来的。

一九七〇年五月，《沙家浜》定本，在《红旗》杂志发表。

很多同志对"样板戏"的"定本"有兴趣，问我是怎样一个情形。是这样的：人民大会堂的一个厅（我记得是安徽厅）。上面摆了一排桌子，坐的是江青、姚文元、叶群（可能还有别人，我记不清了）。对面一溜长桌，坐着剧团的演员和我。每人面前一个大字的剧本。后面是她的样板团的一群"文艺战士"。由剧团演员一句一句轮流读剧本。读到一定段落，江青说："这里要改一下。"当时就得改出来。这简直是"庭对"。她听了，说："可以。"这就算"应对称旨"。这号活儿，没有一点捷才，还真应付不了。

江青在《沙家浜》创作过程中做了一些什么？

101

我历来反对一种说法："样板戏"是群众创作的，江青只是剽窃了群众创作成果。这样说不是实事求是的。不管对"样板戏"如何评价，我对"样板戏"从总体上是否定的，特别是其创作思想——三突出和主题先行，但认为部分经验应该吸收（借鉴），不能说这和江青无关。江青在"样板戏"上还是花了心血、下了功夫的，至于她利用"样板戏"反党害人，那是另一回事。当然，她并未亲自动手写过一句唱词、导过一场戏、画过一张景片，她只是找有关人员谈话，下"指示"。

　　从剧本方面来说，她的"指示"有些是有道理的。比如"智斗"一场，原来只是阿庆嫂和刁德一两个人的"背供"唱，江青提出要把胡传魁拉进矛盾里来，这样不但可以展开三个人之间的心理活动，舞台调度也可以出点新东西——"智斗"的舞台调度是创造性的。照原剧本那样，阿庆嫂和刁德一斗心眼，胡传魁就只能踱到舞台后面对着湖水抽烟，等于是"挂"起来了。

　　有些是没有什么道理的。郭建光出场唱"朝霞映在阳澄湖上"的第二句原来是"芦花白早稻黄绿柳成行"，她说这三种植物不是一个季节，说她到苏州一带调查过（天知道她调查了没有）。于是只能改成"芦花放稻谷香岸柳成行"，其实还不是一样？沙奶奶的儿子原来叫七龙，她说生七个孩子，太多了！这好办，让沙奶奶少生三个，七龙变成四龙！

　　有些是没有道理的，"风声紧"唱段前原来有一段念白："一场大雨，湖水陡涨。满天阴云，郁结不散，把一个水国江南压得透不过气来。不久只怕还有更大的风雨呀。亲人们在芦荡里，已经是第五天啦。有什么办法能救亲人出险哪！"这段念白，韵律感较强，是为了便于叫板起唱。江青认为这是"太文的词儿"，于是改成"刁德一出出进进的，胡传魁在里面打牌……"这是大白话，真是一点都不"文"了。这段念白是江青口授的，倒可以算是她的创作。"智斗"一场阿庆嫂大段流水"垒起七星灶"差一点被她砍掉，她说这是"江湖口"，"江湖口太多了！"我觉得很难改，就瞒天过海地保存了下来。

江青更多的精力用在抓唱腔，抓舞美。唱腔设计出来，试唱之后，要立即将录音送给她，她定要逐段审定的。"朝霞映在阳澄湖上"设计出两种方案，她坐在剧场里听，最后决定用李金泉同志设计的西皮。沙奶奶家门前的那棵柳树，她怎么也不满意，说要江南的垂柳，不要北方的。舞美设计到杭州去写生，回来做了一棵，这才通过。我实在看不出舞台上的柳树是杭州"柳浪闻莺"的，还是北京北海的，只是一棵用灯光照得碧绿透亮（亮得很不正常）的不大的柳树而已。

我在执笔写《沙家浜》时的一些想法。江青早期抓现代戏时，对剧本抓得不是很紧，我们还有一点创作自由。我的想法很简单。一是想把京剧写得像个京剧。写唱词，要像京剧唱词。京剧唱词基本上是叙述性的，不宜有过多的写景、抒情，而且要通俗。王昆仑同志曾对我说，《文昭关》"一事无成两鬓斑"，四句之后，就得是"恨平王无道纲常乱"。我认为很有道理。

因此，我写《沙家浜》，在"风声紧雨意浓天低云暗"之后，下一句就是"不由人一阵阵坐立不安"。"不由人一阵阵坐立不安"，何等平庸。但是，同志，这是京剧唱词。后来的"样板戏"抒情过多，江青甚至提出"抒情专场"，于是满篇豪言壮语。我认为这是对京剧"体制"不了解所造成。再是，我想对京剧语言进行一点改革，希望唱词能生活化、性格化，并且能突破原来的唱词格律（二二三，三三四），"垒起七星灶"是个尝试。写这一稿时，这一段写了两个方案，一个是五言的，一个是七言的。我向设计唱腔的李慕良同志说：如果五言的不好安腔，就用七言的。结果李慕良同志选择了五言的，创造了一段五言流水，效果很好。这一段唱词是数学游戏。前面说得天花乱坠，结果是"人一走，茶就凉"，是个"零"。前些时见到报上说"人一走，茶就凉"是民间谚语，不是的。

《沙家浜》从写初稿，至今已有二十七年。从"定稿"到现在，也有二十一年了。俯仰之间，已为陈迹。但是"样板戏"不能就这样揭过去。这些年的戏曲史不能是几张白页。于是信笔写了一点回忆，供作资料。忆昔执笔编剧，尚在壮年。今年七十一，垂垂老矣，感慨系之。

读剧小札

《玉堂春》

起解前大段反二簧前面苏三和崇公道有几句对白，苏三说："如此老伯前去打点行李，待我辞别狱神，也好赶路"，有些演员把"辞别狱神"改成了"待我辞别辞别"，实在没有必要。原来的念白，让我们知道监狱里有一尊狱神，犯人起解前要拜别狱神，这是规矩。这可以使后来的观众了解一点监狱的情况，这个细节是很真实的。而且苏三的唱词是向狱神的祷告，这样苏三此时的思想情绪，她的忧虑和希望也才有个倾诉的对象。改成"辞别辞别"，跟谁辞别？跟同监的难友？但唱词不像和难友的交流。

去掉狱神，想必因为这是迷信。怎么会是迷信呢？狱神是客观存在。这出戏并未渲染神的灵验，不是宣传迷信。五十年代改戏，往往有这种简单化的做法，一提到神、鬼，就一刀切掉，结果是损伤了生活的真实。

起解唱词好像有点前后矛盾。"苏三离了洪洞县，将身来在大街前"，已经离了洪洞县了，怎么又来在大街前呢？前面唱过"离了洪洞县"了，后面怎么又唱"低头出了洪洞县境"？只能这样解释："离了洪洞县"是离了洪洞县衙，"低头出了洪洞县境"是出了洪洞县城。大街是十字街，这样苏三才能跪在当街，求人带信给王金龙。出了城，来往的人少了，崇公道才能给苏三把刑枷去掉。这是合理的。洪洞县在太原南面，苏三、崇公道出的是洪洞县北门。我曾到洪洞县看过（假定苏三故事是出在洪洞县的），地理方向大致不错。

流水板唱词有两句："人言洛阳花似锦，偏我来时不逢春"，很多人不解所谓。这里不是洛阳，也没有花。这是罗隐的诗。苏三唱此，只是说不凑巧而已。罗隐诗很通俗，苏三读过或唱过，即景生情，移用成句，是有可能的。

西皮慢板第三四句的唱词原来是"想当初在院中缠头似锦"改成了"艰苦受尽"。"缠头似锦"和"罪衣罪裙"是今昔对比。"艰苦受尽"和"罪衣罪裙"在意思上是一顺边。改戏的人大概以为凡是妓女，都是很"艰苦"的，但是玉堂春是身价很高的名妓呀！或者以为苏三不应该留恋过去的生活，她应该控诉旧社会！

《玉堂春》(《三堂会审》)是一场非常别致的戏。京剧编剧有两大忌讳。一是把演过的情节再唱一遍，行话叫作"倒粪"；一是没有动作，光是一个人没完没了地唱。"玉堂春"敢冒不韪，知难而进。苏三把过去的事情从头至尾历数了一遍。唱词层次非常清楚。唱腔和唱词情绪非常吻合。这场戏运用了西皮的全部板式，起伏跌宕，有疾有徐，极为动听。《玉堂春》和《四郎探母》的唱腔是京剧唱腔的两大杰作。苏三的外部动作不多，但是内心活动很丰富。整场戏就是一个人跪在下面唱，三个问官坐在上面听，但是四个人都随时在交流，一丝不懈。这样的处理，在全世界的戏剧中实为仅见。戏曲十分重视演员和观众的交流。这场戏有一个聪明的调度——"脸朝外跪"。本来朝上回话，哪有背向问官的道理呢？这是为了使观众听得真凿，看得清楚。这跟《四郎探母》的"打坐向前"是一个道理；无缘无故的，叫丫鬟打坐向前干什么？

《玉堂春》有两句白和唱："头一个开怀是哪一个？"——"十六岁开怀是那王……王公子。"有人把"开怀"改成了"结交"。这是干什么？"开怀"是妓院里的行话，也并不"牙碜"。下面还有两句唱"不顾腌臜怀中抱，在神案底下叙一叙旧情"。一个演员唱这出戏，把这两句删掉了，想是因为这是黄色。一个妓女这样表达感情，是很自然的。只要演唱得不过于绘形绘色，我看没有什么不可以。

《玉堂春》是谁改的？可能是朱熹。

《四进士》

两个差人受田伦之命到信阳州道台衙门顾读处下书行贿，住在宋士杰店中。宋士杰偷拆了书信，套写在衣襟之上。第二天早晨，差人起来，跟宋士杰说："跟您借一样东西。"宋士杰接口就说："敢莫是坛子？"旧时行贿，不能大明大白把银子送去，多是把银子放在酒坛里，装着送的是酒，好遮人耳目。这一套，宋士杰门儿清，所以立即就问："敢莫是坛子？"这一细节，表现出宋士杰对官场积弊了如指掌，是个成了精的老吏。两个差人回了一句："您倒是老在行！"这里，差人应该有点表演，先表现出惊愕，再表现心照不宣。宋士杰微微一笑。这样这个细节才突出。通常演出，差人无表情，只是平平说过。这样这个细节就"兀突"了。演差人的两个丑角大概也不知道这是什么意思。剧作者表现宋士杰的性格的这一小小闲笔也就被观众忽略了，可惜！

顾读的师爷上场念了一副对子："清早起来冷飕飕，吃了泡饭热呵呵。"许多演师爷的丑角演员只是随师傅照葫芦画瓢地念，不知念的是什么。师爷是绍兴人，念的是绍兴话。早上起来吃泡饭，这也很有绍兴特点。师爷拿走田伦贿赂顾读的银子，唱了两句："三百两银子到我手，管他丢官不丢官！"曲调是绍兴高调。从前上海有个专演师爷的丑，唱这两句绍兴味很足。这位演员在下场前还有几句念白："我拿了银子回家去买霉干菜去哉！"霉干菜是绍兴特产，上海人多知道，所以听了都大笑。北京观众无此反应。从前唱丑的都要会说几种方言。比如《荡湖船》是要念苏白的。后来唱丑的大都不会了。只有《打砂锅》还念山西话，《野猪林》里的解差说山东话。丑应该会说几个省的方言，否则叫什么丑呢。

京剧杞言
——兼论荒诞喜剧《歌代啸》

京剧有没有危机？有人说是没有的。前几年就有人认为京剧的现况好得很，凡认为京剧遇到危机（或"不景气""衰落"等等近似而较为婉转的说法）的人都是瞎说。或承认危机，但认为很快就会过去，京剧很快就会有一个辉煌的前途。这些好心的、乐观主义的说法，只能使京剧的危机加速、加剧。

京剧受到其他艺术的冲击，你不得不承认。受电影的、电视的、流行歌曲的、卡拉OK的冲击。流行歌曲的作者不知是一些什么人，为什么要写得那样不通："四面楚歌是姑息的剑"，是什么意思，百思不得其解。"楚歌""姑息""剑"这几个概念怎么能放在一起呢？然而流行歌曲到处流行，你有什么办法？小青年宁愿花三十块钱到卡拉OK舞厅去喝一杯咖啡，不愿花五块钱买一张票去听京剧。

整个民族文化素质的下降，是京剧衰落的一个原因。看北京的公共汽车的乘客（多半是青年）玩儿命似的挤车，让人悟出：这是京剧不上座的原因之一。

我对上海昆曲剧团的同志始终保持最高的敬意。他们的戏总是那样精致，那样讲究，那样美！但是听说卖不了多少票。像梁谷音那样的天才演员的戏会没有多少人看，想起来真是叫人气闷。有些新编的或整理的戏是很不错的，但是"尽内行不尽外行"，报刊上的评论充满热情，剧场里面"小猫三只四只"。无可奈何。

戏曲艺术教育的不普及、不深入，是戏曲没落的一个原因。台湾的情况似乎比我们稍好一些。我所认识的一位教现代文学也教戏曲史的教授是带着学生看戏的；一位著名的舞蹈家兼大学的舞蹈系主任的先生指定学生必须看京剧，看完了还得交心得，否则不给学分。他说："搞舞蹈的，不看京剧怎么行！"已故华粹深先生在南开大学教课时是要学生听唱片的。吴小如先生是京剧行家，但是他在北大似乎不教京剧这门课。现在有些演员到中小学去辅导学生学京剧，这很好，但是不能只限于形而下的技巧，只限于手眼身法步，圆场、云手……得从戏曲美学角度讲得深一点。这恐怕就不是一般演员所能胜任的了。

京剧的衰落除了外部的、社会的原因，京剧本身也存在问题。京剧活了小二百年，它确实是衰老了。京剧的机体已经老化，不是得了伤风感冒而已。京剧的衰老，首先表现在其戏剧观念的陈旧。

我曾经是一个编剧，只能就戏曲文学这个角度谈一点感想。

京剧对剧本作用的压低也未免过分了一点。有人以为京剧的剧本只是给演员提供一个表现意象的框架，这说得很惨。不幸的是，这是事实。又不幸的是，京剧为之付出惨重的代价，即京剧的衰亡。这个病是京剧自出娘胎时就坐下的，与生俱来。

后来也没有治。京剧不需要剧作家。京剧有编剧，编剧不一定是剧作家。剧作家得自成一家，得是个"家"，就是说，有他的一套。他有他的独特的看法，对生活的，对戏曲本身的——对戏剧的功能、思想、方法的只此一家的看法。这些看法也许是不完整的，支离破碎的，自相矛盾的，模模糊糊的，只是一种愿望，一种冲动，但毕竟是一种看法。剧作家大都不善持论，他的不成熟的看法更多地表现在他的剧作之中。他的剧作多多少少会给戏曲带进一点新的东西，对戏曲观念带来哪怕是局部的更新。他的剧作将是带有强烈的个人色彩的，并且具备一定的在艺术上的叛逆性，可能会造成轻微的小地震。但是这样的京剧剧作家很少。于是京剧的戏剧观基本上停留在四大徽班进京的时期。

周扬同志曾说过，京剧能演历史剧，是它的很大的长处，但是京剧对历史事件和历史人物往往是简单化的。都说京剧表现的人物性格是类型化的，这一点大概无可否认。"简单化""类型化"，无非是说所表现的只是人物的外部性格，没有探到人物的深层感情。是不是中国的古人就是这样性格简单，没有隐秘的心理活动？不能这样说。汉武帝就是一个非常复杂、充满戏剧性的心理矛盾的人物。他的宰相和皇后没有一个是善终的。他宠任江充，相信巫蛊，逼得太子造了反。他最后宠爱钩弋夫人，立她的儿子为太子，却把钩弋夫人杀了，"立其子而杀其母"。他到底为什么要把司马迁的生殖器割掉？这都是很可琢磨的变态心理。诸葛亮也是并不"简单"的人。刘备临危时甚至于跟他说出这样的话："若嗣子可辅，辅之。如其不可，君可自为。"话说到了这个份儿，君臣之间的关系是相当紧张复杂的。"鞠躬尽瘁，死而后已"这两句话包含很深的悲剧性。可是京剧很少表现人物的内心世界。戏曲表现人物内心世界的，不是没有。《烂柯山》即是，《痴梦》一场尤为淋漓尽致。但是这不是京剧，是昆曲。

板腔体取代了曲牌体，从文学角度看，是一个倒退。曲牌体所能表现的内容要比板腔体丰富一些，人物感情层次要更多一些，更曲折一些，形式上的限制也少一些。一般都以为昆曲难写，其实昆曲比京剧自由。越是简单的形式越不好崴咕。我始终觉得昆曲比京剧会更有前途，别看它现在的观众比京剧还少。

中国戏曲的创作态度过于严肃。中国对戏的要求始终是实用主义的。这和源远流长、占统治地位的儒家思想是有关系的。中国戏曲一直是非常自觉地、过度地强调教育作用。因此中国戏曲的主题大都是单一的、浅露的。中国戏曲不允许主题的模糊性、不确定性、荒诞性。人们看戏，首先要问：这出戏"说"的是什么，不许"不知道说的是什么"，不允许不知所云。中国戏里真正的喜剧极少，荒诞喜剧尤少。

京剧的荒诞喜剧大概只有一出《一匹布》，可惜比较简单，比较浅。

真正称得起是荒诞喜剧的杰作的，是徐渭（文长）的《歌代啸》。这个剧本是中国戏曲史上的一个奇迹。

这出戏的构思非常奇特。不是从一人一事，也不是从一般意义上的哲学的理念出发，而是由四句俗话酿出了创作灵感，"探来俗语演新戏"（开场）。杂剧正名说得清楚：

> 没处泄愤的是冬瓜走去拿瓠子出气，
> 有心嫁祸的是丈母牙疼灸女婿脚跟，
> 眼迷曲直的是张秃帽子教李秃去戴，
> 胸横人我的是州官放火禁百姓点灯。

徐文长是一大怪人。或谓文长胸中有一股不平之气，是诚然也。"歌代啸"的"啸"即"抬望眼仰天长啸"之"啸"。魏晋人的啸，后来失传了。徐文长的啸大概只是大声地呼喊。陶望龄《徐文长传》谓："渭貌修伟肥白，音朗然如唳鹤，常中夜呼啸，有群鹤应焉。"半夜里喊叫，是够怪的。说《歌代啸》是嬉笑怒骂，是愤世嫉俗，这些都可以。但是《歌代啸》已经不似《四声猿》一样锋芒外露，它对生活的层面概括得更广，感慨也埋得更深。是"歌"，不复是"啸"。也许有笨人又会问："这个杂剧究竟说的是什么？"我们也可以做一个很笨的回答，"是说世界是颠倒的，生活是荒谬的。"但是这些岂有此理的现象又是每天发生的;平平常常的，没有什么值得大惊小怪的。（开场）

临江仙唱道:"凭他颠倒事,直付等闲看。"徐文长对剧中人事的态度是:既是投入的,又是超脱的;既是调侃的,又是俨然的。沉痛其里,但是,荒诞其外。

陶石篑对《歌代啸》说了一句话:"无深求"(《歌代啸》序)。这是读《歌代啸》最好的态度。一定要从里面"挖掘"出一点什么东西,是买椟还珠。我上面所说的对于此剧"思想内涵"的分析实在是很笨。

真难为徐文长,把四句俗话赋之以形象,使之具体化为舞台动作,化抽象为具象。而且把本不相干的生活碎片团弄成一个完完整整、有头有尾、情节贯通的戏。

随意性是现代喜剧艺术的很重要的特点。有没有随意性是才子戏和行家戏的区别所在。《歌代啸》的结构同时具有严整性和随意性。它有埋伏,有呼应,有交代。我们现在行家戏多,才子戏少。

才子戏少,在戏曲文体上就很难有较大突破。

《歌代啸》的语言极精彩,这才叫作喜剧语言!剧本妙语如珠,俯拾即是,信手拈来,涉笔成趣。剧中有大量的口语、俗语。

徐文长的剧品,我以为不在关汉卿下。若就喜剧成就论,可谓空前。文长以前,无荒诞喜剧。有之,自文长始。中国的荒诞剧,文长实为先河。中国在十六世纪就有现代主义。如果我们不把"现代主义"只看作是一个时间的概念,而看作是反传统戏剧观念的概念,这样说似乎也是可以的。这大概是怪论。

《歌代啸》大概没有在舞台上演出过。京剧更是想也没有想过演出这个戏，这样的戏。京剧压根儿就没有考虑过演出这样的戏，我以为这是京剧走向衰亡的一个重要原因。这当然是怪论。

　　中国的京剧（包括其他的古典戏曲）的前途何在？我以为不外是两途。一是进博物馆。现在不是讨论要不要把京剧送进博物馆的问题，而是怎样及早建立一个博物馆的问题。我以为应该建立一个极豪华之能事的大剧院，把全国的一流演员请进来，给予高额的终身待遇，加之以桂冠，让他们偶尔露演传统名剧，可以原封不动，或基本不动。也可以建立一个昆剧院。另外，再建一个大剧院，演出试验性、探索性的剧目。至于一些非名角、小剧团，国家会有办法。

笔下处处有人

——谈《四进士》

　　《四进士》的来源无可考。传奇、小说、笔记里都找不到它的影子。这大概原是一出地方戏。山西梆子、河北梆子、河南梆子都有这出戏。河南梆子就叫作《宋士杰告状》。故事出在河南。从作者对河南地理的熟悉来看，这出戏跟河南可能有些关系。但从唱词的用韵来看，"顾年兄"的"兄"与"不贤人"的"人"押在一起，"中东""人辰"相混，又有点像是山西梆子。也许它还在湖北打了一转，然后再混入京剧的。周信芳的演出本，宋士杰口中有一句念白："这信阳州一班无头光棍，追赶一个女子……""无头"是"无徒"之误。"无徒"是古语，意思就是无赖，元曲中屡见。白朴的《梧桐雨》和关汉卿的《望江亭》中都有。这个古语大概在剧作者写剧本时还活着，到了周先生的嘴里却因口耳相传传讹了。把"徒"读为"头"，是湖北人的口音。"姑苏""尤求"相混，谭鑫培早期的唱词里常有这种现象。马连良演出时念成"油头光棍"，更是以讹传讹了。刘二混是"专靠蒙、坑、诈、骗为生"的混混，却不是调戏妇女的浪子。又，顾读和毛朋的念白中都引用了一句民间俗话："卖屋又卖基，一树能剥几层皮？"这也像是湖北话。

　　以上这些，都只是一些设想，没有充足的证据。但是这是

116

一个民间的无名的剧作者的手笔，却是可以肯定的。从它所表达的思想，所刻画的人物，以及唱词、念白的语言的通俗而生动，都可以证明。这不是文人的作品，与升平署打本子的太监也无关。

这原是一出很芜杂的戏。最初姚家兄弟、妯娌争夺家产大概占了相当大的篇幅。争夺的主要东西是一对传家的宝物紫金镯。有一个鼓词《紫金镯》，说的就是这回事。大概鼓词比剧本更早一些。现在的剧本里还保留着紫金镯的一点痕迹。《柳林》一场，有这样的对话：

> 杨春：你这贱人，方才言道，丈夫去世，三七未满；如今手戴紫金镯，你卖什么风流！
>
> 杨素贞：客官有所不知，我公公在世之时，留下紫金镯一对，我夫妻各戴一只；夫死妻不嫁，妻死夫不娶。今日见了此镯，怎不叫我痛哭啊……

现在这对紫金镯成了可有可无，与戏的发展没有什么关系了。原来围绕这对镯子是有许多纠纷的。到了形成为京剧，比现在通常的演出本也要大得多。查升平署档案，汪桂芬在宫里演出时要分两天演，头二本一天，三四本一天。升平署所藏剧本目录，在《四进士》下注明"十六刻"，比现在的演出本要大出三倍。

117

这原是一出"群戏"。生、旦、净、末，谁都可以来一段。正旦杨素贞是一个很重要的角色。查清代梨园史料，不少旦角都以演杨素贞而擅名。她可以在"灵堂"唱大段反二簧，在"柳林"唱大段西皮慢板。这是"本戏"，照例有许多哪一出戏里都可用的套子；有许多任意穿插、荒诞不经的情节。

原本，田氏有个儿子叫添财。田氏在毒死姚庭梅之后，持刀去杀杨素贞的儿子保童。保童读书困倦，伏案睡着了。出来一个土地爷，把他救了。土地还把田氏踢倒在地，唱了一句"我一脚踢你个倒栽葱"。田氏又叫添财去杀保童。添财高叫"看刀"，但想起自小和保童一块长大，不忍下手。于是叫醒保童，说："我妈叫我杀你，我想，咱们从小一块长大，怪不错的。你死了，谁跟我玩儿呢？我不杀你，咱俩逃走了吧！"这两个孩子一同逃到信阳州，还见到杨素贞。杨素贞此时已经下了狱。她婆婆也到了信阳州。婆婆探监，见到杨素贞，大唱了一气，与《六月雪》相似。最妙的是杨素贞的婆婆夜宿神庙，梦中得了一个"温凉玉盏"。"温凉玉盏"本是秦代的宝物，原名"四季温凉玉盏"，见于孤本元明杂剧《临潼斗宝》。不知怎么叫这位老太太得着了，而且是在梦中！老太太把这件宝物献给毛朋。毛朋转献给皇帝，同时将有关案情申奏。皇恩浩荡，尽准毛朋所奏，并且赐了一块匾："节义廉明"。所以这出戏又叫《节义廉明》。

真正是打胡乱说，莫名其妙！

现在南周（信芳）北马（连良）所演的《四进士》，大体相同，基本上是一个本子。许多芜杂的、荒诞的、陈旧的情节去掉了。情节集中了，主题明确了，人物突出了。这项工作是谁来完成的呢？这个人真是《四进士》的一个功臣。也许有这么一个人，也许没有这么一个人。也许，这是一个具有睿智、天才的伟大的剧作家——观众。

有人相信《四进士》是真人真事。

有一个传说，说宋士杰确有其人，信阳州现在还有他开的店，他的店的门槛是铁门槛，这当然是好事者附会出来的。说门槛是铁的，无非说是物如其人，老头儿脾气硬，门槛也是硬邦邦的。宋士杰并无其人，从他的名字就可以看出来。这个名字是谐音。"宋士"即讼师。"宋士杰"者，讼师里的杰出的人也。这是一个"拼凑起来的角色"，剧作者把许多讼师的特征都集中到他身上了。

戏曲剧本写一个讼师，以一个讼师为主要人物的，好像还只有这一出。

讼师这种人，现在没有了。过去是哪个城市里都有的，凡有衙门处，即有讼师。讼师就是包打官司——包揽词讼的人。这是一种很特殊的职业。他们是有师傅、有传授（多是家传），而且是有专书的。有一本书叫《邓思贤》，就是专门讲怎样打官司的。这邓思贤就是一个有名的讼师。这种人每天坐在家里，就是等着人来找他打官司。他们可以替你写状子，教你怎样回话——怎样为自己狡辩，怎样诬赖对方，可以给你打通关节，

119

给你出各种主意，一直到把对方搞得倾家荡产，一败涂地，只要你给他钱。他们的业务是远远超过正常的法律辩护的范围的。这是依附在封建政体上的蝇蚋，是和官僚共生的蛆虫。这种人大都很坏，刁钻促狭，手辣心狠。这是他们的职业训练出来的。好人、老实人是当不了讼师的。讼师的名声比师爷还要更坏一些。人们有事找他，没事躲着他。讼师所住的地方，做小买卖的都不愿意停留。街坊邻居的孩子都不敢和他们家的孩子打架。

然而《四进士》写了一个好讼师，给讼师翻了案。有人推测，此剧的作者大概就是一个讼师，这倒有几分可能。不过也不一定。作者对讼师这种人，对衙门口的生活是非常熟悉的，这一点则是可以肯定的。

宋士杰是一个好人。他好在，一是办事傲上。在旧社会，傲上是一种难得的品德。一是好管闲事。

宋士杰的性格是逐步展开，很有层次的。剧作者要写他爱打抱不平，爱管闲事，却从他不愿管闲事、怕管闲事写起。

宋士杰的出场是很平淡的。没有什么"远铺垫""近铺垫"。几记小锣，他就走出来了。四句诗后，自报家门：

> 老汉，宋士杰。在前任道台衙门，当过一名刑房书吏。只因我办事傲上，才将我刑房革退。在西门以外，开了一所小小店房，不过是避嫌而已。今日有几个朋友，约我去吃酒，街市上走走。

"避嫌"即表示引退闲居，不再过问衙门中事。当然，他是不甘寂寞的。他见多识广，名声在外，总是时常有人来向他求教的。班头丁旦为了"今有一桩事儿，不得明白，不免到宋家伯伯那里领教领教"。为田伦向顾读下书行贿的二公差，在他店里住了一宿，临走时还打听："有个宋士杰，你可认识？"也是慕名而想向他请教。但是他近年来毕竟是韬晦深藏，不大活动了。现任道台久久未闻此人踪迹，以为他已经死了。及至听到宋士杰这个名字，不免吃了一惊："这老儿还在！"

他没有到处去揽事。他卷进一场复杂的纠纷完全是无心的。他不知姚、杨二家的官司，更不知道以后的麻烦，他遇见杨素贞是偶然的。他要去吃酒，看见刘二混同四光棍追赶杨素贞，他的老毛病犯了：

　　啊！这信阳州一班无徒光棍，追赶一个女子；若是追在无人之处，那女子定要吃他们的大亏。我不免赶上前去，打他一个抱不平！

但是转念一想：

　　咳，只因我多管人家的闲事，才将我的刑房革退，我又管的什么闲事啊。不管也罢，街市上走走。

他和万氏打跑了刘二混，以为事情就完了。万氏把杨素贞引进店里，他和杨素贞的交谈，也是没有目的的。他问人家姓什么，什么地方的人，到信阳州来干什么，都是见面后应有的闲话。听到杨素贞是越衙告状来了，他顺口说了一句："哎哟，越衙告状，这个冤枉一定是大了。"也还是局外人的平常的感叹，无动于衷。他想看看杨素贞的状子，只是一种职业的习惯。"状纸若有不到之处，我与她更改更改。"他看了状子，指出什么是"由头"，点破哪里是"赖词"，称赞状子写得好，"作状子这位老先生，有八台之位"，"笔力上带着"，但是，"好是好，废物了！"因为"道台大人前呼后拥，女流之辈挨挤不上，也是枉然"，"交还与她"，他不管了！

他不想管闲事。他不想管闲事吗？

万氏认了杨素贞为干女儿，杨素贞也叫了宋士杰一声干父，宋士杰答应给干女儿去递状子。

到道台衙门递一张状子，这在宋士杰真是小事一桩。本来，宋士杰可以不误堂点，顺顺溜溜地把状子递上，那就万事皆休，与他宋士杰再无干系。不想偏偏遇着班头丁旦，有事求教，拉去酒楼，错过道台的午堂，状子不曾递上，出了个岔子，使他不得不击动堂鼓，面见顾读。犹如一溪静水，碰见了横亘的岩石，撞起了浪花，使矛盾骤然激化了，使宋士杰从一个旁观者变成了当事人，从一个局外人变成了矛盾的一个方面。

要写宋士杰打抱不平，管闲事，先一再写他不想管闲事，欲扬先抑。作者并没有写他路见不平，义形于色，揎拳攘袖，拔刀向前。不，不能这样写。他不是拼命三郎石秀，他是宋士杰。

宋士杰是一个讼师，他的主要行动正是打官司。宋士杰的戏主要是这几场：一公堂、二公堂、盗书、三公堂。三公堂是毛朋的戏，宋士杰没有太大作为。盗书主要看表演。真正表现宋士杰的讼师本色的是一公堂、二公堂。宋士杰的直接对立面是顾读。一公堂、二公堂，可以说是宋士杰斗顾读。

剧作者没有在姚、杨二家的案件上做什么文章，这件案子的是非曲直是自明的事。

一公堂争辩的是宋士杰是不是包揽词讼。

宋士杰是不是包揽词讼？当然是的。包揽词讼是犯法的。所有的讼师在插手一桩官司之前，都必须先替自己把这个罪名择清。宋士杰当然知道这一层。他知道上堂之后，顾读首先要挑剔这一点。他要考虑怎样回答。顾读一声"传宋士杰！"丁旦下堂："宋家伯伯，大人传你。"宋士杰"吓"了一声。丁旦又说："大人传你。"宋士杰好像没听明白："哦，大人传我？"丁旦又重复一次："传你！小心去见。"宋士杰好像才醒悟过来："呵呵！传我？"这么一句话有什么听不明白的呢？宋士杰为什么这样心不在焉、反应迟钝呢？不是的，他是在想主意。他脱下鸭尾巾，露出雪白的发纂，报门："报，宋士杰告进。"不卑不亢，似卑实亢。他这时已经成竹在胸，所以能这样从容沉着。

顾读果然劈头就问：

"你为何包揽词讼？"

"怎见得小人包揽词讼？"

"杨素贞越衙告状，住在你的家中，分明是你挑唆
而来，岂不是包揽词讼？"

顾读问得是在理的。

"小人有下情回禀。"

"讲！"

宋士杰的回答实在是出人意料：

喳！小人宋士杰，在前任道台衙门当过一名刑房
书吏。只因我办事傲上，才将我的刑房革掉。在西门
以外，开了一所小小店房，不过是避嫌而已。曾记得
那年，去往河南上蔡县办差，住在杨素贞她父家中；
杨素贞那时间才这长，这大；拜在我的名下，以为义女。
数载以来，书不来，信不去。杨素贞她父已死。她长
大成人，许配姚庭梅为妻。她的亲夫被人害死；来到
信阳州，越衙告状。常言道是亲者不能不顾；不是亲

者不能相顾。她是我的干女儿，我是她的干父；干女儿不住在干父家中，难道说，叫她住在庵堂——寺院！

这真是老虎闻鼻烟！明明是一件没影子的事，他却把它说得有鼻子有眼，活灵活现，点水不漏，无懈可击！这些话是临时旋编出来的，可编得那样的圆全！宋士杰自己对这样的答话也是得意的。杨素贞对他说：“干父，你这两句言语，回答得好哇！”宋士杰一笑：“嘿，这两句言语回答不上，怎么称得起……（两望，低声）包揽词讼的老先生。”顾读光会咋呼，不是对手！宋士杰充满了胜利的快乐：

> 回得家去，叫你那干妈妈，做些个面食馍馍，你我父女吃得饱饱的，打这场热闹官司。走哇。走哇！嗳，走哇！

什么叫讼师？这就叫讼师——数白道黑，将无作有。

“二公堂”是宋士杰替杨素贞喊冤。顾读受贿之后，对杨素贞拶指逼供，上刑收监。宋士杰在堂口高喊：“冤枉！”

顾读：宋士杰，你为何堂口喊冤？

宋士杰：大人办事不公！

顾读：本道哪些儿不公？

宋士杰：原告收监，被告讨保，哪些儿公道？

顾读：杨素贞告的是谎状。

宋士杰：怎见得是谎状？

顾读：她私通奸夫，谋害亲夫，岂不是谎状？

宋士杰：奸夫是谁？

顾读：杨春。

宋士杰：哪里人氏？

顾读：南京水西门。

宋士杰：杨素贞？

顾读：河南上蔡县。

宋士杰：千里路程，怎样通奸？

顾读：呃！他是先奸后娶！

宋士杰：既然如此，她不去逃命，到你这里送死

来了！

　　这个地方宋士杰是有理的。但是他得理不让，步步进逼，语快如刀，不容喘息，一鞭一条血，一掴一掌痕，一直到把对方打翻在地，再也起不来，真是老辣厉害。什么叫讼师？这就是讼师。

　　宋士杰的性格是多方面的。作者除了写他精通吏道、熟谙官府，还写了他世事洞明、人情练达。

　　宋士杰吃酒误事，误过午堂，状子不曾递上，他很懊丧，

在回家的路上一边走一边自己叨叨：

咳！酒楼之上，多吃了一杯，升过堂了。状子没有递上，只好回去。吃酒的误事！咳！回得家去，干女儿迎上前来，言道："干父你回来了？"我言道："我回来了。"干女儿必定问道："状子可曾递上？"我言道："遇见一个朋友，在酒楼之上，多吃了一杯，升过堂了，没有递上。"她必然言道："干父啊，我不是你的亲生女儿；若是你的亲生女儿，酒也不吃了，状子也递上了。"这两句言语，总是有的……这两句言语，总是……

到了家，杨素贞果然对万氏说：

嗳，我不是他的亲生女儿……

宋士杰用极低的声音：

来了！

杨素贞接着说：

若是他的亲生女儿，酒也不吃了，状子也递上了！

宋士杰：

我早晓得有这两句话。……

真是如见其肺肝然。这老头儿对人情世故吃得太透了！《盗书》一场，誊写书信的动作很重要，但是没有前面的念白，就引不起后面的动作。他一见那两个公差，就感觉到"来得尴尬"，要听他们讲些什么。果然听出一些名堂：

听他们言道："田顾刘……"这"田顾刘"是什么人？哦，上蔡县刘题，信阳道顾读，这田……田……哦是了！未曾上任的江西巡按田伦，莫非是他不成？他们又言道："酒，酒，酒，终日有；有钱的在天堂，无钱的下地狱。"口角带字，其中必有缘故。哎呀，他们过店的时节，见他手中，有一包裹，十分沉重，其中必有要紧之物，我不免等他们睡着，将门——咳！为我干女儿之事，我也不得不如此——将门拨开，取将出来，看上一看。若有我干女儿之事，我也好做一准备呀。

他的嗅觉很灵。是啊，他是六扇门里的，又是开店的，什

128

么样的人没见过？什么样的事没见过？这两个公差带着三百两银子——三百两有好大一堆，能逃过他的眼睛吗？

他听说按院大人在此下马，写了一张状子。途遇杨春，认为干亲，合计告状。听到鸣锣开道，差杨春前去打探。他突然想起：

　　哎呀！按院大人有告条在外，有人拦轿喊冤，打四十大板。我实实挨不起了！有了。我看杨春这个娃娃，倒也精壮得很；我把这四十板子，照顾了这个娃娃吧！

杨春递状回来，他不好好地问人家递上了没有，他叫人家"走过去"，"走回来"！

　　宋士杰：啊，这娃娃怎么还不回来，待我迎上前去。
　　杨春：义父！
　　宋士杰：娃娃，你回来了？
　　杨春：我回来了。
　　宋士杰：状子可曾递上？
　　杨春：递上了。
　　宋士杰：哦，递上了！——递上了？
　　杨春：递上了。
　　宋士杰：递上了？

杨春：递上了啊！

宋士杰：走过去！

杨春：哦，走过去。

宋士杰：走回来。

杨春：好，走回来。

宋士杰：唉！娃娃，你没有递上。

杨春：怎见得没有递上？

宋士杰：哈哈！娃娃，我实对你讲了吧：按院大
人有告示在外，有人拦轿喊冤，打四十大板。你这两
腿好好的，状子没有递上吧？

有一个孩子读《四进士》剧本，读到这里，说："这个宋
士杰，真坏！"

宋士杰是真坏。

他击动道署的堂鼓，害得看堂人挨了四十板。看
堂人下来叫他，他还要问人家：

娃娃，你挨打了吧？

唔，挨啦！

四十个板子？

丁旦到上蔡县去提差，他送人家一笔空头人情。"我这里有

一茶之敬，带在身旁，买杯茶吃吧。"丁旦不敢拿，他说人家嫌轻了。丁旦愧领，刚走不远，他在那里念秧："好，好！好丁旦！好丁旦！这个娃娃吃红了眼了，连我宋士杰的银子他也敢要！好，姚、杨二家，不少一名还则罢了；短少一名，管叫这个娃娃挨四十个板子，不能挨三十九。"丁旦听见，连忙回来："原银未动。"宋士杰收了银子，还笑呵呵地说："娃娃，你的胆子小啊。"——"我本来胆子小。"——"好，吃衙门饭，原要胆小。"他一毛不拔，最后还要奉送一句金玉良言，真正叫人哭笑不得。

作者不放过任何一个有用的细节。他写这些细节并不吃力。信手拈来，皆成妙趣。闲中着色，精细至此。正如风行水面，随处成文。其原因，在于作者对生活熟透了。其可贵处在于，笔下处处有人。

宋士杰是好人，可是他很坏。宋士杰很坏，可是是一个好人。这是一个有血有肉的、活生生的人物，不是一个干瘪的概念。他的性格不是简单的。简单的性格不是性格。作者也没有把他写成一个一般化的讼师，他写的是宋士杰。这样的性格在中国戏曲里少见。不可无一，不可有二。他是"这一个"。

《四进士》在中国戏曲里是一部杰出的现实主义的作品，宋士杰是一个非常难得的典型。

学习《四进士》对于借鉴传统，推动我们今天的创作，是有益的；对于克服"四人帮"造成的公式主义的影响，是有益的。

《四进士》很好了。现在的演出本是一个相当干净、相当精练、相当完整的本子。但是是不是没有加工余地了？能不能再改改？

双塔寺盟誓，毛朋原有这样的念白：

> 可恨严嵩在朝，与我等作对；多蒙海老恩师保奏，我等方能帘外为官。那严嵩心中怀恨，差遣心腹人等暗中查访，寻拿你我的错处，以图伤害。

早年演出时，还有严嵩的心腹带领校尉过场，后来大都删掉了。

这只是一个背景，一个伏线。他把整个故事放在这样一个政治背景上来写，有好处。这样就能说明毛朋秉公执法的直接原因，不致把毛朋拔得太高，成了单纯化的为民请命。

姚、杨二家的纠纷简化了，是对的。不过现在写法有点近乎儿戏。田氏因为听说婆婆说她"走东家、串西家，不像个官宦人家的规矩"，怀疑是杨素贞挑唆，因此便起意要毒死姚庭梅，殊不可信。应该还是为了争夺家产。这和毛朋所写状子上的"由头""害夫霸产、谋卖鲸吞"也才对得上号。田氏与田伦的关系要早点提起。她谋产害人，还不是因为有这么个当大官的阔弟弟吗？

顾读是"直接受贿"还是"间接受贿"，是师爷把银子拿走了，还是他自己收下了，都可以商量。但不论用哪一种写法，都不能对顾读原谅。

田伦一点性格没有。他向顾读行贿，是不是只是因为母亲一跪，可以考虑。他的思想应该稍稍复杂一些，不能把他的行为写成是全不得已。

有一些不恰当词句要改改。毛朋的定场诗"逢龙除角，遇虎拔毛"，这种天真的、童话式的夸张词句出于一个八府巡按之口，不怎么合适。黄大顺的上场诗"朝为田舍郎，暮登天子堂"，显然是演员随便抓来的。一个幕僚，登的什么天子堂呢？不合身份。杨素贞《柳林》的唱词："你家也有姊和妹，你姊姊嫁过多少人"，有点像个泼妇。有些听不懂的词句可改。周信芳本，按院大人有告条在外，有人提起"贩梢"二字，责打四十大板，一面长枷。"贩梢"费解。马连良演出时念成"贩售"，还有念成"贩售人口者"，也都令人生疑。按院察访民情，为什么对贩卖人口问题这样注意，特别出了告示？这一节去掉，于戏似无大碍。"无徒"现在既然很少人懂，不如径改为"流氓光棍"。诸如此类。

"三公堂"宋士杰没有什么戏。毛朋很有戏，宋士杰相形见绌。他在八府巡按面前好像变得老实了。要把这场戏往上挺一下，要想点办法。这办法不太好想。

周信芳和马连良的演出，基本上用的是一个底本。但是取舍之间，颇有不同。现在周先生、马先生都已作古，是不是能把南北两个本子参合起来，斟酌长短，定成一个更完善的本子，供青年演员演出？

我们的前人曾把《四进士》大改了一下，取得很大的成绩。我们今日把它再改改，让它再提高一点，再好一点，可不可以呢？有没有这个必要呢？可以的，也必要的。工程不大，但也要费一点事，而且会有困难。困难之一，是有门户之见。我们今天提倡流派，流派不等于门户。然而门户之见是有的。如之何？如之何？

川　剧

　　有一位影剧才人说过一句话："你要知道一个人的欣赏水平高低，只要问他喜欢川剧还是喜欢越剧。"有一次我在青年艺术剧院看川剧，台上正在演《做文章》，池座的薄暗光线中悄悄进来两个人，一看，是陈老总和贺老总。那是夏天，老哥儿俩都穿了纺绸衬衫，一人手里一把芭蕉扇。坐定之后，陈老总一看邻座是范瑞娟，就大声说："范瑞娟，你看我们的川剧怎么样啊？"范瑞娟小声说："好！"这二位老帅看来是以家乡戏自豪的——虽然贺老总不是四川人。

　　川剧文学性高，像"月明如水浸楼台"这样的唱词在别的剧种里是找不出来的。

　　川剧有些戏很美，比如《秋江》《踏伞》。

　　有些戏悲剧性强，感情强烈。如《放裴》《刁窗》《打神告庙》。《马踏箭射》写女人的嫉妒令人震颤。我看过阳友鹤和曾荣华的《铁笼山》，戏剧冲突如此强烈，我当时觉得这是莎士比亚！

　　川剧喜剧多，而且品位极高，是真正的喜剧。像《评雪辨踪》这样带抒情性的喜剧，我在别的剧种里还没有见过。别的剧种移植这出戏就失去了原来的诗意。同样，改编的《秋江》也只保存了身段动作，诗意少了。川剧喜剧的诗意跟语言密不可分。

四川话是中国最生动的方言之一。比如《秋江》的对话：

　　陈姑：嗳！
　　艄翁：那么高了，还矮呀！
　　陈姑：唉！
　　艄翁：飞远了，按不到了！

　　不懂四川话就体会不到妙处。

　　川丑都有书卷气。李文杰告诉我，进科班学丑，先得学三年小生。这是非常有道理的。川丑不像京剧小丑那样粗俗，如北京人所说"胳肢人"或上海人所说的"硬滑稽"，往往是闲中着色，轻轻一笔，使人越想越觉得好笑。比如《拉郎配》的太监对地方官宣读圣旨之后，说："你们各自回衙理事。"他以为这是在他的府第里，完全忘了这是人家的衙门。老公的颟顸糊涂真令人忍俊不禁。川剧许多丑戏并不热闹，倒是"冷淡清灵"的。像《做文章》这样的戏，京剧的丑是没法演的。《文武打》，京剧丑角会以为这不叫个戏。

　　川剧有些手法非常奇特，非常新鲜。《梵王宫》耶律含嫣和花云一见钟情，久久注视，目不稍瞬，耶律含嫣的妹妹（？）把他们两人的视线拉在一起，拴了个扣儿，还用手指在这根"线"上嘣嘣嘣弹三下。这位小妹捏着这根"线"向前推一推，耶律含嫣和花云的身子就随着向前倾，把"线"向后拖一拖，两人就朝后仰。这根"线"如此结实，实是奇绝！耶律含嫣坐车，她觉得推车的是花云，回头一看，不是！是个老头子，上唇有一撮黑胡子。等她扭过头，是花云！车夫是演花云的同一演员扮的。这撮小胡子可以一会儿出现，一会儿消失（胡子消失是演员含进嘴里了）。用这样的方法表现耶律含嫣爱花云爱得精神恍惚，瞧谁都像花云。耶律含嫣的心理状态不通过旦角的唱念来表现，却通过车夫的小胡子变化来表现。化抽象为具象，这种手法，除了川剧，我还没有见过，而且绝对想不出来。想出这种手法的，能不说他是个天才吗？

有人说中国戏曲比较接近布莱希特体系，主要指中国戏曲的"间离效果"。我觉得真正有意识地运用"间离效果"的是川剧。川剧不要求观众完全"入戏"，要保持清醒，和剧情保持距离。川剧的帮腔在制造"间离效果"上起了很大作用。帮腔者常常是置身局外的旁观者。我曾在重庆看过一出戏（剧名已忘），两个奸臣在台上对骂，一个说："你浑蛋！"另一个说："你浑蛋！"帮腔的高声唱道："你两个都浑蛋嗻……"他把观众对俩人的评论唱出来了！

戏台天地

——《古今戏曲楹联荟萃》

高邮金实秋承其家学，长于掌故，钩沉爬梳，用功甚勤。他搜集了很多戏台上用的对联，让我看看。我觉得这是有意思的工作。

从不少对联中可以看出中国人的历史观和戏剧观。有名的对联是"戏台小天地，天地大戏台"。这和莎士比亚的名句"整个世界是一座舞台，所有的男男女女只不过是演员"极其相似。古今中外，人情相通如此。这是一条比较文学的重要资料。"上场应念下场日，看戏无非做戏人。"莎士比亚也说过类似的话："每个人物都有上场和下场。"但似无此精炼。中国汉字繁体字的戏字，左从虚，右从戈。于是很多对联便在这上面做文章。大意无非是：万事皆属虚空，何必大动干戈！其实在汉字的戏字，左旁是"虘"，属"虚"是后起的异体字，不过后来写成"虚"了，就难怪文人搞这种拆字的游戏。虽是拆字，但也反映出一种对于人生的态度。有些对联并不拆字，也表现了近似的思想，如："功名富贵尽空花，玉带乌纱，回头了千秋事业；离合悲欢皆幻梦，佳人才子，转眼消百岁风光。"如："牛鬼蛇神空际色，丁歌甲舞镜中花。"有的写得好像很有气魄，粪土王侯，睥睨才士，一切都不在话下，如清代纪昀的长联："尧舜生，汤武净，五霸七雄丑角耳，汉祖唐宗，也算一时名角，其余拜将封侯，不过捕旗打伞跑龙套；四书白，五经引，诸子百家杂曲也，李白杜甫，能唱几句乱弹，此外咬文嚼字，都是求钱乞食耍猴儿。"这位纪老先生大概多吃了几杯酒，嬉笑怒骂，故作大言。他真能看得这样超脱吗？未必！有不少对联是肯定戏曲的社会功能的。或强调其教育作用，如"借虚事指点实事，托古人提醒今人"；或强调其认识作用，如"有声画谱描人物，无字文章写古今"。有的正面劝人做忠臣孝子，即所谓"高台教化"了，曾国藩、左宗棠所写的对联都如此。他们的对联都很拙劣。倒是昔年北京同乐轩戏园的对联，我以为比较符合戏曲的艺术规律："作廿四史观，镜中人呼之欲出；当三百篇读，弦外意悠然可思。"至于贵阳江南会馆戏台的对联："花深深，柳阴阴，听剧院声歌，且凉凉去；月浅浅，风翦翦，数高城更鼓，好缓缓归。"这样的对看戏的无功利态度，我颇欣赏。这种曾点式的对生活的无追求的追求，乃是儒家正宗。

中国的演戏是人神共乐。最初是演给神看的，是祭典的一个组成部分。《九歌》可以看作是戏剧的雏形，《湘君·湘夫人》已经有一点情节，有了戏剧动作（希腊戏剧原来也是演给神看的）。各地固定的戏台多属"庙台"。城隍庙、火神庙、土地庙、观音庙，都可以当戏台。我小时候常看戏的地方是泰山庙、炼阳观和城隍庙。这些庙台台口的柱子上多半有对联。这些对联多半是上联颂扬该庙菩萨的盛德，下联说老百姓可以沾光看戏。庙台对联要庄重，写得好的很少。有时演戏是专门为了一种灾祸的消弭而谢神的，水灾、旱灾、火灾之后，常常要演几天戏。有一副酬雨神的戏台楹联："小雨一犁，这才是天遂人愿；大戏五日，也不过心到神知。"写得很潇洒，很有点幽默感，作者对演戏酬神并不看得那么认真，所以可贵。这应该算是戏联里的佳作。甚至闹蝗虫也可以演戏，这是我以前不知道的。武进奔牛镇为捕蝗演戏戏台的对子："尔子孙绳绳，民弗福也，幸毋集翼于原田每每；我黍稷郁郁，神其保诸，报以拊缶而歌呼乌乌。"写得也颇滑稽。大概制联的名士对唱戏驱蝗也是不大相信的，这副对联"不丑"。

很多会馆都有戏台。北京虎坊桥湖广会馆的戏台是北京迄今保存得比较完好的古戏台之一。会馆筑台唱戏。一是为联络乡谊，二是为了谢神。陕西两粤会馆戏台台联："百粤两省廿七郡诸同乡，于时语言，于时庐旅；五声六律十二宫大合乐，可与酬酢，可与祐神。"说出了会馆演戏的作用（会馆演戏常是邀了本乡的班子来演的）。宋元以后,商业经济兴起,形成行帮。行,是不同行业，帮则与地域有关。一都市的某一行业，常为某地区商人匠人所把持，于是出现了许多同乡会——会馆，这是他们生存竞争的相当坚实的组织。许多会馆戏台的对联给我们提供了了解这方面情况的资料。俞曲园是为会馆戏台制联的高手。会馆戏台台联一般都要同时扣合异地和本土的风光。又要和演剧相关联，不易工稳；但又几乎成为固定的格式，少有新意。

三百六十行，都有行会。他们定期集会，也演戏，一般都在祖师爷的生日。行会酬神戏台的对联有些写得不即不离，句句说的是本行，而又别有寄托，如酒业戏台联"正值杨柳青，听三叠歌来，劝君更进一杯酒；如逢李太白，便百篇和去，与尔同销万古愁"，铁器行戏台联"装成千古化身，铁马金戈，总是坚心炼就；演出一场关目，风情火性，无非巧手得来"，都是如此。

春夏秋冬，四时演戏，都有台联，大都工巧。

后来有了专业营业性的剧场，就和谢神、联谊脱离了关系，舞台的台联也大都只谈艺术了。有些戏联是与剧种、剧目有关的。有的甚至只涉及某个演员。

对联是中国特有的文学形式（一九三九年我路过越南时曾看到寺庙里也有对联，但我全不认识，虽然横竖撇捺也像是汉字，但结构比汉字繁复，不知是什么字）。这跟汉语、汉字的特点是有关系的。它得是表意的，单音缀的，并且是有不同调值（平上去入）的，才能搞出对联这种花样。在极其有限的篇幅里要表达广阔的意义，有情有景，还要形成双比和连属，确实也不容易。相当多的对联是陈腐的，但也有十分清新可喜的。戏联因为是挂在戏台上让读书不多的市民看的，大都致力于通俗，常用口语，如"大戏五日，也不过心到神知"即是，这是戏联的一个特点。

我觉得戏联至少有两方面的价值，一是民俗方面的，一是文学方面的。

　　实秋索序，我对戏联没有深入的研究，只能略抒读后的感想，如上。

《西方人看中国戏剧》读后

施叔青在纽约从电视里看到《秋江》，激动得不得了，"想到我们这一辈年轻人，只顾一味地往外冲，盲目地崇洋，对于自己的文化忽略漠视，更可能是故意地鄙弃。这是多么不可原谅的一件事"。我倒觉得，跑出去，看看人家的戏，读读西方的剧本和戏剧理论——包括西方人对中国戏剧的看法，再回过头来审视中国戏曲，是有好处的。我一直主张中国的戏曲研究者把中国戏曲和外国戏剧——比如印度的、欧洲的放在一起，从一个宏观的、俯视的角度来看看，这样才能把中国戏曲是个什么东西，说得比较清楚。施叔青如果不是到美国学了几年戏剧，就不会对中国戏曲有这样比较清醒、也比较新鲜的看法。

贯穿全书，有一个重要观点，是把戏曲和中国文化联系起来考察。戏曲是一种文化现象，是整个中国文化的一个部分，并和中国文化的其他方面息息相关。这是施叔青的老师俞大纲教授的观点，也是施叔青奉为圭臬的观点。施叔青在序里说："老师的高妙在于他能把握重点，从大的、根本性的地方着手。他讲京剧，其实是在讲中国文化。"

俞教授认为："中国文化主要的一点，是受儒家思想的支配，儒家思想的根据是伦理观念，所以中国是个以伦理思想为主的民族，中国人基于伦理而形成一种文化模式。对中国人而言，伦理的意识代替了东方和西方的宗教道德观念。"伦理观念不但是戏剧的思想内核，而且直接影响到戏剧形式。"中国戏曲在抒写各种人与人之间的相互的故事、人际关系的接触，可以烘托出人物的性格与德性。人际关系以及人与自己性格的协调，便是京剧剧本的冲突性。"我以为这见解是很深刻的。

施叔青指出：中国戏剧无西方式的悲剧，都是千篇一律大团圆的结局，促成这样安排的理由，可能与中国戏的目的有关，它主要偏重在教育功能。"'善有善报，恶有恶报'的信念必得反映到剧中人上来。我们希望好人在历尽坎坷辛酸之余，最后应该有完满的下场，否则观众要抱憾离去的。"这似乎是大家都知道的事实，但是我们往往不正视这样的事实。

我觉得我们在处理京剧剧本时不能简单地对其中的伦理意识加以批判，或者抛弃。把这些都当成"封建糟粕"，予以剔除，是过于省事的办法。而且"剔除"也不易，正如施叔青所说："忠孝节义"已经不是抽象的思想，而是具体的"现象"了。把这些剔除了，原来的剧本就不存在。中国的伦理观念不只具有阶级属性，同时是一种普遍的人性。它不随着封建时代的结束而消失。提起"大团圆"，有人就会皱眉，仿佛这是很丢脸的事。希腊悲剧英雄的结局未必一定就是唯一可取的，"大团圆"也没有什么不好。这和中国戏曲的重伦理有关，是中国戏曲常有的本质性的特征。如何对待这些问题，不属本文讨论的范围。我只是从读施叔青的书后，得到启发，觉得这些问题需要重新认识——我想不会有人产生误解，以为我对传统戏曲主张原封不动。

近年来，布莱希特在中国产生很大影响。都说布莱希特从中国戏曲受到很大启发。一般都对他的"间离效果"很有兴趣，施叔青指出，布莱希特还"十分重视中国戏剧中的教诲功能，以及它所含有的道德内容"。一提"教诲功能"，有人就十分厌烦。这一点我们也需要重新认识。布莱希特的戏，比如《高加索灰阑记》，教诲功能是很清楚的，但不妨碍其为杰出的艺术。我希望我们的剧作家不要鄙视教诲功能，只是不要搞得那样浅露。

施叔青介绍了传播中国戏曲的几位名家，其中史考特是"忠实的移植者"，他导演了《四郎探母》《蝴蝶梦》。他对《蝴蝶梦》（《大劈棺》）的主题解释（不知是史考特自己的阐述还是施叔青的揣测），我觉得很深刻：

"《蝴蝶梦》的主题在述说着人在接受试探时，才反映人性的脆弱，以及容易受诱惑的劣根性，想要执着的困难。这是种普遍的人性。"

《大劈棺》在大陆事实上已经禁演，但是如果按照这样的解释，把它重写一遍，我以为会是一出好戏。施叔青对"二百五"被点化成人的过程极感兴趣，以为"其中道理之玄秘，以及'点化'这一举动背后所隐藏的宗教哲学，更显出中国精神的深不可测"，我觉得施叔青的理解，真是"妙不可言"，可惜过去的演员不大懂得其中的玄秘。

《拾玉镯》的研究，通过对一出戏的分析，广涉中国戏曲的若干带有原理性的问题，照大陆的流行说法，是"解剖麻雀"。"中国人创造花旦的心理"一节最为精辟。施叔青以为"倘若以心理学的观点来探讨，花旦的产生可以说，在潜意识里是针对老生、青衣所标榜的道德的一种反叛"，"中国男人可以一边欣赏花旦的妖媚风骚，而不与他所尊敬的贞节烈女相冲突。可以说青衣是男人的理想，花旦则是他们可亲的伴侣"，可谓发前人所未发，却也言之成理。此文的后半截是关于《拾玉镯》的详尽身段谱。中国许多戏都应有这样的身段谱。

　　我对台湾歌仔戏一无所知，但是看了《台湾歌仔戏》这部分文章，觉得很亲切。《危楼里的老艺人》《阿花入城记》是两篇访问记，作者看来只是忠实地、客观地记述两位歌仔戏的艺人生涯，没有加进自己很多的感情色彩，然而凄恻同情，溢于言表。《台湾歌仔戏初探》是一篇科学的、全面的调查报告。这是一篇学术的论文，而且那样长（共一〇八页），但读起来趣味盎然，丝毫不觉得沉闷，因为文笔极好。施叔青是小说家，她是用写小说的笔写学术论文的。她在《哭俞老师》中说："《拾玉镯》一文，以及其他有关中国戏剧的论述，我都是充分地用自己的想象力，很文学而抒情地来注释一些需要证据的问题，至于坐图书馆翻书，全不是我的兴趣所在。"把学术性和抒情性结合起来，是本书的始终一贯的特点。这一特点正是目前的学术文章（包括关于戏曲的论文）所缺乏的。

关于木偶、曲艺部分，我实在太生疏，只能当散文读，不能赞一词。

关于"样板戏"

有这么一种说法:"样板戏"跟江青没有什么关系,江青没有做什么,"样板戏"都是别人搞出来的,江青只是"剽窃"了大家("样板团"的全体成员)的劳动成果。我认为这种说法是不科学的,这不符合事实。江青诚然没有亲自动手做过什么,但是"样板戏"确实是她"抓"出来的。她抓得很全面,很具体,很彻底。从剧本选题、分场、推敲唱词、表导演、舞台美术、服装,直至铁梅衣服上的补丁、沙奶奶家门前的柳树,事无巨细,一抓到底,限期完成,不许搪塞违拗。北京京剧团曾将她历次对《沙家浜》的"指示"打印成册,相当厚的一本。我曾经把她的"指示"摘录为卡片,相当厚的一沓(这套卡片后来散失了,其实应当保存下来,这是很好的资料)。江青对"样板戏"确实花了很多"心血"的(不管花的是什么样的"心血"),说江青对"样板戏"没有做过什么事,这是闭着眼睛说瞎话。有人企图把"样板戏"和江青"划清界限",以此作为"样板戏"可以"复出"的理由,我以为是不能成立的。你可以说:"样板戏"还是好的,虽然它是江青抓出来的(假如这种逻辑能够成立),但是不能说"样板戏"与江青无关。

前几年有人著文又谈"样板戏"的功过,似乎"样板戏"还可以一分为二。我以为从总体上看,"样板戏"无功可录,罪莫大焉。不说这是"四人帮"反党夺权的工具（没有那样直接），也不说"八亿人民八出戏"，把中国搞成了文化沙漠（这个责任不能由"样板戏"承担），只就"样板戏"的创作方法来看，可以说：其来有因，遗祸无穷。"样板戏"创作的理论根据是：革命的现实主义和革命的浪漫主义相结合（即所谓"两结合"），具体化，即是主题先行和"三突出"。"三突出"是于会泳的发明，即在所有的人物里突出正面人物，在正面人物中突出英雄人物，在英雄人物中突出主要英雄人物。这个阶梯模式的荒谬性过于明显了，以致江青都说："我没有说过'三突出'，我只说过'一突出'。"她所谓"一突出"，即突出英雄人物。在这里，不想讨论英雄崇拜的是非，只是我知道江青的"英雄"是地火风雷全然无惧、七情六欲一概没有的绝对理想、也绝对虚假的人物。"主题先行"也是于会泳概括出来，上升为理论的，但是这种思想江青原来就有。她十分强调主题，抓一个戏总是从主题入手；主题不能不明确；这个戏的主题是什么；主题要通过人物来表现——也就是说人物是为了表现主题而设置的。她经常从一个抽象的主题出发，想出一个空洞的故事轮廓，叫我们根据这个轮廓去写戏。她曾经叫我们写一个这样的戏：抗日战争时期，从八路军派一个干部，打入草原，发动奴隶，反抗日本侵略者和附逆的王爷。我们为此四下内蒙古，做了很多调查，结果是没有这样的事。我们还访问了乌兰夫同志、李井泉同志。李井泉同志（当时是大青山李支队的领导人）说："我们没有干过那样的事，不干那样的事。"我们回来向于会泳汇报，说："没有这样的生活。"于会泳说了一句名言："没有这样的生活更好，你们可以海阔天空。""样板戏"多数——尤其是后来的几出戏，就是这样无中生有、"海阔天空"地瞎编出来的。"三突出""主题先行"是根本违反艺术创作规律，违反现实主义的规律的。这样的创作方法把"样板戏"带进了一条绝径，也把中国所有的文艺创作带进了一条绝径。直到现在，这种创作方法的影响还时隐时现，并未消除干净。

从局部看，"样板戏"有没有可以借鉴的经验？我以为是有的。"样板戏"试图解决现代生活和戏曲传统表演程式之间的矛盾，做了一些试验，并且取得了成绩，使京剧表现现代生活成为可能。最初的"样板戏"（《沙家浜》《红灯记》）的创作者还是想沿着现实主义的路走下去的。他们写了比较口语化的唱词，希望唱词里有点生活气息、人物性格。有些唱词还有点朴素的生活哲理，如《沙家浜》的"人一走，茶就凉"，《红灯记》的"穷人的孩子早当家"。到后来就全为空空洞洞的"豪言壮语"所代替了。"样板戏"的唱腔有一些是不好的。有一个老演员听了一出"样板戏"的唱腔，说："这出戏的唱腔是顺姐的妹妹——别姐（别扭）。"行腔高低，不合规律。多数"样板戏"拼命使高腔，几乎所有大段唱的结尾都是高八度。但是应该承认有些唱腔是很好听的。于会泳在音乐上是有才能的。他吸收地方戏、曲艺的旋律入京戏，是成功的。他所总结的慢板大腔的"三送"（同一旋律，三度移位重复），是很有道理的。他所设计的"家住安源"（《杜鹃山》）确实很哀婉动人。《海港》"喜读了全会的公报"的"二簧宽板"，是对京剧唱腔极大的突破。京剧加上西洋音乐，加了配器，有人很反对。但是很多搞京剧音乐的同志，都深感老是"四大件"（京胡、二胡、月琴、三弦）实在太单调了。加配器势在必行。于会泳在这方面是有贡献的，他所设计的幕间音乐与下场的唱腔相协调，这样的音乐自然地引出下面一场戏，不显得"硌生"，《智取威虎山》"打虎上山"的幕间曲可为代表。

"样板戏"与"文化大革命"相始终，在中国舞台上驰骋了十年。这是一个畸形现象，一个怪胎。但是我们还是应该深入、客观地对它进行一番研究。"大百科全书"、《辞海》都应该收入这个词条。像现在这样，不提它，是不行的。中国现代戏曲史这十年不能是一页白纸。

"样板戏"谈往

样板戏

"样板戏"这个说法是不通的。什么是"样板"？据说这是服装厂成批生产据以画线的纸板。文艺创作怎么能像裁衣服似的统一标准、整齐划一呢？一九六三年冬天，江青在上海看戏，带回两个沪剧剧本，一个《芦荡火种》，一个《革命自有后来人》，让北京京剧团和中国京剧院改编成京剧。那时只说是搞"革命现代戏"。后来她有个说法，叫"种试验田"。《芦荡火种》后改名为《沙家浜》，《革命自有后来人》定名为《红灯记》。一九六五年五一节，《沙家浜》在上海演出，经江青审查批准，作为"样板"。"样板戏"的名称大概就是这时叫开了的。我曾听她说过："今年的两块样板是……"

"样板戏"是"文化大革命"的先导，到一九七六年"四人帮"垮台结束。可以说与"文化大革命"相始终，举其成数，时间约为十年。

"文化大革命"是中国政治史上一场噩梦。"样板戏"也是中国文艺史上一场噩梦。"样板戏"一去不复返矣。有人企图恢复"样板戏"，恐怕是不可能的。但是"样板戏"的教训还值得吸取，"样板"现象值得反思。"样板戏"的亡魂不时还在中国大地上游荡。

三结合

　　江青创造了一个"三结合"创作法。"三结合"是领导、群众、作者相结合。领导出思想，群众出生活，作者出技巧。创作是一个浑然的整体，怎么可以机械地分割开呢？"领导"，实际上就是江青。她出思想。这就是说作者不需要思想。"群众出生活"，就是到群众中去采访座谈，记录一点"生活素材"，回来编编纂纂。当时创作都是集体创作，每一句都得举手通过。这样，剧作者还能有什么"主体意识"，还有什么创作的个性呢？现在看起来，这简直是荒唐。可是当时就是这样干的，一干干了十年。我们剧院有一个编剧，说"我们只是创作秘书"。他说这样的话，并没有不满情绪。不料这句话传到于会泳耳朵里（当时爱打小报告的人很多），于会泳大为生气，下令批判。批了几次，也无结果，不了了之，因为这是事实。

"三突出"和"主题先行"

　　"样板戏"创作的理论基础是"三突出"和"主题先行"。
　　"三突出"，是在所有的人物中突出正面人物，在正面人物中突出英雄人物，在英雄人物中突出主要英雄人物。"三突出"

是于会泳的创造，见于《智取威虎山》的总结。把人物划分三个阶梯，为全世界文艺理论中所未见，实在是一大发明。连江青都觉得这个模式实在有些勉强。她说过："我没有说过'三突出'，我只说过'一突出'。"江青所说的"一突出"即突出主要英雄，即她不断强调的"一号人物"。把人物排队编号，也是一大发明。《沙家浜》的主角本来是阿庆嫂，江青一定要把郭建光树成一号人物。芭蕾是"绝对女主角"，《红色娘子军》主角原是吴清华，她非把洪常青树成一号不可。为什么要这样搞？江青有江青的"原则"。为什么郭建光是一号人物？因为是武装斗争领导秘密工作，还是秘密工作领导武装斗争？为什么洪常青是一号？因为洪常青是代表党的，而吴清华只是在洪常青教育下觉醒的奴隶。这种划分，和她的题材决定论思想是有关系的。结果是一号人物怎么树还是树不起来，给人印象较深的还是二号人物。因为二号人物多少还有点性格，有戏。"样板戏"的人物，严格说不是人物，不是活人，只是概念的化身，共产主义伦理道德规范的化身，"党性"的化身。他们都不是血肉之躯，没有家室之累、儿女之情，一张嘴都是豪言壮语。王蒙曾在一篇文章里调侃地说："'样板戏'的人物好像都跟天干上了，'冲云天'，'冲霄汉'。"

"主题先行"，也是于会泳概括出来的。这种思想，江青原来就有，不过不像于会泳概括得这样简明扼要。江青抓戏，大都是从主题入手。改编《杜鹃山》的时候，她指示："主题是改造自发部队，这一点不能不明确。"她说过："主题是要通过人物来体现的。"反过来说:"人物是为了表现主题而设置的。"这些话乍听起来没有大错,但实际上这是从概念出发,是违反创作规律的。"领导出思想",江青除了定主题,定题材,还要规定一个粗略的故事轮廓。这种故事轮廓都是主观主义,凭空设想,毫无生活根据的。她原来抓了很长时期的《红岩》,后来又认为解放前夕四川党就烂了,"我万万没有想到四川党那时还有王明路线!"她随便一句话,四川党就被整惨啰!她决定放弃《红岩》,另写一个戏,写:从军队上派一个女的政工干部到重庆,不通过地方党,通过一个社会关系,打进兵工厂,发动群众护厂,迎接解放。不通过地方党,通过一个社会关系开展工作,党的秘密工作有这么干的吗?我和另一个编剧阎肃都没有这样的生活(也不可能有这样的生活),只好按她的意旨编造了一个提纲,向她汇报,她竟然很满意。那次率领我们到上海(江青那时在上海)的是北京市委宣传部长李琪。我们把提纲念给李琪听了,李琪冷笑着说:"看来没有生活也是可以搞创作的噢?"这个戏后来定名为《山城旭日》,彩排过,没有演出。她原来想改编乌兰巴干的《草原烽火》,后来不搞了,叫我们另外写个戏,写:从八路军派一个政工干部(她老爱从军队上派干部),打进草原,发动奴隶,反抗日本侵略者和附逆的王爷。

我们几个编剧四下内蒙古,搜集生活素材。搜集不到。我们访问过乌兰夫和李井泉,他们都不赞成写这样的戏。当时党对内蒙古的政策是:蒙古的王公贵族和牧民团结起来,共同抗日。乌兰夫说写一个坏王爷，牧民是不会同意的。李井泉说：你们写这个戏的用意，我是理解的，但是我们没有干过那种事。我们不干那种事。他还给我们讲了个故事：红军长征，路过彝族地区，毛主席叫他留下来，在这里开辟一个小块根据地。第二天毛主席打来一个电报，叫他们赶快回来。这个地区不具备开辟工作的条件。李井泉等人赶快走，身上衣服都被彝族人剥光了。写这样的戏不但违反生活真实，也违反党的民族政策。我们回来，向于会泳汇报，说没有这样的生活。于会泳说了一句非常精彩的话："没有生活更好，你们可以海阔天空。""四人帮"垮台后，文化部召集了一个关于文艺创作的座谈会，会议主持人是冯牧。我在会上介绍了于会泳的这句名言。冯牧说："什么叫'海阔天空'，就是瞎编！"一点不错，除了瞎编，还能有什么办法？这个戏有这样一场：日本人把几个盐池湖都控制了起来，牧民没有盐吃。有一天有一个蒙奸到了一个浩特，带来一袋盐，要分给牧民，这盐是下了毒的。正在危急关头，那位八路军政工干部飞马赶到，大叫："这盐不能吃！"他抓了一把盐，倒一点水在碗里，把盐化开，让一只狗喝。狗喝了，四脚朝天，死了。在给演员念这一场时，一个演员说：你们真能瞎造。我只听说给大牲口喂盐的，没听说过给狗喝盐水。狗肯喝吗？再说上哪找这么个狗演员去？举此一例，足可说明"主题先行"会把编剧憋得多么胡说八道。

156

样板团

在江青直接领导之下创演"样板戏"的剧团变成了"样板团"。"样板团"的"战士"待遇很特殊，吃样板饭：香酥鸡、番茄烧牛肉、炸黄花鱼、炸油饼……每天换样。穿样板服，夏天、春秋天各一套，银灰色的确良，冬天还发一身军大衣。样板服的式样、料子、颜色都是江青亲自定的。她真有那闲工夫！样板团称样板饭为"板儿餐"、样板服为"板儿服"。一些被精简到"五七干校"劳动的演员、干部则自称"板儿刷"。

每排一个"样板戏"，都要形式主义地下去体验一下生活，那真是"御史出朝，地动山摇"。

为排《沙家浜》，到了苏州、常熟。其实这时《沙家浜》已经在上海演出过，下去只是补一补课。到阳澄湖内芦苇荡里看了看，也就那样。剧团排练、辅导，我没什么事，就每天偷偷跑出去吃糟鹅，喝百花酒。

为排《红岩》，到过重庆。在渣滓洞坐过牢（这是江青的指示：要坐一坐牢），开过龙光华烈士的追悼会。假戏真做，气氛惨烈。至华蓥山演习过"扯红"，即起义。那天下大雨，黑夜之间，山路很不好走，随时有跌到山涧里的危险。"政委"是赵燕侠，已经用小汽车把她送上山，在一个农民家等着。这家有猫。赵燕侠怕猫，用一根竹竿不停地在地上戳。到该她下动员令宣布起义时，她说话都不成句了。这是"体验生活"吗？充其量，可以说是做戏剧小品，不过这个"小品"可真是兴师动众，劳民伤财。

为了排《杜鹃山》，到过安源，安源倾矿出动，敲锣打鼓，夹道欢迎这些"毛主席派来的文艺战士"。那天红旗不展，万头皆湿——因为下大雨。

样板团的编导下去了解情况，搜集材料，俨然是"特使"，各地领导都是热情接待，亲自安排。唯恐稍有不周，就是对"样板戏"的态度问题。

经　验

"样板戏"是不是也还有一些可以借鉴的经验？我以为也有。一个是重视质量。江青总结了五十年代演出失败的教训，以为是质量不够，不能跟老戏抗衡。这是对的。她提出"十年磨一戏"。一个戏磨上十年，是要把人磨死的。但戏总是要"磨"的，"萝卜快了不洗泥"，搞不出好戏。一个是唱腔、音乐，有创新、突破，把京剧音乐发展了。于会泳把曲艺、地方戏的音乐语言糅进京剧里，是成功的。《海港》里的二簧宽板，《杜鹃山》"家住安源"的西皮慢二六，都是老戏里所没有的板式，很好听。

中国戏曲和小说的血缘关系

自从布莱希特以后，世界戏剧分作了两大类。一类是戏剧的戏剧，一类是叙事诗式的戏剧。布莱希特带来了戏剧观念的革命。布莱希特的戏剧观可能受了中国戏曲的影响。元杂剧是个很怪的东西。除了全剧一个人唱到底，还把任何生活一概切成四段（四出）。或许，元杂剧的作者认为生活本身就是天然地按照四分法的逻辑进行的，这也许有道理。四是一个神秘的数字。元杂剧的分"出"，和十九世纪西方戏剧的分"幕"不尽相同，但有暗合之处（古典西方戏剧大都是四幕）。但是自从传奇兴起，中国的剧作者的戏剧观点、思想方式，发生了很大的变化，同时带来结构方式的变化。传奇的作者意识到生活的连续性、流动性，不能人为地切作四块，于是由大段落改为小段落，由"出"改为"折"。西方古典戏剧的结构像山，中国戏曲的结构像水。这种滔滔不绝的结构自明代至近代一直没有改变。这样的结构更近乎是叙事诗式的，或者更直截了当地说是小说式的。中国的演义小说改编为戏曲极其方便，因为结构方法相近。

中国戏曲的时空处理极其自由，尤其是空间，空间是随着人走的，一场戏里可以同时表现不同的空间（中国剧作家不知道所谓三一律，因此不存在打破三一律的问题）。《打渔杀家》里萧恩去出首告状，被县官吕子秋打了四十大板，轰出了县衙。

159

他的女儿桂英在家里等他。上场唱了四句：

> 老爹爹清晨起前去出首，
> 倒叫我桂英儿挂在心头。
> 将身儿坐至在草堂等候，
> 等候了爹爹回细问根由。

在每一句之后听到后台的声音："一十，二十，三十，四十，赶了出去！"这声音表现的是萧恩在公堂上挨打。一个在江那边，一个在江这边，一个在公堂上，一个在家里，这"一十，二十……"怎么能听得到？谁听见的？《一匹布》是一出极其特别的、带荒诞性的"玩笑剧"。李天龙的未婚妻死了，丈人有言，等李天龙续娶时，把女儿的四季衣裳和陪嫁银子二百两给他。李天龙家贫，无力娶妻，张古董愿意把妻子沈赛花借给他，好去领取钱物，声明不能过夜。不想李天龙、沈赛花被老丈人的儿子强留住下了。张古董一看天晚了，赶往城里，到了瓮城里，两边的城门都关了，憋在瓮城里过了一夜。舞台上一边是老丈人家，李天龙、沈赛花各怀心事；一边是瓮城，张古董一个人心急火燎，咕咕哝哝。奇怪的是两边的事不但同时发生，而且两处人物的心理还能互相感应，又加上一个毫不相干、和张古董同时被关在瓮城里的一个名叫"四合老店"的南方口音的老头儿跟着一块瞎打岔，这场戏遂饶奇趣。这种表现同时发生在不同空间的事件的方法，可以说是对生活的全方位观察。

　　中国戏曲，不很重视冲突。有一个时期，有一种说法，戏剧就是冲突，没有冲突不成其为戏剧。中国戏曲，从整出看，当然是有冲突的，但是各场并不都有冲突。《牡丹亭·游园》只是写了杜丽娘的一脉春情，什么冲突也没有。《长生殿·闻铃·哭象》也只是唐明皇一个人在抒发感情。《琵琶记·吃糠》只是赵五娘因为糠和米的分离联想到她和蔡伯喈的遭际，痛哭了一场。《描容》是一首感人肺腑的抒情诗，赵五娘并没有和什么人冲突。这些著名的折子，在西方的古典戏剧家看来，是很难构成一场戏的。这种不假冲突，直接地抒写人物的心理、感情、情绪的构思，是小说的，非戏剧的。

　　戏剧是强化的艺术，小说是入微的艺术。戏剧一般是靠大动作刻画人物的，不太注重细节的描写。中国的戏曲强化得尤其厉害。锣鼓是强化的有力的辅助手段。但是中国戏曲又往往能容纳极精微的细节。《打渔杀家》萧恩决定过江杀人，桂英要跟随前去，临出门时，有这样几句对白："开门哪！""爹爹呀请转！这门还未曾上锁呢。""这门嗻！——关也罢，不关也罢。""里面还有许多动用家具呢。""傻孩子呀，门都不要了，要家具作甚哪！""不要了？喂噫……""不省事的冤家呀……"

　　从戏剧情节角度看，这几句话可有可无。但是剧作者（也算是演员）却抓住了这一细节，表现出桂英的不懂事和失落英雄准备弃家出走的悲怆心情，增加了这出戏的悲剧性。

《武家坡》，薛平贵在窑外述说了往事，王宝钏确信是自己的丈夫回来了，开门相见：

王宝钏（唱）

　　　　开开窑门重相见，

　　　　我丈夫哪有五绺髯？

薛平贵（唱）

　　　　少年子弟江湖老，

　　　　红粉佳人两鬓斑。

　　　　三姐不信菱花照，

　　　　不似当年在彩楼前。

王宝钏（唱）

　　　　寒窑哪有菱花镜？

薛平贵（白）

　　　　水盆里面——

王宝钏（接唱）

　　　　水盆里面照容颜。

　　　　（夹白）老了！

　　　　（接唱）

　　　　老了老了真老了，

　　　　十八年老了我王宝钏！

水盆照影，是一个非常精彩的细节。王宝钏穷得置不起一面镜子，她茹苦含辛，也无心对镜照影。今日在水盆里一照：老了！"十八年老了我王宝钏"，千古一哭！

这种"闲中着色"，涉笔成情，手法不是戏剧的，是小说的。

有些艺术品类，如电影、话剧，宣布要与文学离婚，是有道理的。这些艺术形式绝对不能成为文学的附庸、对话的奴仆。但是戏曲，问题不同。因为中国戏曲与文学——小说，有割不断的血缘关系。戏曲和文学不是要离婚，而是要复婚。中国戏曲的问题，是表演对于文学太负心了！

戏曲和小说杂谈

戏曲和小说的社会功能

据说周总理曾在广州会议上提出，文艺有四大功能：第一是教育作用，第二是认识作用，第三是美感作用，第四是娱乐作用。听说在美学界有一种理论，认为不存在这四种功能，只存在一种功能，审美作用。我不了解这种理论，我还是同意文艺有这四种功能。

但是，我觉得长期以来，比较片面地强调了文艺的教育作用，而比较忽视文艺的认识作用。我怎么想起这个问题呢？是从《玉堂春》想起的，从苏三想起的。来这里之前，林斤澜等几位同志到山西去了一趟，到了洪洞县。林斤澜对我说，洪洞县的苏三监狱拆掉了，是"文化大革命"中拆的，说这是统治阶级压迫劳动人民的工具，不能留。林斤澜说，很可惜，这是全国仅有的一个明朝监狱，现在没有了。我见过这个监狱。这个县没有其他名胜古迹，主要是苏三监狱。据说，苏三就是关在这个监狱里，在这个县大堂上过堂。这可能是真的，也可能是附会出来的。苏三这样一个人物，为什么被洪洞县的人那么纪念？全国许多人知道山西有个洪洞县，是因为有了《玉堂春》这个戏，不少人会唱几句"苏三离了洪洞县，将身来在大街前"。

《玉堂春》这个戏是很有特色的，是一出家喻户晓、脍炙人口的名剧。这出戏，编得不错。其中精彩的、经常唱的是"起解"和"玉堂春"。平常说的"玉堂春"是指"三堂会审"。用全剧的剧名，作为其中一折的剧目，就说明这是这出戏的"戏核"。这一折的艺术处理是非常特殊的。舞台处理是大手笔。整个一场戏，没什么舞台调度，就是上边三个问官：王金龙、红袍、蓝袍，下边是苏三唱。三个问官没什么太大的动作，苏三也基本上是跪着唱。她唱的内容都是前边演过的。这里的唱，把全部的内容重复地叙述了一遍。重复，这是编剧本的大忌。《玉堂春》走了一条险路，这个戏，表面看起来很平静，上边坐着，下边跪着，上边问，下边唱。这是很难的，表演也难，它没什么动作，但它的人物内心的矛盾冲突是很强烈的，而且层次很清楚，几经起伏，节节升高，以至达到感情的高峰。由于人物内心冲突很强烈，把观众吸引住了，从而感染了观众，使观众认识了《玉堂春》那个时代。就是那样一个时代，玉堂春被无辜弄到监狱里。我想，《玉堂春》这个戏有什么教育作用？很难。能说我们今天要向苏三学习吗？学什么，顶多说学对爱情的忠贞，但是这也很勉强。主要是个认识作用，现在我们来认识几百年前的明朝社会，这是个很好的资料。因此，我想，我们许多传统剧目，到今天仍能存在，以后还能存在，主要是因为它有一定的认识作用。如果我们对过去的时代没有较深的认识，那就不可能对今天的时代产生真挚的感情。所以，认识作用是不可忽视的。

从作家的创作和观众接受的程序来看，也是认识作用在前，教育作用在后，一个作者写一个作品，不管它是反映现实生活，还是反映历史生活，一开始总是被生活中的现象所感动，然后才能意识到现象里面包含的意义。一个作家首先是观察了生活，理解了生活，才能在这基础上塑造形象；在这形象活起来之后，才会意识到这形象所具有的、所可能产生的道德力量和思想力量。一个读者或一个观众，看作品或看戏，他首先接受感染的也是人物的形象，是作者反映的生活，是生活现象。把这些东西记在心里，下一步，才可能使他对美好事物进行追求，或对丑恶事物予以否定。从作者产生作品的程序和读者接受作品的程序，一般是认识在前，教育在后。但是，教育作用有时被强调到或简单化到一点：向戏中的某个人物学习。我不否认号召读者向作品中塑造的英雄人物学习，但是，一般说这个教育作用是个复杂的过程。我们的作品如果只是强调教育作用，会导致题材的狭窄化，因为有些题材确实教育作用不大，但认识作用很深。比如，邓友梅的《那五》，它的教育作用在哪里？也可能读了之后引起我们的警觉，我们青年人不要学习八旗子弟。这是间接得到的理念上的认识。但是，真正从作品中得到的，是对那个时代、那个八旗、那些人物、那个生活的认识，他们是怎样堕落下去的。《茶馆》是中国旧时代的生活画面。我的一些作品如《受戒》《大淖记事》，不能说一点教育作用也没有，但这些作品存在的意义，主要是让人认识那个时代。如果说它们有点教育作用的话，就是教育青年追求纯洁的、朴实的爱情。刚发表时，有人问我:你小说的主题是什么？我说是"思无邪"。但是，我主要是想让现在的青年认识认识那个时代。如果我们允许教育意义不是很强，但认识意义比较深的作品可以写的话，那么，我们的写作天地就比较宽一些。比如某个题材，很有典型意义，写出来能让人认识生活的某个角落，或某个时代的某个生活侧面，但是如果非强调要写教育作用大的，那么这个题材就完了。另外，为了避免在戏剧方面的一些武断，也应该提倡一下文艺的认识作用。比如，《起解》有人把一句念白给改了，原来是苏三说"待我辞别狱神也好赶路"，改为"待我辞别辞别也好赶路"，大概说狱神有迷信色彩吧，可是这样一改，辞别就没有对象了。再如，"三堂会审"的词，有好些剧团就把它改了，苏三唱的头一次开怀是哪一个，十六岁开怀是那王公子。现在把"开怀"改为"定情",觉得"开怀"这个词不好听。"开怀"，是妓院的习惯用语，改成"定情"，那么苏三第一次定情，第二次定情，老是和人定情，这样苏三就成了不贞的人了，爱情不专一了。还有苏三唱的在关王庙与王金龙相会，"不顾腌臜怀中抱，在那神案底下叙叙旧情"，有的认为这两句不好，干脆删掉了。这是苏三这个妓女表达爱情的方式。作为一个妓女做到这样很不容易呵。这样一些词，使我们看到当时妓院的生活。可是，这样一改，的确是净化了，很"卫生"，也就没什么意思了。

有些人对古典名著也是随便改。比如,《赵盼儿风月救风尘》,我看了几个改本,把盼儿改得一点妓女的痕迹也没有了,赵盼儿成了"高大全"了,非常仗义。赵盼儿是什么人?关汉卿写得很明白,赵盼儿"风月救风尘",她用妓女的手段救了一个落难的人。离开了妓女的身份,这个戏就不存在。所以,我想,强调一下认识作用,对某些同志或可改变一下那种粗暴的做法,也不至于把人物的精神境界无限制地硬拔高。

戏曲与小说的异同

它们的相同之处都是反映生活,塑造人物,都是语言的艺术。与音乐绘画不同,音乐靠旋律、节奏,绘画靠色彩、线条。可是戏曲与小说又确实是两种不同的艺术形式。第一从形式上看,小说可以有叙述语言,作者可以出来讲话,戏曲则不行。小说作者可以把自己的思想感情、态度通过叙述语言表达出来,而戏曲只有通过人物的语言和行动来表现,作者不能出来讲话。小说的风格主要表现在他的叙述语言上,而不是人物的对话,而戏曲要写出风格是很难的。第二,戏剧包括戏曲,是强调的,而小说,特别是现代小说是不能强调的,它不用强调这个手法。小说越像生活本身的形式越好。生活本身是较平淡的,有时是错乱的。小说的形式与生活的形式越接近越好。小说中的对话与戏剧台词不是一回事。小说的对话越平常,越和普通人说话一样越好，不能有深文大义。托尔斯泰有一句话，人是不能用警句交谈的。这话是很精彩的。小说的对话，一般不要用带哲理的语言，或具有诗意的语言。否则，就不像真人说的话。年轻时，我就犯过这个毛病，总想把对话写得美一点，深一点，有点哲理，有点诗意。我让老师沈从文看，他说，你这两个人物的对话是两个聪明脑袋在打架。戏剧则是可以的，戏剧人物的语言太平淡了不行。它比生活更高一点，离生活更远一点。这样说不一定恰当。我想，小说对生活是一度概括，戏剧是二度概括，戏曲是三度概括、高度概括。如果用戏剧的概念写小说，搞什么悬念、危机、高潮，写出的小说准不像样。小说贵淡雅，戏剧贵凝练；小说要分散，戏剧要集中。戏剧不能完全像生活，说白了，戏剧是可以编造的。当然，人物是不能瞎编造的。有些小说，浪漫主义小说，有时也带有戏剧性情节，如雨果的小说。他的小说情节性强，而且带戏剧性，改成戏、电影是很方便的。但是，一般小说，特别是现代小说，不太重视情节。有人反对小说中带有戏剧性情节。我也这样主张。如果你的题材带有戏剧性，你就写戏得了，何必写小说呢？一般说，戏还是重情节、重戏剧性的，当然有的不，如萧伯纳的戏就没多少戏剧性。

有的同志容易把小说与戏剧搞混了。有人用写戏的方法写小说，也有同志写戏用写小说的办法，这样写出来的戏就比较平淡。

中国戏曲的特点

1. 中国戏曲是高度综合的艺术。表现手段，在现代世界戏剧中是最多的，唱、念、做、打。在外国，一个戏中，同时用这么多手段，是没有的。外国戏剧家到中国来看戏，就说，你们中国的演员真是了不起。我们演歌剧的，不重视表演；重视表演的，就不重视唱。

2. 中国的戏曲是自成体系的。上海的黄佐临同志说，世界的戏剧有三大体系，一是斯坦尼斯拉夫斯基体系，一是德国布莱希特的体系，另外一个是中国的体系，或称梅兰芳体系。中国体系与布莱希特体系较接近，布莱希特说：他的体系的形成是受中国戏剧的影响。他说，他让观众意识到，我写的是戏，不是生活。舞台上演的是戏，不是生活本身。我不让你相信这是生活本身。另外，他不像斯坦尼斯拉夫斯基要求演员进入角色，搞第一自我，第二自我。他要求演员清醒地意识到，我是个演员，我要表演这个人物。中国的表演程式化很厉害，演员很意识到自己怎样表演，怎样发声，怎样动作才美。不要求演员跟着人物走。中国观众看戏，不是完完全全掉进戏里，当然有些戏，特别是看苦戏，有些人是掉进戏里的，特别是老太太，台上演苦戏，她在台下一把鼻涕一把泪地哭。一般说，中国演悲剧，也不要求你那么感动。它要求你保留着欣赏态度。有人说，中国的京剧不感动人，我说，你埋怨错了，它不要求你感动。它的美学过程不一样。我在四川看过一个戏，写两个人在吵架，一个说，你浑蛋，另一个说，你浑蛋。两个人吵得不可开交，这时，帮腔的唱："你们俩都浑蛋哪！"这就把观众的批评，直接由帮腔的人唱出来了。这表现了中国戏曲的很大特点。

3. 中国的戏曲有独特的手法。它可以容纳进小说的成分，即所谓"闲文"，它不是直接与戏剧情节有关系的东西，但对表现人物有帮助。比如《四进士》，在第三场中，宋士杰琢磨着回家后如何向干女儿杨素贞说，杨素贞又会怎样说法。回家后父女一对话，果然不出所料。当杨素贞刚说一句"我不是你的亲生女儿"，这时，周信芳加了一句"来了！"这两个字很精彩：我等着她说的，果然说出来了。宋士杰说："我早晓得你有这两句话了。"这一段，作为一个小过场，把宋士杰这个人对人情世故的练达表现得非常清楚。再比如《打渔杀家》，萧恩决定过江杀吕子秋一家。萧恩出门，桂英说："爹爹请转。"萧恩说："儿啊，何事？""这门还未曾上锁呢。""这门嗻，关也罢，不关也罢。"桂英说："里边还有许多动用的家具呢。"萧恩说："傻孩子啊，这门都不关了，还要家具作甚。"桂英不明白，说："不要了？"萧恩说："不省事的冤家呀……"这一细节，写桂英的不懂事，以及萧恩的压抑、悲愤，要报仇的老英雄的悲壮心理，就在这简单的对话中表现了出来。我们现在写戏的人没有这个功夫。京剧不容易表现生活，生活化的东西是不太多的。我们也有荒诞派的东西，如《一匹布》

故事荒唐，表现手法独特。

我们的戏曲也有缺点，历史故事、历史人物，特别是人物雷同化。年轻人看了不上劲，感到不满足，一个原因就是人物简单化，缺乏复杂的、丰富的、充满矛盾的性格。这是历史的局限。其实，外国的东西，在中古以前的东西，也没有这么复杂的性格，如《十日谈》《堂·吉诃德》。我们现在创作要向外国学习、借鉴。但是中国的戏剧是独树一帜的。现在欧洲、美洲的许多戏剧家认为，戏剧的出路在中国。走中国戏曲的路子。对于我们戏曲的一些缺点，在创作时要注意避免。

小说的情节与细节呼应

李渔谈编戏有一段话，话不难懂，但很有道理。他说："编戏有如缝衣，其初则以完全者剪碎，其后又以剪碎者凑成。剪碎易，凑成难。凑成之工，全在针线紧密；一节偶疏，全篇之破绽出矣。每编一折，必须前顾数折，后顾数折。顾前者，欲其照映；顾后者，便于埋伏。照映埋伏，不止照映一人，埋伏一事，凡是此剧中有名之人，关涉之事，与前此后此所说之话，节节俱要想到。宁使想到而不用，勿使有用而忽之。"照应、埋伏的关键是前思后想，要有总体构思。有的同志写小说，写这一段就只想这一段，这不行。写这一段时，往前想几段，看哪里需要照应；往后想几段，看是否应该埋伏。我们一般写小说，往往很难从头至尾想得很周全。我有打腹稿的习惯，特别是短的。要往前想想，往后想想，不这样，写出来的小说就像个拼盘。埋伏，要埋伏得叫人看不出来，不露痕迹。照应应该是水到渠成。

主题的含藏

李渔讲到"立主脑"。为什么叫主脑？我想到风筝上有一根脑线。有了这根脑线，风筝才能飘起来。但是让人看到的是风筝的那个形象，而不是那根脑线。中国有句俗话，叫"逢人只说三分话，未可全抛一片心"。在做人上这是庸俗的哲学，而写小说却是可以这样的。李渔说写诗文不可把话说尽，有十分只说二三分，如果全说出来就没意思了。虽没有写出来，但要使读者感觉得到。侯宝林说《买佛龛》，老太太买来佛龛，小伙子问："多少钱买的？"老太太说："不能说买，要说'请'。""多少钱请的？""唉，这么个玩意儿，六毛！"不再往下说了。如果说破了，说老太太一提到钱，心痛了，就忘了对佛龛的敬意。这就说白了，也就没有"嚼头"了。我们的作者往往把话说破了。再如契诃夫的《万卡》，最后是，寄给乡下的爷爷收。到这就完了。如果后边再加上：万卡不知道，他的爷爷是不会收到的。这就"白"了，也就不是契诃夫的《万卡》了。不说，更深刻；说破了，它感人的艺术效果就被削弱了许多。中国还有句话说"话到嘴边留半句"。点题的话，想明说你要忍着，留着，别把它说出来，像《红楼梦》中尤三姐说的："提着影戏人儿上场，好歹别戳破这层纸儿。"

京剧格律的解放

用京剧曲调谱写语录和毛主席诗词，使人们觉得京剧曲谱的能量也是很大的。有些京剧语录和诗词比较勉强，带有明显的削足适履的痕迹。但是有一些是很顺畅、有气魄、有感情、有意境的，比如裘盛戎唱的"群众是真正的英雄"，李维康唱的"风雨送春归"。有的唱腔设计的同志说：这些都能唱，还有什么不能唱的呢？

这就让人想到另一个问题，为什么京剧唱词的格律一定要死守着二二三、三三四、上下句这样的框框呢？

有没有什么道理？据说是有的：这是京剧的唱腔规律所决定的。京剧唱腔每一句分三小节，一小节的拍数是相对固定的，因此唱词字数不能参差；上下句，上句押仄声，下句押平声，是因为平声可以延长，便于"曼声歌唱"，即"使腔"。但是：《贵妃醉酒》的字句并不整齐，它不是板腔体，而是曲牌体，怎么也能唱了呢？平声吗？北京话的阴平是高平调，阳平是升调，倒似乎便于延长，然而京剧原用湖广音，湖北话的阳平是降调，不便延长，那又如何解释呢？而且，大家都知道京剧使腔并不都在下句，上句使腔的时候更多一些；而且，京剧的"按字行腔"是指小腔而言，至于大腔，则除了开头部分受字音的制约，字既吐出，下面的腔与字音已经没有关系了。因此，

175

这些道理不能说服人。

只能说，京剧的格律是一个历史的、人为的现象，是习惯，是约定俗成，没有一定的道理。它大概是来源于说唱文学。这样的格律有两个缺点，一是宜于叙事而拙于抒情（旧戏唱词往往有第三人称的痕迹）；二是死板少变化。唱词格律的简陋、死板，很大程度上助长了京剧艺术的凝固性。

老一辈的京剧艺术家已经自觉不自觉地突破了框框。《法场换子》《沙桥饯别》都在二簧三眼里垛了几个四字句。《上天台》的三眼在结尾后又饶了一句"你我是布衣的君臣"，是所谓"搭句"，即唱了两个下句。程砚秋真大胆，他把《胡笳十八拍》的第十四拍一字不动地唱了出来，而且顿挫一如原诗！梅兰芳唱的《三娘教子》："小东人下学归，我教他拿书来背，谁知他一句也背不出来。手执家法将他打，他倒说我不是他的亲生的娘，啊，老掌家呀！"这是什么？这是散文，根本不押韵！然而很有感情。

我深深感到，京剧格律有突破、丰富的必要。我觉得可以把曲牌体吸收进来。词曲在写情上较之原来规整的古近体诗无疑是一个进步。我曾经按谱填词写过昆曲，发现这种貌似严格的诗体，其实比二二三、三三四自由得多，上下句不必死守。可以连用几个上句，或几个下句，以适合剧中感情的需要。古诗用韵，常常是平仄交替。一段之中也可以转韵。杜甫的古诗都是一韵到底，白居易的古诗就按情绪需要不断地转韵。一段二三十句的京剧唱词，为什么只能一道辙呢？转韵有好处，可以省层次，有转折。我甚至觉得京剧完全可以吸收一些西洋诗的押韵格式，如间行为韵，ABAB；抱韵，ABBA……

不是为格律而格律，不是跟京剧的传统格律捣乱，不是别出心裁，是为了把京剧往前推进一步。新的内容、新的思想、新的感情，要求有新的格律。

当然不是要京剧格律搞得稀里哗啦，原来的格律全部抛弃。主体，仍应是二二三、三三四、上下句。

担心这样搞会不像京剧吗？请听《风雨送春归》。

从戏剧文学的角度看京剧的危机

京剧的确存在着危机。从文学史的发展，从它和杂剧、传奇所达到的文学高度的差距来看；从它和五四以来新文学发展的关系来看；从它和三十年来的其他文学形式新诗、小说、散文的成就特别是近三年来小说和诗的成就相比较来看，京剧是很落后的。

决定一个剧种的兴衰的，首先是它的文学性，而不是唱做念打。应该把京剧和艾青的诗，高晓声、王蒙的小说放在一起比较一下，和话剧《伽利略传》比较一下，这样才能看出问题。不少人感觉到并且承认京剧存在着危机，一个重要的现象是观众越来越少了，尤其是青年观众少了。京剧脱离了时代，脱离了整整一代人。

很多人说，中国的戏曲在世界戏剧中有自己独特的地位，有它自成一套的体系。但是中国戏曲的体系究竟是什么呢？到现在还没有人说出这个所以然来，我希望有人能迅速写出几本谈中国戏曲体系的书，这样讨论问题时才有所依据。否则你说你写的是一个戏曲剧本，他说不是，是一个有几段台词的什么别的东西；你说你继承了传统，他说你脱离了传统，聚说纷纭，莫衷一是。弄清了体系，才能发展京剧。为了适应四个现代化，我认为京剧本身有个现代化的问题。

我认为所有的戏曲都应该是现代戏。把戏曲区别为传统戏、新编历史戏和现代戏是不科学的。经过整理加工，加工得好的传统戏，新编的历史题材的戏，现代题材的戏，都应该是"现代戏"。

就是说：都应该具有当代的思想，符合现代的审美观点，用现代的方法创作，使人对当代生活中的问题进行思索。整理传统戏、新编历史剧和现代戏，只是题材的不同，没有目的和方法的不同。不能说写现代题材用一种创作方法，写历史题材是用另一种创作方法。

但是大量的未经整理的京剧传统戏所用的创作方法是陈旧的。从戏剧文学的角度来看，传统京剧存在这样一些问题：

一、陈旧的历史观。传统戏大部分取材于历史，但严格来讲，它不能叫作历史剧，只能叫作"讲史剧"。宋朝说话人有四家，其中有一家叫"讲史"。中国戏曲对于历史的认识也脱不出这些讲史家的认识。中国戏曲的材料，往往不是从历史，而是从演义小说里找来的。很多是歪曲了历史的本来面目的，我们今天的一个艰巨任务就是还历史以本来面目。这首先就要创作出大量的历史题材的新戏，把一些老戏代替掉。比如诸葛亮这个人，是个伟大的政治家、军事家；他一生的遭遇也很有戏剧性。大家都知道他的一句名言："鞠躬尽瘁，死而后已。"这是两句很沉痛的话，他是在一种很困难的环境中去从事几乎没有希望的兴国事业的，本身就带有很大的悲剧性。我们为什么不可以脱掉他身上的八卦衣写一个历史上真正的诸葛亮呢？另一个任务是对传统戏加工整理。这种整理是脱胎换骨、点石成金、化腐朽为神奇的工作，在某种程度上它比新创作一个历史题材的戏的难度还要大一些，从这个角度上说中国戏曲是一个大包袱，我以为是很有道理的。也许我说得夸张一些，从原则上讲，几乎没有一出戏可以原封不动地在社会主义舞台上演出。

二、人物性格的简单化。中国戏曲有少数是写出深刻复杂的人物性格的，突出的例子是宋士杰，宋士杰真正够得上是一个典型。十七年整理传统戏最成功的一出是《十五贯》，我以为这是真正代表十七年戏曲工作成就的一出戏，它所达到的水平，比《将相和》《杨门女将》更高一些，因为它写了况钟这样一个人物，写得那样具体，那样丰富，不带一点概念化和主题先行的痕迹。其余的人物也都写得有特色，可信。但可惜像宋士杰、况钟这样的典型在中国戏曲里是太少了。这和中国戏曲脱胎于演义小说是有关系的。演义小说一般只讲故事，很少塑造人物。戏曲既然多从演义小说中取材，自然也会受到影响，这是不奇怪的。欧洲文艺复兴前后的小说，也多半只是讲故事，很少有人物性格。着重描写人物，刻画他的内心世界，这是十八、十九世纪以后的事。今天，写简单的人物性格，类似写李逵、张飞、牛皋的戏，也还有人要看，比如农民。但是对看过巴尔扎克等小说的知识青年，这样简单化的性格描写是满足不了他们的艺术要求的。

是否中国人的性格，或者说中国古人的性格本来就简单呢？也不是。比如汉武帝这个人的性格就相当复杂。他把自己的太子逼得造了反，太子死后，他又后悔，盖了一座宫叫"思子宫"，一个人坐在里面想儿子。历史上有性格的人很多，这方面的题材是取之不尽的。

对历史剧鼓励、提倡什么题材，会带来概念化和主题先行，往往会让某一段历史生活或某一个历史人物去注解这个主题。十七年戏曲工作的缺点之一，就是鼓励、提倡某些题材，因而使题材狭窄了，带来概念化和主题先行的后果。这种倾向，即使在比较优秀的剧目中也在所难免。题材，还是让作者自己去发现，他看了某一段记载，欣然命笔，才能写出才华横溢的作品。十七年，我们对历史剧的创作方法上还有一个误会，就是企图在剧本里写出某个人物在历史上的作用，这实际上是在写史论，而不是写剧本。我认为，"作用"是无法表现的，只能由后代的历史学家去评价，剧本里只能写人物，写性格。

人物性格总是复杂的，简单的性格同时也是肤浅的性格，必然缺乏深度。现在有些清官戏、包公戏，做了错事自我责备的一些戏，说了一些听起来很解气的话，我以为这样的戏只能快意于一时，不会长久，因为人物性格简单。

三、结构松散。有些京剧的结构很严谨，如《四郎探母》。但大多数剧本很松散。为什么戏曲里有很多折子戏？因为一出戏里只有这几折比较精彩，全剧却很松散，也很无味。今天的青年看这种没头没尾的折子戏,是不感兴趣的。我曾想过,很多优秀的折子戏,应该重新给它装配齐全,搞成一个完整的戏,但是这工作很难。

四、语言粗糙。京剧里有一些语言是很不错的。比如《桑园寄子》的"走青山望白云家乡何在",真是有情有景。《四郎探母》的唱词也是写得好的,"见娘"的倒板、回龙、二六的唱词写得很动人,"每日花开儿的心不开"真是恰到好处,这段唱和锣鼓、身段的配合,简直是天衣无缝。《打渔杀家》出门和上船后父女之间的对白,具有生活气息,非常感人。宋士杰居然唱出了"宋士杰与你是哪门子亲"这样完全口语化的唱词,老艺人能把这句唱词照样唱出来,而且唱得这样一波三折,很有感情,真是叫人佩服。但是这样的唱词念白在京剧里不多,称得上是剧诗的唱念尤少。

京剧的语言和《西厢记》《董西厢》是不能比的,京剧里也缺少《琵琶记》"吃糠"和"描容"中那样真切地写出眼前景、心中情的感人唱词。传奇的唱词写得空泛一些,但是有些可取的部分,京剧也没有继承下来。京剧没有能够接上杂剧、传奇的传统,是它的一个很大的先天性的弱点。

京剧的文学性比起一些地方大戏,如川剧、湘剧,也差得很远。

京剧缺少真正的幽默感,因此缺乏真正的喜剧,川剧里许多极有趣的东西,一移植为京剧就会变成毫无余味的粗俗的笑料。

京剧也缺少许多地方小戏所特具的生活气息，可以这样比喻：地方戏好比水果，到了京剧就成了果子干；地方戏是水萝卜，京剧是大腌萝卜，原来的活色生香，全部消失。

"四人帮"尚未插手之前的现代戏创作中，有的剧作者曾有意识地把从生活中来、具有一定生活哲理的语言引进京剧里来，比如《红灯记》里的"里里外外一把手，穷人的孩子早当家"，《沙家浜》里的"人一走，茶就凉"等，这证明京剧还是可以容纳一些有生活气息、比较深刻的语言的。可惜这些后来都被那些假大空的豪言壮语所取代了。

京剧里有大量不通的唱词，如《花田错》里的"桃花更比杏花黄"，《斩黄袍》里的"天做保来地做保，陈桥扶起龙一条"，《二进宫》的唱词几乎全不通。我以为要挽救京剧，要提高京剧的身价，要争取青年尤其是知识青年观众，就必须提高京剧的语言艺术，提高其可读性。巴金同志看了曹禺同志的《雷雨》说："你这个剧本不但可以演，也是可以读的。"我们不赞成只能供阅读、不能供搬演的"案头剧本"，也不赞成只能供场上搬演、而不能供案头阅读的剧本。可惜这种既能演又能读的剧本现在还不多。《人民文学》可以发表曹禺的《王昭君》，为什么不能发表一个戏曲剧本呢？戏曲剧作者常常说自己低人一等，被人家看不起。当然这种社会风气是不公平的，但戏曲剧作者自己也要争气，把剧本的文学性提得高高的，把词儿写得棒棒的，叫诗人、小说家折服。

很多同志对现代戏很关心，认为困难很大。我对现代戏倒是比较乐观的，因为它没有包袱。我以为比较难解决的倒是传统戏，如果传统戏的问题，即陈旧的历史观、陈旧的创作方法、人物性格的简单化的问题解决了，则现代戏的问题也比较好解决。如果创作方法不改变，京剧不但表现现代题材有困难，真正要深刻地表现历史题材也有困难。

我认为京剧确实存在危机，而且是迫在眉睫。怎样解决，我开不出药方。但在文学史上有一条规律，凡是一种文学形式衰退了的时候，挽救它的只有两种东西，一是民间的东西，一是外来的东西。京剧要向地方戏学习，要接受外国的影响，我主张京剧院团把门窗都打开，接受一点新鲜空气，借以恢复自己的活力。

用韵文想

一位有经验的戏曲作家曾对一个初学写戏曲的青年作者说：你就把它先写成一个话剧，再改成戏曲。我觉得这不是办法。戏曲和话剧有共同的东西，比如都要有人物、有情节、有戏剧性。但是戏曲和话剧不是一种东西。戏曲和话剧体制不同。首先利用的语言不一样。话剧的语言（对话）基本上是散文；戏曲的语言（唱词和念白）是韵文。语言是思想的直接的现实。思维的语言和写作的语言应该是一致的。要想学好一门外语，要做到能用外语思维。如果用汉语思维，而用外语表达，自己在脑子里翻译一道，这样的外语总带有汉语的痕迹，是不地道的。写戏曲也是这样。如果用散文思维，却用韵文写作，把散文的思想翻成韵文，这样的韵文就不是思想直接的现实，成了思想的间接的现实了。这样的韵文总是隔了一层，而且写起来会很别扭。这样的韵文不易准确、生动，更谈不上能有自己的风格。我觉得一个戏曲作者应该养成这样的习惯：用韵文来想。想的语言就是写的语言。想好了，写下来就得了。这样才能获得创作心理上的自由，也才会得到创作的快乐。

唱词是戏曲的重要组成部分。写好唱词是写戏曲的基本功。我们通常所说的一个戏曲剧本的文学性强不强，常常指的是唱词写得好不好。唱词有格律，要押韵，这和我们的生活语言不一样。有的民间歌手运用格律、押韵的本领是令人惊叹的。我在张家口遇到过一个农民，他平常说的话都是押韵的。在兰州听一位诗人说过，他有一次和婆媳二人同船去参加一个花儿会，这婆媳二人一路上都是用诗交谈的！这媳妇到一个娘娘庙去求子，她跪下来祷告，那祷告词是这样的：

今年来了我是跟您要着哩，
明年来我是手里抱着哩，
咯咯嘎嘎地笑着哩！

民间歌手在对歌的时候，都是不假思索，出口成章。写戏曲的同志应该向民间歌手学习。驾驭格律、韵脚，是要经过训练的。向民歌学习是很重要的。我甚至觉得一个戏曲作者不学习民歌，是写不出好唱词的。当然，要向戏曲名著学习。戏曲唱词写得最准确、流畅、自然的，我以为是《董西厢》和《琵琶记》的"吃糠"和"描容"。我觉得多读一点元人小令有好处。元人小令很多写得很玲珑，很轻快，很俏。另外，还得多写，熟能生巧。戏曲，尤其是板腔体的格律看起来是很简单，不过是上下句，三三四，二二三。但是越是简单的格律越不好崴咕，因为它把作者的思想捆得很死。我们要能"死里求生"，在死板的格律里写出生动的感情。戏曲作者在构思一段唱词的时候，最初总难免有一个散文化的阶段，即想一想这段唱词大概的意思。但是大概的意思有了，具体地想这段唱词，就要摆脱散文，进入诗的境界。想这段唱词，就要有律，有韵。唱词的格律、韵辙是和唱词的内容同时生出来的，不是后加的。写唱词有个选韵的问题。王昆仑同志有一次说他自己是先想好哪一句话非有不可，这句话是什么韵，然后即决定全段用什么韵。这是很实在的经验之谈。写唱词最好全段都想透了，再落笔。不要想一句写一句。想一句，写一句，写了几句，觉得写不下去了，中途改辙，那是很痛苦的。我们要熟练地掌握格律和韵脚，使它成为思想的翅膀，而不是镣铐。带着格律、韵脚想唱词，不但可以水到渠成，而且往往可以情文相生。我写《沙家浜》的"人一走，茶就凉"，就是在韵律的推动下，自然地流出来的。我在想的时候，它就是"人一走，茶就凉"，不是想好一个散文的意思，再寻找一个喻象来表达。想的是散文，翻成唱词，往往会削足适履，舌本强硬。我们应该锻炼自己的语感、韵律感、音乐感。

戏曲还有引子、定场诗、对子。我以为这是中国戏曲语言的特点，而且关系到戏曲的结构方法。不但历史题材的戏曲里应该保留，就是现代题材的戏曲里也可运用。原新疆京剧团的《红岩》里就让成岗打了一个虎头引子，效果很好。小时候听杨小楼《战宛城》唱片，张绣上来念了一副对子："久居人下岂是计，暂到宛城待来时"，觉得有一种说不出来的悲怆之情。"丈夫有泪不轻弹，只因未到伤心处"①，"看看不觉红日落，一轮明月照芦花"②，这怎么能去掉呢？我以为戏曲作者应该在引子、对子、诗上下一点功夫。不可不讲究。我写《擂鼓战金山》，让韩世忠念了一副对子："楼船静泊黄天荡，战鼓遥传采石矶"，自以为对得很巧，只是台上没有产生预期的效果，大概是因为太文了。看来引子、对子、诗，还是俗一点为好。

戏曲的念白，也是一种韵文。韵白不用说。就是京白的韵律感也是很强的，不同于生活里的口语，也不同于话剧的对话。戏曲念白，明朝人把它分为"散白"和"整白"。"整白"即大段念白。现在善写唱词的不少，但念白写得好的不多。"整白"有很强的节奏，起落开合，与中国的古文很有关系。"整白"又往往讲求对偶，这和骈文也很有关系。我觉得一个戏曲工作者应该读一点骈文。汉赋多平板，《小园赋》《枯树赋》却较活泼。刘禹锡的《陋室铭》不可不读。我觉得清代的汪中的骈文是很有特点的。他写得那样自然流畅，简直不让人感到是骈文。我愿意向青年戏曲作者推荐此人的骈文。好在他的骈文也不多，就那么几篇。当然，要熟读《四进士》宋士杰和《审头·刺汤》里的陆炳的大段念白。

---

① 《宝剑记·夜奔》。
② 《打渔杀家》。

188

浅处见才

——谈写唱词

本色当行

有人以为本色就是当行。陈师道《后山诗话》："退之以文为诗，子瞻以诗为词，如教坊雷大使之舞，虽极天下之工，要非本色。"他所说的本色实相当于多数人所说的当行。一般认为本色和当行还是略有区别的。本色指少用辞藻，不事雕饰，朴素天然，明白如话。当行是说写唱词像个唱词，写京剧唱词是京剧唱词，不但好懂，而且好唱，好听。

板腔体的剧本都是浅显的。没有不好理解、难于琢磨的词。像"摇漾春如诗"这样的句子在京剧、梆子的剧本里是找不出来的。板腔体剧种打本子的人没有多少文化，他们肚子里也没有那么多辞藻。杂剧传奇的唱腔抒情成分很大，京剧剧本抒情性的唱词只能有那么一点点。京剧剧本也偶用一点比兴，但大多数唱词都是"直陈其事"的赋体。杂剧、传奇，特别是传奇的唱词，有很多是写景的；京剧写景极少。向京剧唱词要求"情景交融"，实在是强人所难。因为曲牌体和板腔体体制不同。"碧云天，黄花地，西风紧，北雁南飞。晓来谁染霜林醉，总是离人泪"是千古绝唱。这只能是杂剧的唱词。这是一支完整的曲子，首尾俱足，改编成京剧，就成了"碧云天，黄花地，西风紧，北雁南翔。问晓来谁染得霜林绛？总是离人泪千行"，变成了一大段唱词的"帽儿"，下面接了叙事性的唱："成就迟分别早叫人惆怅，系不住骏马儿空有这柳丝长。七香车与我把马儿赶上，那疏林也与我挂住了斜阳，好让我与张郎把知心话讲，远望那十里亭痛断人肠！"杂剧的这支"正宫端正好"在京剧里实际上是"腌渍"了。但是这有什么办法？京剧就是这样！王昆仑同志曾和我有一次谈及京剧唱词，说："'一事无成两鬓斑，叹光阴一去不复还。日月轮流催晓箭，青山绿水常在面前'，到此为止，下面就得接上'恨平王无道纲常乱'，大白话了！"是这样。我在《沙家浜》阿庆嫂的大段二簧中，写了第一句"风声紧雨意浓天低云暗"，下面就赶紧接了一句地道的京剧"水词"："不由人一阵阵坐立不安。"

京剧唱词只能在叙事中抒情，在赋体中有一点比兴，《四郎探母》"胡地衣冠懒穿戴，每日里花开儿的心不开"，我以为这是了不得的好唱词。新编的戏里，梁清濂的《雷峰夕照》里的"去年的竹林长新笋，没娘的孩子渐成人"，也是难得的。

京剧是不擅长用比喻的，大都很笨拙。《探母》和《文昭关》的"我好比"尚可容忍，《逍遥津》的一大串"欺寡人好一似"实在是堆砌无味。京韵大鼓《大西厢》"见张生摇头晃脑，嘚啵嘚啵，逛里逛荡，好像一碗汤——他一个人念文章"，说一个人好像一碗汤实在是奇绝。但在京剧里，这样的比喻用不上——除非是喜剧。比喻一要尖新，二要现成。尖新不难，现成也不难。

尖新而现成，难!

板腔体是一种"体"，是一种剧本的体制，不只是说的是剧本的语言形式，这是一个更深刻的概念。首先这直接关系到结构——章法。正如写诗，五古有五古的章法，七绝有七绝的章法，差别不只在每一句字数的多少。但这里只想论及语言。板腔体的语言，表面上看只是句子整齐，每句有一定字数，二二三，三三四。更重要的是它的节奏。我在张家口曾经遇到一个说话押韵的人。我去看他，冬天，他把每天三顿饭改成了一天吃两顿，我问他："改了?"他说:

> 三顿饭一顿吃两碗，
> 两顿饭一顿吃三碗，
> 算来算去一般儿多，
> 就是少抓一遍儿锅。

我研究了一下他的语言，除了押韵，还富于节奏感。"算来算去一般儿多"，如果改成"算起来一般多"，就失去了节奏，同时也就失去了情趣——失去了幽默感。语言的节奏决定于情绪的节奏。语言的节奏是外部的，情绪的节奏是内部的。二者同时生长，而又互相推动。情绪节奏和语言节奏应该一致，要做到表里如一，契合无间。这样写唱词才能挥洒自如，流利畅快。如果情绪缺乏节奏，或情绪的节奏和板腔体不吻合，写出来的唱词表面

191

上合乎格律，读起来就会觉得生硬艰涩。我曾向青年剧作者建议用韵文思维，主要说的是用有节奏的语言思维。或者可以更进一步说：首先要使要表达的情绪有节奏。

板腔体的唱词是不好写的，因为它的限制性很大。听说有的同志以为板腔体已经走到了尽头，不能表达较新的思想，应该有一种新的戏曲体制来代替它，这种新的体制是自由诗体。这是有一定道理的。打破板腔体的字句定式，早已有人尝试过。田汉同志在《白蛇传》里写了这样的唱词：

> 你忍心将我伤，
> 端阳佳节劝雄黄；
> 你忍心将我诳，
> 才对双星盟誓愿，
> 又随法海入禅堂……

这显然已经不是"二二三"。我在剧本《裘盛戎》里写了这样的唱词：

> 昨日的故人已不在，
> 昨日的花还在开。

第二句虽也是七字句，但不能读成"昨日——的花——还在开"，节奏已经变了。我也希望京剧在体制上能有所突破。曾经设想，可以回过来吸取一点曲牌体的格律，也可以吸取一点新诗的格律，创造一点新的格律。五四时期就有人提出从曲牌体到板腔体，从文学角度来说，实是一种倒退，这是有一定道理的。曲牌体看来似乎格律森严，但比板腔体实际上有更多的自由。它可字句参差，又可以押仄声韵，不像板腔体捆得那样死。像古体诗一样，连有几个仄声韵尾的句子，然后用一句平声韵尾扳过来，我觉得这是可行的。新诗常用的间行为韵，ABAB，也可以尝试。这种格式本来就有。苏东坡就写过一首这样的诗。我在《擂鼓战金山》里试写过一段。但我以为戏曲唱词总要有格律，押韵。完全是自由诗一样的唱词会是什么样子，一时还想象不出。而且目前似乎还只能在板腔体的基础上吸收新的格律。田汉同志的"你忍心将我伤……"一段破格的唱词，最后还要归到：

手摸胸膛你想一想，
有何面目来见妻房？

板腔体是简陋的。京剧唱词贵浅显。浅显本不难，难的是于浅显中见才华。李笠翁说："能于浅处见才，方是文章高手。"怎样才能做到这一点呢？希望有人能从心理学的角度，做一点探索。

193

层次和连贯

曾读宋人诗话，有人问作诗的章法，一位大诗人回答说："只要熟读'打起黄莺儿，莫教枝上啼，啼时惊妾梦，不得到辽西'，就明白了。"他说的是层次和连贯。这首诗看起来一气贯注，流畅自然，好像一点不费力气，完整得像一块雨花石。细看却一句是一层意思。好的唱词也应该这样。《武家坡》：

> 这大嫂传话太迟慢，
> 武家坡站得我两腿酸。
> 下得坡来用目看，
> 见一位大嫂把菜剜。
> 前影儿看也看不见，
> 后影儿好像妻宝钏。
> 本当上前将妻认，
> 错认了民妻理不端。

不要小看这样的唱词。这一段唱词是很连贯的，但又有很多层次。"这大嫂传话太迟慢，武家坡站得我两腿酸"，是一个层次；"下得坡来用目看，见一位大嫂把菜剜"，是一个层次；"前影儿看也看不见，后影儿好像妻宝钏"是一个层次；"本当上前将妻认"是一个层次；"错认了民妻理不端"，又是一个层次。写唱词容易犯的毛病，一是不连贯，句与句之间缺乏逻辑关系，东一句，西一句。二是少层次。往往唱了几句，是一个意思，原地踏步，叠床架屋，情绪没有向前推进，缺乏语言的动势。后一种毛病在"样板戏"里屡见不鲜。所以如此，与"样板戏"过分强调"抒豪情"有关。过度抒情，这是出于对京剧体制的一种误解。

写一人即肖一人之口吻

这是很难的。提出这种主张的李笠翁，他本人就没有做到。性格化的语言，这在念白里比较容易做到，在唱词里，就很难了。人物性格通过语言表现，首先是他说什么，其次是怎么说。说什么，比较好办。进退维谷、优柔寡断的陈宫和穷途落魄、心境颓唐的秦琼不同，他们所唱的内容各异。但在唱词的风格上却是如出一辙。"听他言吓得我……""店主东带过了……"看不出有什么性格特征。能从唱词里看出人物性格的，即不只表现他说什么，还能表现他怎么说，好像只有《四进士》宋士杰所唱的：

> 你不在河南上蔡县，
> 你不在南京水西门！[1]

---

[1] 有的演员唱成"你本河南上蔡县，你本南京水西门"，感情就差得多了，"你不在河南上蔡县，你不在南京水西门！"下面有一句潜台词："好端端地，你们跑到我这信阳州来干什么！"

195

我三人从来不相认，

　　宋士杰与你们是哪门子亲！

　　这真是宋士杰的口吻！京剧唱词里能写出"宋士杰与你们是哪门子亲"，是一个奇迹。"是哪门子亲！"可以入唱，而且唱得那样悲愤怨怒，充满感情，人物性格跃然"纸"上，太难得了！

　　我们在改编《沙家浜》的时候，曾给自己规定了一个奋斗目标，希望做到人物语言生活化、性格化。这个目标，只有《智斗》一场部分地实现了。《智斗》是用"唱"来组织情节的，不得不让人物唱出性格来，因此我们得琢磨人物的口吻。阿庆嫂的"垒起七星灶"有职业特点地表现出她的性格，除了"人一走，茶就凉"这一句洞达世态的"炼话"，还在最后一句"有什么周详不周详！"这一句软中硬的结束语，把刁德一的进攻性的敲打顶了回去，顶了一个脆。如果没有最后这句"给劲"的话，前面的一大篇数字游戏式的唱就全都白搭。

　　"宋士杰与你们是哪门子亲"，"有什么周详不周详"，都是口语。这就使我们悟出一个道理：要使唱词性格化，首先要使唱词口语化。

　　京剧唱词的语言是十分规整的，离口语较远，是一种特殊的雅言。雅言不是不能表现性格。甚至文言也是能表现性格的。"我翁即若翁。必欲烹若翁，则幸分我一杯羹"，今天看起来是文言，但是千载以下，我们还是可以从这几句话里看出刘邦的无赖嘴脸。但是如果把这几句话硬捺在三三四、二二三的框子里，就会使人物性格受到很大的损失。

从板式上来说，流水、散板的语言比较容易性格化；上板的语言性格化，难。从行当上来说，花旦、架子花的唱词较易性格化，正生、正旦，难。

如果不能在唱词里表现出人物怎么说，那只好努力通过人物说什么来刻画。

总之，我觉得戏曲作者要在生活里去学习语言，像小说家一样。何况我们比小说家还有一层难处，语言要受格律的制约。单从作品学习语言是不够的。

时代色彩和地方色彩

按说，写一个时代题材的戏曲，应该用那一时代的语言。但这是办不到的。元明以后好一些。有大量的戏曲作品，拟话本、民歌小曲，给我们提供了大量的语言资料。晚明小品也提供了接近口语的语言。宋代有话本，有柳耆卿那样的词，有《朱子语类》那样基本上是口语的语录。宋人的笔记也常记口语。唐代就有点麻烦。中国的言文分家，不知起于何代，但到唐朝，就很厉害了。唐人小说所用语言显然和口语距离很大。所幸还有敦煌变文，《云谣集杂曲子》和"柳枝""竹枝"这样的拟民歌，可以窥见唐代口语的仿佛。南北朝有敕勒歌、子夜歌。《世说新语》是魏晋语言的宝库。汉代的口语究竟是什么样子的？《史记》语言浅近，但我们从"伙颐，涉之为王沉沉者！"知道司马迁所用的还不是口语。乐府诗则和今人极相近。《上邪》《枯鱼过河泣》《孤儿行》《病妇行》，好像是昨天才写出来的。秦以前的口语就比较渺茫了……无论如何，我们不能对一个时代的语言熟悉得能和当时的人交谈！

即使对历代的语言相当精通，也不能用这种语言写作，因为今天的人不懂。

但是写一个时代的戏曲，能够多读一点当时的作品，在这些作品里"熏"一"熏"，从中吸取一点语言，哪怕是点缀点缀，也可以使一出戏多少有点时代的色彩，有点历史感。有人写汉代题材，案头堆满乐府诗集，早晚阅读，我以为这精神是可取的。我希望有人能重写京剧《孔雀东南飞》，大量地用五字句，而且剧中反复出现"孔雀东南飞，五里一徘徊"。

写历史题材不发生地方色彩的问题。我写《擂鼓战金山》让韩世忠在念白里偶尔用一点陕北话，比如他生气时把梁红玉叫作"婆姨"（这在曲艺里有个术语叫"改口"），大家都认为绝对不行。如果在他的唱词里用一点陕北话，就更不行了。不过写现代题材，有时得注意这个问题。一个戏曲作者，最好能像浪子燕青一样，"能打各省乡谈"。至少对方言有兴趣，能欣赏各地方言的美。戏曲作者应该对语言有特殊的敏感。至少，对民歌有一定的了解。有人写宁夏题材的京剧,大量阅读了"花儿",想把"花儿"引种到京剧里来,我觉得这功夫不会是白费的。

写少数民族题材,更得熟悉这个民族的民歌。我曾经写过内蒙古和西藏题材的戏(都没有成功),成天读蒙古族和藏族的民歌。不这样,我觉得无从下笔。

我觉得一个戏曲工作者应该多读各代的、各地的、各族的民歌,即使不写那个时代、那个地区、那个民族的题材,也是会有用的。"冬雷震震夏雨雪,天地合,乃敢与君绝",这样的感情是写任何时代的爱情题材里都可以出现的。"大雁飞在天上,影子落在地下",稍微变一变,也可以写在汉族题材的戏里。"你要抽烟这不是个火吗?你要想我这不是个我吗?""面对面坐下还想你呀么亲亲!"不是写内蒙古河套地区和山西雁北的题材才能用。要想使唱词出一点新,有民族色彩,多读民歌,是个捷径。而且,读民歌是非常愉快的艺术享受。

摘用、脱化前人诗词成句

这是中国传统戏曲常用的办法。

前人诗词,拿来就用。只要贴切,以故为新。不但省事,较易出情。

《裘盛戎》剧本,写"文化大革命"的动乱,抄家打人,徐岛上唱:

家家收拾起，

户户不提防。

父子成两派，

夫妇不同床。

访旧半为鬼，

惊呼热中肠。

茫茫九万里，

一片红海洋。

"家家收拾起，户户不提防"是昆曲流行时期的成语。"访旧半为鬼，惊呼热中肠"是杜甫诗。徐岛是戏曲编导，他对这样的成语和诗句是十分熟悉的，所以可以脱口而出。剧中的掏粪工人老王，就不能让他唱出这样的词句。

摘用前人诗句还有个便宜处，即可以使人想起全诗，引起更多的联想，使一句唱词有更丰富的含意。《裘盛戎》剧中，在裘盛戎被剥夺演出的权利之后，他的挚友电影女导演江流劝他：

这世界不会永远这样的不公正，

上峰何苦困才人！

人民没有忘记你，

背巷荒村，更深半夜，还时常听得到裘派的唱腔，一声半声。

谁能遮得住星光云影，

谁能从日历上勾掉了谷雨、清明？

我愿天公重抖擞，

落花时节又逢君。

这最后两句，上句是龚定庵的诗，下句是杜甫诗。有一点诗词修养的读者（观众）听了上句，会想到"不拘一格降人才"；听了下句会想到"正是江南好风景"，想到春天会来，局势终会好转。这样写，省了好多话，唱词也比较有"嚼头"。

有时不直接摘用原诗，但可看出是从哪一句诗变化出来的。《擂鼓战金山》写韩世忠在镇江江面与兀术遭遇，韩世忠唱：

江水滔滔向东流，

二分明月是扬州。

抽刀断得长江水，

容你北上到高邮。

抽刀断不得长江水，

难过瓜州古渡头。

江边自有青青草，

不妨牧马过中秋！

"抽刀"显然是从李白"抽刀断水水更流"变出来的。

脱化，有时有迹可求，有时不那么有痕迹。《沙家浜》"垒起七星灶，铜壶煮三江"，是从苏东坡《汲江煎茶》"大瓢贮月归春瓮，小杓分江入夜瓶"脱化出来的。这种修辞方法，并非自我作古。

要能做到摘用、脱化，需要平时积累，"腹笥"稍宽。否则就会"书到用时方恨少"。老舍先生枕边常置数卷诗，临睡读几首。我们应该向他学习。

应该争取有思想的年轻一代

——关于戏曲问题的冥想

戏曲（我这里主要说的是京剧）不景气，不上座，观众少，原因究竟何在？我认为，根本的原因是：它太陈旧了。

戏曲的观众老了。说他们老，一是说他们年纪大了，二是说他们的艺术观过于陈旧。中国虽有"高台教化"的说法，但是一般观众（尤其是城市观众）对于真和善的要求都不是太高，他们看戏，往往只是取得一时的美的享受，他们较多注重的是戏曲的形式美（包括唱念做打）。因此，中国戏曲最突出的东西，也就是形式美。相当多的戏曲剧目的一个致命的弱点，是缺乏思想——能够追上现代思潮的新的思想。戏曲落后于时代，这是无法否认的事实。

戏曲的观众需要更新。老一代的观众快要退出剧场，也快要退出这个世界了。戏曲需要青年观众。

但是青年爱看戏曲的很少。

什么原因？

有人说青年人对戏曲形式不熟悉。有这方面的原因。单是韵白，年轻人就听着不习惯。板腔、曲牌，他们也生疏。但是形式不是那样难于熟悉的。有一个昆曲剧院到北大给学生演了两场，看的青年惊呼：我们祖国还有这样美好的艺术！青年的艺术趣味在变。他们，对流行歌曲已经没有兴趣。前几年兴起的一阵西洋古典音乐热，不少人迷上了贝多芬。现在又有人对中国的古典艺术产生兴趣了。中国戏曲既然具有那样独特的形式美，它们是能够征服年轻人的。并且由于青年的较新的审美趣味，也必然会给戏曲的形式美带来新的风采。

有人说，因为戏曲的节奏太慢，和现代生活的节奏不合拍，年轻人看起来着急。这也有点道理。但是生活的节奏并不能完全决定艺术的节奏。而且如果仅仅是节奏慢的问题，那么好办得很，把节奏加快就行了。事实上已经有人这样做。去掉废场子、废锣鼓，把慢板的尺寸唱得近似快三眼，不打"慢长锤"……但是这不能解决根本问题。

要争取青年观众，首先要认识青年，研究当代青年的特点。

我们的青年是思索的一代，理智的一代。他们是热情的、敏锐的，同时也是严肃的、深刻的。不少人具有揽辔澄清、以天下为己任的心胸，戏曲应该满足他们的要求。

当然首先应该多演现代戏。这不是那种写好人好事的现代戏。企图在舞台上树立几个可供青年学习的完美的榜样的想法是天真的。青年希望在舞台上看到和他们差不多的人，看到他们自己。写一个改革者不能只是写他怎样大刀阔斧地整顿好一个企业。青年人从他们切身的感受中，知道事情绝不那样简单。法律面前人人平等，是一个迫切地需要宣传的思想，但是不能只是写出一个具有法制思想的正面人物，写出一个概念。一个企图体现这样思想的人必然会遇到许多从外部和内部来的阻力、压力、痛苦。现在时兴一个词语，叫作"阵痛"。任何新的事物的诞生，都要经过阵痛。年轻人对这种阵痛最为敏感。他们在看戏的时候，希望体验到这种阵痛，同时，在思索着，和剧中人一起在思索着。没有痛苦，就没有思索。轻松的思索是没有的。而真正的欢乐，也只有通过痛苦的思索才能得到，由痛苦到欢乐的人物性格必然是复杂的，他们的心理结构是多层次的，他们的思想是丰富的。从某种意义上说，每个改革者都是一个思想家，或者简单一点说，是个有头脑的人。这对于戏曲来说是有困难的。戏曲一般不能有这样大的思想容量;以"一人一事"为主要方式的戏曲结构也不易表现复杂的性格。这是戏曲改造的一个难题，但又是一个必须克服的难题。否则戏曲将永远是陈旧的。

　　历史剧的作用不可忽视。中国戏曲长于表现历史题材，这是一种优势。但是大部分戏曲都把历史简单化了。我发现不少青年人对历史产生了浓厚的兴趣。这是很自然的。他们思索着许多问题，他们要了解我们这个民族，这个民族的现状、未来，自然要了解这个民族的性格是怎样形成的，要了解它的昨天。我们多年以来对历史剧的要求多少有一点误解，即较多看重它们的教诲作用，而比较忽视它们的认识作用，因此对许多历史人物的是非功过纠缠不休。其实通过这些历史人物（包括虚构的人物）能够让我们了解那个历史时期，了解我们这个民族的某些特点、某些观念，就很不错了。比如《烂柯山》这出戏，我们不必去议论谁是谁非，不必去同情朱买臣，也不必去同情崔氏。但是我们知道了，并且相信了过去曾经有过那样的事，我们看到"夫贵妻荣""从一而终"这样的思想曾经深刻地影响过多少人，影响朱买臣，也影响了崔氏。朱买臣和崔氏都是这种观念的痛苦的牺牲品。这是我们民族的一个病灶，到现在还时常使我们隐隐作痛。我觉得经过改编的《烂柯山》是能起到这样的作用的，改编者所取的角度是新的、好的。又比如《一捧雪》。我们既不能把莫成当一个"义仆"来歌颂，也不必把他当一个奴才来批判，但是我们知道，并且也相信，过去曾经有过那样的事。不但可以"人替人死"，而且在临刑前还要说能替主人一死，乃是大大的喜事，要大笑三声——这是多么惨痛的笑啊！通过这出戏，可以让我们看到等级观念对人的毒害是多么酷烈，一个奴才的"价值"又是多么的低！如果经过改编的戏，能产生这样的效果，我觉得就很不错了。这样的戏，是能满足青年在理智方面的要求的。我觉得许多老戏，都可以从一个新的角度，用一种新的思想、新的方法重新处理，彻底改造。

我们的青年，是一大批青年思想者。他们要求一个戏，能在思想上给予他们启迪，引起他们思索许多生活中的问题。

因此要求戏曲工作者，首先是编剧，要有思想。我深深感到戏曲编剧最缺乏的是思想——当然包括我自己在内。

读民歌札记

奇特的想象

汉代的民歌里，有一首，很特别：

> 枯鱼过河泣，何时悔复及？
> 作书与鲂鲏，相教慎出入。

枯鱼，怎么能写信呢？两千多年来，凡读过这首民歌的人，都觉得很惊奇。[①]这样奇特的想象，在书面文学里没有，在口头文学里也少见。似乎这是中国文学里的一个绝无仅有的孤例。

并不是这样。

偶读民歌选集，发现这样一首广西民歌：

> 石榴开花朵朵红，蝴蝶寄信给蜜蜂；
> 蜘蛛结网拦了路，水泡阳桥路不通。

枯鱼作书，蝴蝶寄信，真是无独有偶。

---

① 黄节《汉魏乐府风笺》引陈胤倩曰："作意甚新。"

两首民歌的感情不一样。前一首很沉痛。这是一个落难人的沉重的叹息，是从苦痛的津液中分泌出来的奇想。短短二十个字，概括了世途的险恶。后一首的调子是轻松的、明快的。红的石榴花、蝴蝶、蜜蜂、蜘蛛，这是一幅很热闹的图画，让人想到明媚的春光——哦，初夏的风光。这是一首情歌。他和她——蝴蝶和蜜蜂有约，受了意外的阻碍，然而这点阻碍是暂时的，不足为虑的，是没有真正的危险性的。这首民歌的内在的感情是快乐的、光明的，不是痛苦的、绝望的。这两首民歌是不同时代的作品，不同生活的反映。但是其设想之奇特，则无二致。

沈德潜在《古诗源》里选了《枯鱼》，下了一个评语，道是："汉人每有此种奇想。"[1]其实应该说：民歌每有此种奇想，不独汉人。

汉代民歌里的动物题材

现存的汉代乐府诗里有几首动物题材的诗。它所反映的生活、思想，它的表现方法，在它以前没有，在它以后也少见。这是汉乐府里的一个独特的组成部分，是文学史上一个很值得注意的现象。除了《枯鱼过河泣》，有《雉子班》《乌生》《蜨蝶行》。另，本辞不传，晋乐所奏的《艳歌何尝行》也可以算

---

① 闻一多先生《乐府诗笺》也说"汉人常有此奇想"。

在里面。我们有理由相信，这是当时所流行的一种题材，散失不传的当会更多。

雉子班

> "雉子，
>
> 班如此！
>
> 之于雉梁。
>
> 无以吾翁孺，
>
> 雉子！"
>
> 知得雉子高蜚止。
>
> 黄鹄蜚，
>
> 之以千里王可思。
>
> 雄来蜚从雌，
>
> 视子趋一雉。
>
> "雉子！"
>
> 车大驾马滕，
>
> 被王送行所中。
>
> 尧羊蜚从王孙行。

一向都认为这首诗"言字讹谬，声辞杂书"，最为难读。余冠英先生的《乐府诗选》把它加了引号和标点，分清了哪些是剧中人的"对话"，哪些是第三者（作者）的叙述，这样，这首难读的诗几乎可以读通了。这是一个伟大的发现。我们说是"伟大的发现"，是因为用了这种方法，可以帮助我们把原来一些不很明白或者很不明白的古诗弄明白（古代的人如果学会用我们今天的标点符号，会使我们省很多事，用不着闭着眼睛捉迷藏）。余先生以为这首诗写的是一个野鸡家庭的生离死别的悲剧，也是卓越的创见。

但是这是一个什么样的悲剧，剧中人共有几人？悲剧的情节是怎样的？在这些方面，我的理解和余先生有些不同。

按余先生《乐府诗选》的注解，他似乎以为是一只小野鸡（雉子）被贵人捉获了，关在一辆马车里。老野鸡（性别不详）追随着马车，一面嘱咐小野鸡一些话。

按照这样的设想，有些词句解释不通。

"之于雉梁"。"雉梁"可以有不同解释，但总是指的某个地方。"之于"是去到的意思。"之于雉梁"是去到某个地方。小野鸡已经被捉了，怎么还能叫它去到某个地方呢？

"知得雉子高蜚止"。这一句本来不难懂，是说知道雉子高飞远走了。余先生断句为"知得雉子，高蜚止"，说是知道雉子被人所得，老雉高飞而来，不无勉强。

尤其是，按余先生的设想，"雄来蜚从雌"这一句便没有着落。这是一句很关键性的话。这里明明说的是"雄来飞从雌"，不是"雄来飞从雉子"呀。

因此，我觉得有必要在余先生的生动的想象的基础上向前再迈一步。

问题：

一、这里一共有几个人物——几个野鸡？我以为一共有三只：雄野鸡、雌野鸡、小野鸡。

二、被捉获的是谁？——是雌野鸡，不是小野鸡。

对几个词义的猜测：

"班"，旧说同"斑"。"班如此"就是这样的好看。在如此紧张的生离死别的关头，还要来称赞自己的孩子毛羽斑斓，无此情理。"班"疑当即"乘马班如""班师回朝"的"班"，即是回去。贾谊《吊屈原赋》："般纷纷其离此邮兮。"朱熹《集注》云："般音班，……般，反也"，"班"即"般"。

"翁孺"，余先生以为是老人与小孩，泛指人类。"孺"本训小，但可引申为小夫人，乃至夫人。古代的"孺子"往往指的是小老婆，清俞正燮《癸巳类稿·释小补楚语笄内则总角义》辨之甚详。①我以为"翁孺"是夫妇，与北朝的《捉搦歌》"愿得两个成翁姬"的"翁姬"是一样的意思。"吾翁孺"即"我们老公母俩"。"无以吾翁孺"，以，依也，意思是你不要靠我

---

① 俞正燮此文甚长，征引繁浩，其略云："小妻曰妾，曰孺，曰姬，曰侧室，曰次室，曰偏房，曰如夫人，曰如君，曰姨娘，曰姬娘，曰旁妻，曰庶妻，曰次妻，曰下妻，曰少妻，曰姑娘，曰孺子……"'《汉书艺文志·中山王孺子妾歌》注云：'孺子，王妾之有名号者。'……秦策志云：'某夕，某孺子纳某士。'《汉书·王子侯表》：'东城侯遗为孺子所杀。'则王公至士庶妾通名孺子。'"

211

们老公母俩了。"吾"字不必假借为"俉"，解为"迎也"。

"黄鹄蜚，之以千里王可思"，我怀疑是衍文。

上述词意的猜测，如果不十分牵强，我们就可以对这首剧诗的情节有不同于余先生的设想：

野鸡的一家三口：雄野鸡、雌野鸡、小野鸡，一同出来游玩。忽然来了一个王孙公子，捉获了雌野鸡。小野鸡吓坏了，抹头一翅子就往回飞。难为了雄野鸡。它舍不下老的，又搁不下小的。它看见小野鸡飞回去了，就扬声嘱咐："雉崽呀，往回飞，就这样飞回去，一直飞到野鸡居住的山梁，别管我们老公母俩！雉崽！"知道小野鸡已经高高飞走，雄野鸡又飞来追随着雌野鸡。它还忍不住再回头看看，好了，看见小野鸡跟上另一只野鸡，有了照应了，它放了心了。但这也是最后的一眼了，它惨痛地又叫了一声："雉崽！——"车又大，马又飞跑，（雌雉）被送往王孙的行在所了。雄雉翱翔着追随着王孙的车子，飞，飞……

乌 生

乌生八九子，

端坐秦氏桂树间。——唶我！

秦氏家有游邀荡子，

工用睢阳疆、苏合弹。

左手持疆疆两丸，

出入乌东西。——嗟我！

一丸即发中乌身，

乌死魂魄飞扬上天：

"阿母生乌子时，

乃在南山岩石间，——嗟我！

人民安知乌子处？

蹊径窈窕安从通？"

"白鹿乃在上林西苑中，

射工尚复得白鹿脯，——嗟我！

黄鹄摩天极高飞，

后官尚复得烹煮之。

鲤鱼乃在洛水深渊中，

钓钩尚得鲤鱼口。——嗟我！

人民生各各有寿命，

死生何须复道前后？"

　　这是中弹身亡的小乌鸦的魂魄和它的母亲的在天之灵的对话。这首诗的特别处是接连用了五个"嗟我"。闻一多先生以为"嗟我"应该连读，旧读"我"属下，大谬。这样一来，就把一首因为后人断句的错误而变得很奇怪别扭的诗又变得十分明白晓畅，还了它的本来面目，厥功至伟。闻先生以为"嗟"是大声，"我"是语尾助词。我觉得，干脆，这是一个词，是一个状声词，这就是乌鸦的叫声。通篇充满了乌鸦的喊叫，增加诗的凄怆悲凉。

蜨蝶行

> 蝶之遨游东园，
>
> 奈何卒逢三月养子燕，
>
> 接我首䓖间。
>
> 持之我入紫深宫中，
>
> 行缠之傅欂栌间。
>
> 雀来燕。
>
> 燕子见衔哺来，
>
> 摇头鼓翼何轩奴轩。

剔除了几个"之"字，这首诗的意思是明白的：一只快快活活的蝴蝶，被哺雏的燕子叼去当作小燕子的一口食了。

这几首动物题材的乐府诗有以下几个共同的特点：

一、它们是一种独特题材的诗，不是通常所说的（散体和诗体的）"动物故事"。"动物故事"，或名寓言，意在教训，是以物为喻，说明某种道理。它是哲学的、道德的。"动物故事"的作者对于其所借喻的动物的态度大都是超然的、旁观的，有时是嘲谑的。这些乐府诗是抒情的，写实的。作者对于所描写的动物寄予很深的同情。他们对于这些弱小的动物感同身受。

实际上，这些不幸的动物，就是作者自己。

二、这些诗大都用动物自己的口吻，用第一人称的语气讲话。《蜻蛚行》开头虽有客观的描述，但是自"接我苜蓿间"之后，仍是蜻蛚眼中所见的情景，仍是第一人称。这些诗的主要部分是动物的独白或对话。它们又都有一个简单然而生动的情节。这是一些小小的戏剧。而且，全是悲剧。这些悲剧都是突然发生的。蜻蛚在苜蓿园里遨游，乌鸦在桂树上端坐，原来都是很暇豫安适，自乐其生的，可是突然间横祸飞来，弄得妻离子散，家破人亡。《枯鱼过河泣》《雉子班》虽未写遇祸前的景况，想象起来，亦当如是。朱矩堂曰"祸机之伏，从未有不于安乐得之"，对于这些诗来说，是贴切的。

三、为什么汉代会产生这样一些动物题材的民歌？写动物是为了写人。动物的悲剧是人民的悲剧的曲折的反映。对这些猝然发生的惨祸的陈述，是企图安居乐业的人民遭到不可抗拒的暴力的摧残因而发出的控诉。动物的痛苦即是人的痛苦。这一类诗多用第一人称，不是偶然的。这些痛苦是由谁造成的？谁是这些惨剧的对立面？《枯鱼》未明指。《蜻蛚行》写得很隐晦。《雉子班》和《乌生》就老实不客气地点出了是"王孙"和"游遨荡子"，是享有特权的贵族王侯。这些动物诗，实际上写的是特权阶层对小民的虐害。我们知道，汉代的权豪贵戚是非常的横暴恣睢、无所不为的。权豪作恶，成为汉代政治上的一个大问题。这些诗，是当时的社会生活的很深刻的反映。

这些写动物诗，应当联系当时的社会生活来看，应当与一些写人的诗参照着看——比如《平陵东》（这是一首写五陵年少绑架平民的诗，因与本题无关，故从略）。

民歌中的哲理

民歌，在本质上是抒情的。

民歌当中有没有哲理诗？

湖南古丈有一首描写插秧的民歌：

> 赤脚双双来插田，低头看见水中天。
>
> 行行插得齐齐整，退步原来是向前。

首先，这是民歌吗？论格律，这是很工整的绝句。论意思，"退步原来是向前"，是所谓"见道之言"。这很像是晚唐和宋代的受了禅宗哲学影响的诗人搞出来的东西。然而细读全诗，这的确是劳动人民的作品。没有亲身参加过插秧劳动的人，是不可能有这样真切的体会的。这不是像白居易《观刈麦》那样只是以旁观者的身份在那里发一通感想。

或者，这是某个既参加劳动，也熟悉民歌的诗人所制作的拟民歌。刘禹锡、黄遵宪的某些诗和民歌放在一起，是几乎可以乱真的。但是我们还没有听说过古丈曾出过像刘禹锡、黄遵宪这样的诗人。

是从别的地方把拟作的民歌传进来的？古丈是个偏僻的地方，过去交通很不方便，这种可能性也不大。

看来，我们只能相信，这是民歌，这是出在古丈地方的民歌。

或者说，这是民歌，但无所谓哲理。"退步原来是向前"，是纪实，插秧都是倒退着走的，值不得大惊小怪！不能这样讲吧。多少人插过秧，可谁想到过进与退之间的辩证关系？唱出这样的民歌的农民，确实是从实践中悟出一番道理。清代的湖南，出过几个农民出身的唯物主义的哲学家。莫非，湖南的农民特别长于思辨？吁，非所知矣。

何况前面还有一句"低头看见水中天"呢。抬头看天，是常情；低头看天，就有点哲学意味。有这一句，就证明"退步原来是向前"不是孤立的，突如其来的。从总体看，这首民歌弥漫着一种内在的哲理性。——同时又是生机活泼的，生动形象的，不像宋代某些"以理为诗"的作品那样平板枯燥。

民歌，在本质上是抒情的，但不排斥哲理。

民歌中有没有哲理诗，是一个值得探讨下去的题目。

《老鼠歌》与《硕鼠》

藏族民歌里有一首《老鼠歌》：

从星星还没有落下的早晨，
耕作到太阳落土的晚上；
用疲劳翻开这一锄锄的泥土，
见太阳升起又落下山冈。

收的谷子粒粒是血汗，
耗子在黑夜里把它往洞里搬；
这种冤枉有谁知道谁可怜，
唉，累死累活只剩下自己的辛酸。

我们的皇帝他不管，他不管，
我们的朋友只有月亮和太阳；
耗子呀，可恨的耗子呀，
什么时候你才能死光！

读了这首民歌，立刻让人想到《诗经》里的《硕鼠》。现代研究《诗经》的人，都认为《硕鼠》是劳动者对于统治阶级加在他们头上的不堪忍受的沉重的剥削所发出的怨恨，诸家都

无异词。这首《老鼠歌》可以作为一个有力的旁证。如果看了周良沛同志的附注,《诗经》的解释者对于他们的解释就更有信心了:

"这支歌是清末的一个藏族农民劳动时的即兴之作。他以耗子的形象来影射统治者对人民的剥削。这支歌流行很广,后遭禁唱。一九三三年人民因唱这支歌,曾遭到反动统治者的大批屠杀。"

不同的时代,不同的地区,不同的民族,却用同样的形象、同样影射的方法来咒骂压在他们头上的剥削者,这是很有意思的事。其实也不奇怪,人同此心而已。他们遭受的痛苦是一样的。夺去他们的劳动果实的,有统治者,也有像田鼠一样的兽类。他们用老鼠来比喻统治者,正是"能近取譬"。硕鼠,即田鼠,偷盗粮食是很凶的。我在沽源,曾随农民去挖过田鼠洞。挖到一个田鼠洞,可以找到上斗的粮食。而且储藏得很好:豆子是豆子,麦子是麦子,高粱是高粱。分门别类,毫不混杂!这是一个典型的不劳而食者的粮仓。而且,田鼠多得很哪!

《硕鼠》是魏风。周代的魏进入了什么社会形态,我无所知。周良沛同志所搜集的藏族民歌,好像是云南西部的。那个地区的社会形态,我也不了解。"附注"中说这是一个"农民"的即兴之作。是自由农民呢,还是农奴? "统治者"是封建地主呢,还是农奴主呢? 这些都无从判断。根据直觉的印象,这两首民歌都像是农奴制时代的产物。大批地屠杀唱歌人,这种事只有农奴主才干得出来。而《硕鼠》的"逝（誓）将去汝，适彼乐土"很容易让人想到农奴的逃亡。——封建农民是没有这种思想的。有人说"适彼乐土"只是空虚渺茫的幻想，其实这是十分现实的打算。这首诗分三节，三节的最后都说："逝将去汝"，这是带有积极的行动意味的。而且感情是强烈的。"逝将"乃决绝之词，并无保留，也不软弱。在农奴制社会里，逃亡，是当时仅能做到的反抗。我们不能用今天工人阶级的觉悟去苛求几千年前的农奴。这一点，我和一些《硕鼠》的解释者的看法，有些不同。

童歌小议

少年谐谑

我的孩子（他现在已经当了爸爸了）曾在一个"少年之家""上"过。有一次唱歌比赛，几个男孩子上了台。指挥是一个姓肖的孩子，"预备——齐！"几个孩子放声歌唱：

排起队，
唱起歌，
拉起大粪车。
花园里，
花儿多，
马蜂蜇了我！

表情严肃，唱得很齐。
少年之家的老师傻了眼了：这是什么歌？
一个时期，北京的孩子（主要是女孩子）传唱过一首歌：

小孩小孩你别哭，
前面就是你大姑。

你大姑罗圈腿，

走起路来扭屁股，

——扭屁股哎嗨哟哦……

这首歌是用山东柳琴的调子唱的，歌词与曲调结合得恰好，而且有山东味儿。

这些歌是孩子们"胡编"出来的。如果细心搜集，单是在北京，就可以搜集到不少这种少年儿童信口胡编的歌。

对于孩子们自己编出来的这样的歌，我们持什么态度？

一种态度是鼓励。截至现在，还没有听到一位少儿教育专家提出应该鼓励孩子们这样的创造性。

第二种态度是禁止。禁止不了，除非禁止人没有童年。

第三种态度是不管，由它去。少年之家的老师对淘气的男孩子唱那样的歌，不知如何是好，只是傻了眼。"傻了眼"不失为一种明智的态度。

第四种态度是研究它，我觉得孩子们编这样的歌反映了一种逆反心理，甚至是对于强加于他们的过于严肃的生活规范，包括带有教条意味的过于严肃的歌曲的抗议。这些歌是他们自己的歌。

第五种态度是向他们学习。作家应该向孩子学习。学习他们的信口胡编。第一是信口。孩子对于语言的韵律有一种先天的敏感。他们自己编的歌都非常"顺"，非常自然，一听就记得住。

现在的新诗多不留意韵律，朦胧诗尤其是这样。我不懂，是不是朦胧诗就非得排斥韵律不可？我以为朦胧诗尤其需要韵律。李商隐的不少诗很难"达诂"，但是听起来很美。戴望舒的《雨巷》说的是什么？但听起来很美。听起来美，便受到感染，于是似乎是懂了。不懂之懂，是为真懂。其次，是"胡编"。就是说，学习孩子们的滑稽感，学习他们对于生活的并不恶毒的嘲谑态度。直截了当地说：学习他们的胡闹。

但是胡闹是不易学的。这需要才能，我们的胡闹才能已经被孔夫子和教条主义者敲打得一干二净。我们只有正经文学，没有胡闹文学。再过二十年，才许会有。

儿歌的振兴

近些天楼下在盖房子，电锯的声音很吵人。电锯声中，想起有关儿歌的问题。

拉大锯，

扯大锯。

姥姥家，

唱大戏。

接闺女，

请女婿。

小外孙子也要去，

……

这是流传于河北一带的儿歌。流传了不知有几百年了。

拉锯，

送锯。

你来，

我去。

拉一把，

推一把，

哗啦哗啦起风啦

……

这首歌是有谱，可以唱的。我在幼儿园时就唱过，我上幼儿园是五岁，今年六十六了。我的孙女现在还唱这首歌。这首歌也至少有了五十多年的历史了。

这两首儿歌都是"写"得很好的。音节好听，很形象。前一首"拉大锯"是"兴也"，只是起个头，主要情趣在"姥姥家，唱大戏……"后一首则是"赋也"，更具体地描绘了拉大锯的动作。拉大锯是过去常常可以见到的。两根短木柱，搭起交叉的架子，上面卡放了一根圆木，圆木的一头搭在地上；

圆木上弹了墨线;两个人,一个站在圆木上,两腿一前一后,一个盘腿坐在下面,两人各持大锯的木把,"噌、噌、噌"地锯起来,锯末飞溅,墨线一寸一寸减短,圆木"解"成了板子。"拉大锯,扯大锯","拉锯,送锯,你来,我去",如果不对拉锯作过仔细的观察,是不能"写"得如此生动准确的。

但是现在至少在大城市已经难得看见拉大锯的了。现在从外地到北京来给人家打家具的木工,很多都自带了小电锯,解起板子来比鲁班爷传下来的大锯要快得多了。总有一天,大锯会绝迹的。我的孙女虽然还唱、念我曾经唱、念过的儿歌,但已经不解歌词所谓。总有一天,这样的儿歌会消失的。

旧日的儿歌无作者,大都是奶奶、姥姥、妈妈顺口编出来的,也有些是幼儿自己编的,是所谓"天籁",所以都很美。美在有意无意之间,富于生活情趣,而皆朗朗上口。儿歌引导幼儿对于生活的关心,有助于他们发挥想象,启发他们对语言的欣赏,使他们得到极大的美感享受。儿歌是一个人最初接触的并已影响到他毕生的艺术气质的纯诗。

"拉锯,送锯"可能原有一首只念不唱的儿歌的底子,但也可能是某一关心幼儿教育的作家的作品。如果是专业作家的作品,那么这位作家是了不起的作家。旧儿歌消亡了,将有新儿歌来代替。现在的儿歌大都是创作的。我读了不少我的孙女的"幼儿读物",觉得新编的儿歌好的不多。政治性太强,过分强调教育意义,概念化,语言不美,声音不好听。看来有些儿歌作者缺乏艺术感，语言功力不够，我希望新儿歌的作者能熟读几百首旧儿歌。我希望有兼富儿童心和母性的大诗人能写写儿歌。

细节的真实

——习剧札记

戏曲不像电影、小说那样要有很多的细节。传统戏曲似乎不注重细节描写。但是也不尽然。

《武家坡》，薛平贵在窑外把往事和夫妻分别后的过程述说了一遍，王宝钏相信确是自己的丈夫回来了，开开窑门重相见：

王宝钏（唱）

    开开窑门重相见，

    我丈夫哪有五绺髯？

薛平贵（唱）

    少年子弟江湖老，

    红粉佳人两鬓斑。

    三姐不信菱花照，

    不似当年在彩楼前。

王宝钏（唱）

    寒窑哪有菱花镜？

薛平贵（白）

    水盆里面——

王宝钏（接唱）

　　水盆里面照容颜。

（夹白）老了！

（接唱）

　　老了老了真老了，

　　十八年老了我王宝钏！

　　"十八年老了我王宝钏"，一句平常的话中含几许辛酸！这里有一个非常精彩的细节：水盆里面照容颜。如果没有这个细节，戏是还能进行下去的。王宝钏可以这样唱：

　　菱花镜内来照影，

　　十八年老了我王宝钏！

　　然而感情上就差得多了。可以说王宝钏的满腹辛酸完全是水盆照影这个细节烘托出来的。寒窑里没有镜子，只能于水盆中照影，王宝钏十八年的苦况，可想而知。征人远出不归，她也没有心思照照自己的模样，她不需要镜子！这个细节是有非常丰富的内涵的。薛平贵的插白也写得极好，只有四个字："水盆里面"，这只是半句话。简短峭拔，增加了感情色彩，也很真实。如果写成一个完整的句子，文气就"懈"了。传统老戏的唱念每有不可及处，不可一概贬之曰："水。"

通过细节刻画人物,深挖感情的例子还有。比如《四进士》,比如《打渔杀家》萧恩父女出门时的对话,比如《三娘教子》老薛宝打草鞋为小东人挣夜读的灯油……

这些细节都是从生活中来的。情节可以虚构,细节则只有从生活中来。细节是虚构不出来的。细节一般都是剧作者从自己的生活感受中直接提取的。写《武家坡》的人未必知道王宝钏是否真的没有一面镜子,他并没有王宝钏的生活,但是贫穷到没有镜子,只能于水盆中照影,剧作者是一定体验过或观察过这样的生活的,他把自己的生活经验设身处地地加之于王宝钏的身上了。从上述几例,也可说明:写历史剧也需要生活。一个剧作者自己的生活(现代生活)的积累越多,写古人才会栩栩如生。

细节,或者也可叫作闲文。然而传神阿堵,正在这些闲中着色之处。善写闲文,斯为作手。

词曲的方言与官话

我的家乡，宋代出了个大词人秦观，明代出了个散曲大家王磐。我读他们的作品，有一点外乡人不大会有的兴趣，想看看他们的作品里有没有高邮话。结果是，秦少游的词里有，王西楼的散曲里没有。

夏敬观《手批山谷词》谓："以市井语入词，始于柳耆卿，少游、山谷各有数篇。"今检《淮海居士长短句》，"以市井语入词"者似只三首。一首《满园花》，两首《品令》。《满园花》不知用的是什么地方的俚语，《品令》则大体上可以断定用的是高邮话。《品令》二首录如下：

> 一、幸自得。一分索强，教人难吃。好好地，恶了十来日。恰而今，较些不？　　须管啜持教笑，又也何须肮织！衡倚赖脸儿得人惜。放软顽，道不得！
>
> 二、掉又瞿。天然个品格，于中压一。帘儿下，时把鞋儿踢。语低低，笑咭咭。　　每每秦楼相见，见了无门怜惜。人前强不欲相沾识。把不定，脸儿赤。

首先是这首词的用韵。刘师培《论文杂记》："宋人词多叶韵……（秦观《品令》用织、吃、日、不、惜为韵，则职、锡、质、物、陌五韵可通用矣。")刘师培是把官修诗韵的概念套用到词上来了。"职、锡、质、物、陌"五韵大概到宋代已经分不清,无所谓"通用"。毛西河谓"词本无韵",不是说不押韵,是说词本没有官定的,或具有权威的韵书,所押的只是"大致相近"的韵。张玉田谓:"词以协律,当以口舌相调。"只要唱起来顺口,听起来顺耳,就行。《品令》所押的是人声韵,人声韵短促,调值相近,几乎可以归为一大类,很难区别。用今天的高邮话读《品令》,觉得很自然,没有一点别扭。

焦循《雕菰楼词话》:"秦少游《品令》'掉又矐。天然个品格',此正秦邮土音,今高邮人皆然也。"焦循是甘泉人,于高邮为邻县,所言当有据。其实不止这一个"个"字,凭直觉,我觉得这两首词通篇都是用高邮话写的。"肐织"旧注以为"即'肐肢',意犹多曲折,不顺遂",不可通。朱延庆君以为"肐织"即"胳肢",今高邮人犹有读第二字为人声者,其说近是。"啜持"是用甜言蜜语哄哄。整句意思是:说两句好听的话哄哄你,准能教你笑,也用不着胳肢你!这两首词皆以方言写艳情,似是写给同一个人的,这人是一个惯会撒娇使小性儿的妓女。《淮海居士长短句·附录二秦观词年表》推测二词写于熙宁九年,这年少游二十八岁,在家乡闲居,时作冶游,所相与的妓女当也是高邮人。故以高邮方言写词状其娇痴,这也是很自然的。词的语句,虽如夏敬观所说:"时移世易,语言变迁,后之阅者渐不能明",很难逐句解释,但用今天的高邮话读起来，大体上还是能体味到它的情趣的，高邮人对这两首词会感到格外亲切。

少游有《醉乡春》，如下：

> 唤起一声人悄，衾冷梦寒窗晓。瘴雨过，海棠开，春色又添多少。社瓮酿成微笑，半缺椰瓢共舀。觉倾倒，急投床，醉乡广大人间小。

此词是元符元年于横州作，用的是通行的官话，非高邮土音。但有一个字有点高邮话的痕迹："舀"。王本补遗案曰"地志作'酌'，出韵，误"。《词品》卷三："此词本集不载，见于地志。而修《一统志》者不识'舀'字，妄改可笑。"《雨村词话》："舀，音咬，以瓢取水也。"《词林纪事》卷六按："换头第二句'舀'字，《广韵》上声三十'小'部有此字，以治切，正与'悄'字押。"看来有不少人不认识这个字，但在高邮，这不是什么冷字。高邮人谓以器取水皆曰舀，不一定是用瓢。用一节竹筒旁安一长把，以取水，就叫作"水舀子"。用瓷勺取汤，也叫作"舀一勺汤"。这个字不是高邮所独有，但少游是高邮人，对这个字很熟悉，故能押得自然省力耳。

王磐写散曲，我一直觉得有些奇怪。在他以前和以后，都不曾听说高邮还有什么人写过散曲。一个高邮人，怎么会掌握这种北方的歌曲形式，熟悉北方语言呢？

《康熙扬州府志》云："王磐，字鸿渐，高邮人……与会陵陈大声并为南曲之冠。"这"南曲"易为人误会。其实这里所说的"南曲"，是指南方的曲家。王磐所写，都是北曲。王骥德《曲律·论咏物》云"小令北调，王西楼最佳"。又《杂论》举当世之为北调者，谓"维扬则王山人西楼"。又云"客问词人之冠，余曰：于北词得一人，曰高邮王西楼"。任中敏校阅《王西楼乐府》后记："观于此本内无一南曲。"

写北曲得用北方语言，押北方韵。王西楼对此极内行。如《久雪》：

> 乱飘来燕塞边，密洒向程门外，恰飞还梁苑去，又舞过灞桥来。攘攘跑跑，颠倒把乾坤碍，分明将造化埋。荡磨的红日无光，限逼的青山失色。

"色"字有两读，一读se，而在我们家乡是读入声的；一读shai，上声，这是河北、山东语音，我的家乡没有这样的读音。然而王磐用的这个"色"字分明应该读（或唱）成shai的，否则就不押韵。王磐能用shai押韵，押得很稳，北曲的味道很浓，这是什么道理呢？是他对《中原音韵》翻得烂熟，还是他会说北方话，即官话？我看后一种可能更大一些，否则不会这样运用自如。然而王西楼似未到过北方，而且好像足迹未出高邮一步，他怎能说北方话？这又颇为奇怪。有一种可能是当时官话已在全国流行，高邮人也能操北语了。我很难想象这位"构楼于城西僻地，坐卧其间"的王老先生说的是怎样的一口官话。

徐文长的婚事

偶读徐文长的杂剧《歌代啸》，顺便把《徐渭集》（中华书局一九八三年版）翻了一遍，对徐文长的生平略有了解。文长是一大奇人。奇事之一是杀妻。把自己的老婆杀了，这在中国文人里还没听说过有第二人。徐文长杀的是其继室张氏，不是原配夫人。

徐文长的原配姓潘。徐文长二十岁订婚，二十一岁结婚。文长自订《畸谱》云：

> 二十岁。庚子，渭进山阴学诸生，得应乡科，归聘潘氏。
>
> 二十一岁。寓阳江，夏六月，婚。

文长和潘氏夫人是感情很好的。《徐渭集》卷十一：嘉靖辛丑之夏，妇翁潘公即阳江官舍，将令予合婚，其乡刘寺丞公代为之媒，先以三绝见遗。后六年而细子弃帏。又三年闻刘公亦谢世。癸丑冬，徙书室，检旧札见之，不胜凄婉，因赋《七绝》：

一

十年前与一相逢，
光景犹疑在梦中。
记得当时官舍里，
熏风已过荔枝红。

二

华堂日晏绮罗开，
伐鼓吹箫一两回。
帐底画眉犹未了，
寺丞亲着绛纱来。

三

筵前半醉起逡巡，
窄袖长袍妥着身。
若使吹箫人尚在，
今宵应解说伊人。

四

闻君弃世去乘云，
但见缄书不见君。
细子空帷知几度，
争教君不掩荒坟。

五

掩映双鬟绣扇新，
当时相见各青春。
傍人细语亲听得，
道是神仙会里人。

六

翠幌流尘着地垂，
重论旧事不胜悲，
可怜唯有妆台镜，
曾照朱颜与画眉。

七

筐里残花色尚明，
分明世事隔前生。
坐来不觉西窗暗，
飞尽寒梅雪未晴。

这七首诗除了第四首主要是写刘寺丞的旧札的外，其余六首都是有关潘氏夫人的。癸丑那年，徐文长三十三岁，距离与潘氏结婚已经十二年，离潘之死，也八年了。当时情景，历历在目，文长盖无一日忘之，诗的感情的确是很凄婉的。从诗里看，潘夫人是相当漂亮的。

紧挨着第七首诗后面的是"内子亡十年，其家以甥在，稍还母所服，潞州红衫，颈汗尚洮，余为泣数行下，时夜天大雨雪"：

黄金小纽茜衫温，
袖摺犹存举案痕。
开匣不知双泪下，
满庭积雪一灯昏。

诗写得很朴实，睹物思人，只是几句家常话，但是感情很真挚，是悼亡诗里的上品。

238

卷五有《述梦二首》：

一

伯劳打始开，

燕子留不住，

今夕梦中来，

何似当初不飞去？

怜羁雄，

嗤恶侣，

两意茫茫坠晓烟，

门外乌啼泪如雨。

二

跣而濯，

宛如昨，

罗鞋四钩闲不着。

棠梨花下踏黄泥，

行踪不到栖鸳阁。

这两首诗第二首很空灵，第一首则颇质实。看诗意，也是写潘夫人的。诗里写到女人洗脚，不是夫妻咋行？从"怜羁雄，嗤恶侣"看，诗是在文长再娶之后写的，做这个梦时，文长已是四十岁以后了。

徐和潘不但感情好，脾气性格也相投。这位潘夫人生前竟没有名字，她的名字是她死后徐文长给她起的。《亡妻潘墓志铭》曰："君姓潘氏，生无名字，死而渭迫有之。以其介似渭也，名似，字介君。"给夫人起这样一个名字，称得起是知己了。潘夫人地下有知，想也是感激的。《墓志铭》称"介君彗而朴廉，不嫉忌"。徐文长容易生气，爱多心，潘夫人是知道的，每当要跟文长说点正经事，一定先考虑考虑，别说出什么叫徐文长不爱听的话。"与渭正言，必择而后发，恐渭猜，蹈所讳。"看来潘夫人对徐文长迁就的时候多。因此，闺中相处六年，生活是美满的。

文长再婚后，对原先的夫人更加怀念不置。

徐文长共结过三次婚。第二个夫人姓王，只共同生活了三个月左右。《畸谱》：

三十九岁。徙师子街。夏，入赘杭之王，劣甚。始被诒而误，秋，绝之，至今恨不已。

四十岁时与张氏订婚，四十一岁与张氏结婚。四十六岁时杀了张氏。《畸谱》：

240

四十六岁。易复，杀张下狱。隆庆元年丁卯。

徐文长到底为什么要杀妻，这是个弄不清楚的问题。

他和张氏的感情是不好的，甚至很坏，文长对张氏虽不像对王氏那样，认为"劣甚"，"至今恨不已"，但是"怜羁雄，嗤恶侣"的"恶侣"似乎说的是张氏，不是王氏。因为文长入赘王家时间甚短，《述梦》不会是恰恰写于这段时间。文长集中对张只字不提——他为潘夫人写了多少好诗！《畸谱》中只记了一笔："杀张下狱"，在监狱里所写的诗也只写了对关心他的人、营救他的人表示感谢，对杀妻这件事没有态度，看不出他有什么后悔、内疚。

徐文长杀妻，都说是出于猜疑嫉妒。袁宏道谓"以疑杀其继室"，陶望龄谓"渭为人猜而妒,妻死后有所娶,辄以嫌弃（按,此指王氏）,至是又击杀其后妇,遂坐法系狱中"。猜疑什么？是疑其不贞？以无据可查，不能妄测。

比较站得住的原因，是文长这时已经得了精神病，他已经疯了。他曾用锥子锥进自己的耳朵。袁宏道《徐文长传》谓"或以利锥锥其两耳，深入寸余，竟不得死"。陶望龄《徐文长传》谓"……遂发狂，引巨锥劖耳刺深数寸，流血几殆"。这是文长四十五岁时的事。《畸谱》：

四十五岁。病易。丁劓其耳，冬稍瘳。

杀妻是四十六岁，相隔不到一年，他的疯病本没有好，这年又复发了。

一个人干得出用锥子锥自己的耳朵，干出像杀妻这样的事，就不是完全不可想象的了。

一个人为什么要发疯？因为他是天才。

梵高为什么要发疯，你能解释清楚吗？

徐文长论书画

文长书画的来源

徐文长善书法。陶望龄《徐文长传》谓：

> 渭于行草书尤精奇伟杰。尝言吾书第一，诗二，文三，画四，识者许之。

袁宏道《徐文长传》云：

> 文长喜作书，笔意奔放如其诗，苍劲中姿媚跃出。予不能书，而谬谓文长书决当在王雅宜、文徵仲之上。不论书法而论书神，诚八法之散圣，字林之侠客也。

陶望龄谓文长"其论书主于运笔，大概仿诸米氏云"。黄汝亨《徐文长集序》谓："书似米颠，而棱棱散散过之，要皆如其人而止。"文长书受米字的影响是明显的，但不主一家。文长题跋，屡次提到南宫，但并不特别推崇，以为是天下一人。他对宋以后诸家书的评价是公正客观的，不立门户。《徐文长逸稿·评字》：

黄山谷书如剑戟，构密是其所长，潇散是其所短。苏长公书专以老朴胜，不似其人之潇洒，何耶？米南宫书一种出尘，人所难及，但有生熟，差不及黄之匀耳。蔡书近二王，其短者略俗耳；劲净而匀，乃其所长。孟烦虽媚，犹可言也。其似算子率俗书不可言也。尝有评吾书者，以吾薄之，岂其然乎？倪瓒书从隶入，辄在钟元常《荐季直表》中夺舍投胎。古而媚，密而散，未可以近而忽之也。吾学索靖书，虽梗概亦不得。然人并以章草视之，不知章稍逸而近分，索则超而仿篆……

文后有小字一行："先生评各家书，即效各家体，字画奇肖，传有石文。"这行小字大概是逸稿的编集者张宗子注的。据此，可以知道他是遍览诸家书，且能学得很像的。

徐文长原来是不会画画的。《书刘子梅谱二首》题有小字："有序。此予未习画之作。"他的习画，始于何时，诗文中皆未及。他是跟谁学的画，亦不及。他的画受林良的影响是有目共睹的。他对林良是钦佩的，《刘巢云雁》诗劈头两句就是："本朝花鸟谁第一？左广林良活欲逸。"林良喜画松鹰大幅，气势磅礴。文长小品秀逸，意思却好。如画海棠题诗："海棠弄春垂紫丝，一枝立鸟压花低。去年二月如曾见，却是谁家湖石西。""一枝立鸟压花低"，此林良所不会。文长诗也提到吕纪，但其画殊不似吕。文长也画人物。集中有《画美人》诗，下注："湖石、牡丹、杏花，美人睹飞燕而笑"，诗是：

> 牡丹花对石头开，
> 雨燕低从杏杪来。
> 勾引美人成一笑，
> 画工难处是双腮。

这诗不知是题别人的画还是题自己的画的。我非常喜欢"画工难处是双腮"，此前人所未道。我以为这是徐渭自己的画，盖非自己亲画，不能体会此中难处，即此中妙处。文长亦偶作山水，不多，但对山水画有精深的赏鉴。他给沈石田写过几首热情洋溢的诗。对倪云林有独特的了解。《书吴子所藏画》："阅吴子所藏红梅双鹊画，当是倪元镇笔，而名姓印章则并主王元章，岂当时倪适王所，戏成此而遂用其章耶？"倪元镇画花鸟，世少见，文长的猜测实在是主观武断，但非深知云林者不能道也。此津津于印章题款之鉴赏家所能梦见者乎！但是文长毕竟是花卉画家，他的真正的知交是陈道复。白阳画得熟，以熟胜。青藤画得生，以生胜。

论书与画的关系

《书八渊明卷后》云：

> 览渊明貌，不能灼知其为谁，然灼知其为妙品也。往在京邸，见顾恺之粉本日研琴者殆类是。盖晋时顾陆辈笔精，匀圆劲净，本古篆书家象形意，其后为张僧繇、阎立本，最后乃有吴道子、李伯时，即稍变，犹知宗之。迨草书盛行，乃始有写意画，又一变也。卷中貌凡八人，而八犹一，如取诸影，僮仆策杖，亦靡不历历可相印，其不苟如此，可以想见其人矣。

"书画同源""书画相通"，已成定论，研究美学，研究中国美术史者都会说，但说不到这样原原本本。"迨草书盛行，乃始有写意画"，尤为灼见。探索写意画起源的，往往东拉西扯，徒乱人意，总不如文长一刀切破，干净利索。文长是画写意画的，有人至奉之为写意花卉的鼻祖，扬州八家的先河，则文长之语可谓现身说法，夫子自道矣。袁宏道说："诚八法之散圣，字林之侠客也。间以其余旁溢为花草竹石，皆超逸有致"，是直以写意画为行草字之"余"，不吾欺也。

论庄逸工草

文长字画皆豪放。陶望龄谓其行草书"尤精奇伟杰";袁宏道谓其书"奔放如其诗"。其作画,是有意识的:写意,笔墨淋漓,取快意于一时,不求形似,自称曰"涂",曰"抹",曰"扫",曰"狂扫"。《写竹赠李长公歌》:"山人写竹略形似,只取叶底潇潇意。譬如影里看丛梢,那得分明成个字?"《画百花卷与史甥,题曰漱老谑墨》:"葫芦依样不胜揩,能如造化绝安排,不求形似求生韵,根拨皆吾五指栽。胡为乎,区区枝剪而叶裁?君莫猜,墨色淋漓两拨开。"他画的鱼甚至有三个尾巴。《偶旧画鱼作此》:"元镇作墨竹,随意将墨涂(自注音搽),凭谁呼画里,或芦或呼麻。我昔画尺鳞,人问此何鱼,我亦不能答,张颠狂草书。"

《书刘子梅谱二首序》云:

> 刘典宝一日持己所谱梅花凡二十有二以过余请评。予不能画,而画之意则稍解。至于诗则不特稍解,且稍能矣。自古咏梅诗以千百计,大率刻深而求似多不足,而约略而不求似者多有余。然则画梅者得无亦似之乎?典宝君之谱梅,其画家之法必不可少者,予不能道之,至若其不求似而有余,则予之所深取也。

"不足""有余"之说甚精。求似会失去很多东西，而不求似则能保留更多东西。

但他并不主张全无法度。写字还得从规矩入门。《跋停云馆帖》云：

> 待诏文先生，讳徵明，摹刻停云馆帖，装之，多至十二本。虽时代人品，各就其资之所近，自成一家，不同矣。然其入门，必自分间布白，未有不同者也。舍此则书者为痹，品者为盲。

《评字》亦云："分间布白，指实掌虚，以为入门。"在此基础上，方能求突破。"迨布匀而不必匀，笔态入净媚，天下无书矣。"

徐文长不太赞成字如其人。《大苏所书金刚经石刻》云："论书者云，多似其人。苏文忠人逸也，而书则庄。"《评字》云："苏长公书专以老朴胜，不似其人之潇洒，何耶？"他自作了解释：庄和逸不是绝对的，庄中可以有逸。"文忠书法颜，至比杜少陵之诗，昌黎之文，吴道子之画，盖颜之书，即庄亦未尝不逸也。"（《大苏所书金刚经石刻》）

同样，他认为工与草也是相对的，有联系的。《书沈徵君周画》：

世传沈徵君画多写意，而草草者倍佳，如此卷者乃其一也。然予少客吴中，见其所为渊明对客弹阮，两人躯高可二尺许，数古木乱云霭中，其高再倍之，作细描秀润，绝类赵文敏、杜惧男。比又见姑苏八景卷，精致入丝毫，而人眇小止一豆。唯工如此，此草者之所以益妙也。不然，将善趋而不善走，有是理乎？

"善趋而不善走，有是理乎？"是一句大实话，也是一句诚恳的话。然今之书画家不善走而善趋者亦众矣，吁！

论"侵让"·李北海和赵子昂

《书李北海帖》：

李北海此帖，遇难布处，字字侵让，互用位置之法，独高于人。世谓集贤师之，亦得其皮耳。盖详于肉而略于骨，辟如折枝海棠，不连铁干，添妆则可，生意却亏。

"侵让"二字最为精到，谈书法者似未有人拈出。此实是结体布行之要诀。有侵，有让，互相位置，互相照应，则字字如亲骨肉，字与字之关系出。"侵让"说可用于一切书法家，用之北海，觉尤切。如字字安分守己，互不干涉，即成算子。如此书家，实是呆鸟。"折枝海棠，不连铁干"，也是说字是单摆浮搁的。

徐文长对赵子昂是有微词的，但说得并不刻薄。《赵文敏墨迹洛神赋》云：

> 古人论真行与篆隶，辨圆方者，微有不同。真行始于动，中以静，终以媚。媚者盖锋稍溢出，其名曰姿态，锋太藏则媚隐，太正则媚藏而不悦，故大苏宽之以侧笔取妍之说。赵文敏师李北海，净均也，媚则赵胜李，动则李胜赵。夫子建见甄氏而深悦之，媚胜也，后人未见甄氏，读子建赋无不深悦之者，赋之媚亦胜也。

徐文长这段话说得恍恍惚惚，简直不知道是褒还是贬。"媚"总是不好的。子昂弱处正在媚。文长指出这和他的生活环境有关。《书子昂所写道德经》云：

> 世好赵书，女取其媚也，责以古服劲装可乎？盖帝胄王孙，裘马轻纤，足称其人矣。他书率然，而道德经为尤媚。然可以为楁涩顽粗，如世所称枯柴蒸饼者之药。

论　变

　　书画家不会总是一副样子，往往要变。《跋书卷尾二首·又》记了一个有趣的故事：

　　　　董文尧章一日持二卷命书，其一沈徵君画，其一祝京兆希哲行书，钳其尾以余试。而祝此书稍谨敛，奔放不折梭。余久乃得之日："凡物神者则善变，此祝京兆变也，他人乌能辨？"文弛其尾，坐客大笑。

　　"变"常是不期然而得之，如窑变。《书陈山人九皋氏三卉后》云：

　　　　陶者间有变，则为奇品。更欲效之，则尽薪竭钧，而不可复。予见山人卉多矣，曩在日遗予者，不下十数纸，皆不及此三品之佳。瀹然而云，莹然而雨，泫泫然而露也。殆所谓陶之变耶？

　　书画豪放者，时亦温婉。《跋陈白阳卷》：

　　　　陈道复花卉豪一世，草书飞动似之。独此帖既纯完，又多而不败。盖余尝见闽楚壮士袠马剑戟,则凛然若罴,及解而当绣刺之绷,亦颓然若女妇,可近也。此非道复之书与染耶?

语文短简

普通而又独特的语言

鲁迅的《高老夫子》中高尔础说:"女学堂真不知道要闹成什么样子。我辈正经人,确乎犯不上酱在一起。""酱"字甚妙。如果用北京话说:"犯不着和他们一块掺和",味道就差多了。沈从文的小说,写一个水手,没有钱,不能参加赌博,就"镶"在一边看别人打牌。"镶"字甚妙。如果说是"靠"在一边,"挤"在一边,就失去原来的味道。"酱"字、"镶"字,大概本是口语,绍兴人(鲁迅是绍兴人)、凤凰人(沈从文是湘西凤凰人),大概平常就是这样说的。但是在文学作品里没有人这样用过。

屠格涅夫的散文诗写伐木,有句云"大树缓慢地,庄重地倒下了"。"庄重"不仅写出了树的神态,而且引发了读者对人生的深沉、广阔的感慨。

阿城的小说里写"老鹰在天上移来移去",这非常准确。老鹰在高空,是看不出翅膀搏动的,看不出鹰在"飞",只是"移来移去"。同时,这写出了被流放在绝域的知青的寂寞的心情。

我曾经在一个果园劳动,每天下工,天已昏暗,总有一列火车从我们的果园的"树墙子"外面驰过,车窗的灯光映在树墙子上，我一直想写下这个印象。有一天，终于抓住了。

车窗蜜黄色的灯光连续地映在果园东边的树墙子
上，一方块，一方块，川流不息地追赶着……

"追赶着"，我自以为写得很准确。这是我长期观察、思索，
才捕捉到的印象。

好的语言，都不是奇里古怪的语言，不是鲁迅所说的"谁也
不懂的形容词之类"，都只是平常普通的语言，只是在平常语中注
入新意，写出了"人人心中所有，而笔下所无"的"未经人道语"。

平常而又独到的语言，来自于长期的观察、思索、琢磨。

读诗不可抬杠

苏东坡《惠崇小景》诗云："春江水暖鸭先知"，这是名句，
但当时就有人说："鸭先知，鹅不能先知耶？"这是抬杠。

林和靖咏梅诗："疏影横斜水清浅，暗香浮动月黄昏"，是
千古名句。宋代就有人问苏东坡，这两句写桃、杏亦可，为什
么就一定写的是梅花？东坡笑曰："此写桃杏诚亦可，但恐桃杏
不敢当耳！"

有人对"红杏枝头春意闹"有意见，说："杏花没有声音，'闹'
什么？""满宫明月梨花白"，有人说："梨花本来是白的，说它

干什么？"

跟这样的人没法谈诗。但是，他可以当副部长。

想　象

闻宋代画院取录画师，常出一些画题，以试画师的想象力。有些画题是很不好画的。如"踏花归去马蹄香"，"香"怎么画得出？画师都束手。有一画师很聪明，画出来了。他画了一个人骑了马，两只蝴蝶追随着马蹄飞。"深山藏古寺"，难的是一个"藏"字，藏就看不见了，看不见，又要让人知道有一座古寺在深山里藏着。许多画师的画都是在深山密林中露一角檐牙，都未被录取。有一个画师不画寺，画了一个小和尚到山下溪边挑水。和尚来挑水，则山中必有寺矣。有一幅画画昨夜宫人饮酒闲话。这是"昨夜"的事，怎么画？这位画师画了一角宫门，一大早，一个宫女端着笸箩出来倒果壳，荔枝壳、桂圆壳、栗子壳、鸭脚（银杏）壳……这样，宫人们昨夜的豪华而闲适的生活可以想见。

老舍先生曾点题请齐白石画四幅屏条，有一条求画苏曼殊的一句诗："蛙声十里出山泉。"这很难画。"蛙声"，还要从十里外的山泉中出来。齐老人在画幅两侧用浓墨画了直立的石头，用淡墨画了一道曲曲弯弯的山泉水，在泉水下边画了七八只摆尾游劲的蝌蚪。真是亏他想得出！

艺术，必须有想象。画画是这样，写文章也是这样。

学话常谈

惊人与平淡

杜甫诗云："语不惊人死不休"，宋人论诗，常说"造语平淡"。究竟是惊人好，还是平淡好？

平淡好。

但是平淡不易。

平淡不是从头平淡，平淡到底。这样的语言不是平淡，而是"寡"。山西人说一件事、一个人、一句话没有意思，就说："看那寡的！"

宋人所说的平淡可以说是"第二次的平淡"。

苏东坡尝有书与其侄云：

> 大凡为文，当使气象峥嵘，五色绚烂。渐老渐熟，乃造平淡。

葛立方《韵语阳秋》云：

> 大抵欲造平淡，当自组丽中来，落其华芬，然后可造平淡之境。

平淡是苦思冥想的结果。欧阳修《六一诗话》说：

> （梅）圣俞平生苦于吟咏，以闲远古淡为意，故其构思极艰。

《韵语阳秋》引梅圣俞和晏相诗云：

> 因今适性情，稍欲到平淡。苦词未圆熟，刺口剧菱芡。

言到平淡处甚难也。

运用语言，要有取舍，不能拿起笔来就写。姜白石云：

> 人所易言,我寡言之。人所难言,我易言之,自不俗。

作诗文要知躲避。有些话不说。有些话不像别人那样说。至于把难说的话容易地说出，举重若轻，不觉吃力，这更是功夫。苏东坡作《病鹤》诗，有句"三尺长胫□瘦躯"，抄本缺第五字，几位诗人都来补这字，后来找来旧本，这个字是"搁"，大家都佩服。杜甫有一句诗"身轻一鸟□"，刻本末一字模糊不清，几位诗人猜这是个什么字。有说是"飞"，有说是"落"……后来见到善本，乃是"身轻一鸟过"，大家也都佩服。苏东坡的"搁"字写病鹤，确是很能状其神态，但总有点"做"，终觉吃力，不似杜诗"过"字之轻松自然，若不经意，而下字极准。

平淡而有味，材料、功夫都要到家。四川菜里的"开水白菜"，汤清可以注砚，但是并不真是开水煮的白菜，用的是鸡汤。

方　言

作家要对语言有特殊的兴趣，对各地方言都有兴趣，能感觉、欣赏方言之美，方言的妙处。

上海话不是最有表现力的方言，但是有些上海话是不能代替的。比如"辣辣两记耳光！"这只有用上海方音读出来才有劲。曾在报纸上读一纸短文，谈泡饭，说有两个远洋轮上的水手，想念上海，想念上海的泡饭，说回上海首先要"杀杀搏搏吃两碗泡饭！""杀杀搏搏"说得真是过瘾。

有一个关于苏州人的笑话，说两位苏州人吵了架，几至动武，一位说："阿要把倷两记耳光搭搭？"用小菜佐酒，叫作"搭搭"。打人还要征求对方的同意，这句话真正是"吴侬软语"，很能表现苏州人的特点。当然，这是个夸张的笑话，苏州人虽"软"，不会软到这个样子。

有苏州人、杭州人、绍兴人和一位扬州人到一个庙里，看到"四大金刚"，各说了一句有本乡特点的话，扬州人念了四句诗：

> 四大金刚不出奇，
> 里头是草外头是泥。
> 你不要夸你个子大，
> 你敢跟我洗澡去！

这首诗很有扬州的生活特点。扬州人早上皮包水（上茶馆吃茶），晚上"水包皮"（下澡堂洗澡）。四大金刚当然不敢洗澡去，那就会泡烂了。这里的"去"须用扬州方音，读如kì。

写有地方特点的小说、散文，应适当地用一点本地方言。我写《七里茶坊》，里面引用黑板报上的顺口溜："天寒地冻百不咋，心里装着全天下"，"百不咋"就是张家口一带的话。《黄油烙饼》里有这样几句："这车的样子真可笑，车轱辘是两个木头饼子，还不怎么圆，骨碌碌，骨碌碌，往前滚。"这里的"骨碌碌"要用张家口坝上的音读，"骨"字读入声。如用北京音读，即少韵味。

幽　默

《梦溪笔谈》载：

> 关中无螃蟹。元丰中，余在陕西，闻秦州人家收得一干蟹，土人怖其形状，以为怪物，每人家有病疟者，则借去挂门户上，往往遂差。不但人不识，鬼亦不识也。

过去以为生疟疾是疟鬼作祟，故云："不但人不识，鬼亦不识也。"说得非常幽默。这句话如译为口语，味道就差一些了，只能用笔记体的比较通俗的文言写。有人说中国无幽默，噫，是何言欤！宋人笔记，如《梦溪笔谈》《容斋随笔》，有不少是写得很幽默的。

幽默要轻轻淡淡，使人忍俊不禁，不能存心使人发笑，如北京人所说"胳肢人"。

谈幽默

《容斋随笔》载：关中无螃蟹。有人收得干蟹一只，有生疟疾的，就借去挂在门上，疟鬼（旧以为疟疾是疟鬼作祟）见了，不知是什么东西，就吓得退走了。《梦溪笔谈》云："不但人不识，鬼亦不识也。"沈存中此语极幽默。

元宵节，司马温公的夫人要出去看灯，温公不同意，说自己家里有灯，何必到外面去看。夫人云："兼欲看人。"温公云："某是鬼耶？"司马温公胡搅蛮缠，很可爱。我一直以为司马先生是个很古怪的人，没想到他还挺会幽默。想来温公的家庭生活是挺有趣的。

齐白石曾为荣宝斋画笺纸，一朵淡蓝的牵牛花，几片叶子，题了两行字："梅畹华家牵牛花碗大，人谓外人种也，余画其最小者。"此老极风趣幽默。寻常画家，哪得有此。此是齐白石较寻常画家高处。

小时候看《济公传》：县官王老爷派两个轿夫抬着一乘轿子去接济公到衙门里来给太夫人看病。济公说他坐不来轿子，从来不坐轿子，他要自己走了去。轿夫说："你不坐，我们回去没法交代。"济公说："那这样，你们把轿底打掉，你们在外面抬，我在里面走。"轿夫只得依他。两个轿夫抬着空轿，轿子下面露着济公两只穿了破鞋的脚，合着轿夫的节奏啪嗒啪嗒地走着。

实在叫人发噱。济公很幽默,编写《济公传》的民间艺人很幽默。

什么是幽默?

人世间有许多事,想一想,觉得很有意思。有时一个人坐着,想一想,觉得很有意思,会扑哧笑出声来。把这样的事记下来或说出来,便挺幽默。

《辞海》幽默条云:

> 英文 humour 的音译。通过影射、讽喻、双关等修辞手法,在善意的微笑中,揭露生活中乖讹和不通情理之处。

这话说得太死。只有"在善意的微笑中"却是可以同意的。富于幽默感的人大都存有善意,常在微笑中。左派恶人,不懂幽默。

偶笑集

烧煳了洗脸水

《红楼梦》里一个丫头无端受到责备，心中不服，嘟嘟囔囔地说："我又怎么啦？我又没烧煳了洗脸水！""我又没烧煳了洗脸水"，此语甚俊。

职业习惯

瓦岗寨英雄尤俊达，是扛大斧给人劈柴出身。每临阵，见来将必先问："顺丝儿还是横丝儿的？"答云："顺丝儿的。"就很高兴。若说是"横丝儿的！"就搓着斧柄，连声叫苦："横丝儿的！哎呀，横丝儿的！"劈大块柴，顺丝的一斧就能劈通；横丝的，劈起来费劲。

济公的幽默

县官王老爷派两个轿夫抬着一顶小轿，接济公来给王老爷的娘子看病。济公不肯坐轿，说："我自己走。我从来不坐轿子，从来不让别人抬着我。"轿夫说："您不坐轿子，我们对老爷不好交代呀!"济公想了想,说:"这样吧,你们把轿底打掉了。你们在外面抬,我在里面走。"济公这个主意实在很幽默。两个轿夫,一前一后,抬着一乘空轿子,轿子下面,一双光脚,趿着破鞋,忽忽闪闪,整齐合拍,光景奇绝!

世界通用汉语

我们到内蒙古伊克昭盟去搜集材料,要写一个剧本。党委书记带队。我们开了吉普车到一个"浩特"去接一个曾在王府当过奴隶的牧民到东胜去座谈。这位奴隶已经等在路边。车一停,上来了。我们的书记,非常热情,迎了上去,握住奴隶的手,说:"你好!你的,会讲汉语?"我们这位书记以为这种带日本味儿的汉语是所有的外国人和所有的少数民族都懂的。这位奴隶也很对得起我们的书记,很客气答道:"小小的!"这位奴隶肯定我们的书记平常就是讲这样的话的。

以为这样的话是全世界的人都懂的,大有人在。名丑张××,到瑞士,刚进旅馆,想大便,找不到厕所,拉住服务员,比画了半天,服务员不懂,他就大声叫道:"我的,要大大的!"服务员眼睛瞪得大大的,还是不懂。

早茶笔记（三则）

解题：我每天早起第一件事便是喝茶。喝茶就是喝茶而已，和我们家乡"吃早茶"不一样。我的家乡人有吃早茶的习惯。吃早茶其实是吃早点，吃包子、蒸饺、烧卖，还有煮干丝或烫干丝，有点像广东的"饮茶"——当然，茶是要喝的。扬州一带人"早上皮包水"，即是指的吃早茶。我空着肚子喝茶时总要一个人坐着胡思乱想。有时想到一点有意思的事，就写了下来。把这些随手写下来的片段叫个什么名字好呢？就叫作《早茶笔记》吧。

我是爱读笔记的。我的某些小说也确是受了笔记的影响，但我并无创立现代笔记小说这一文体之意。现在有的评论家像这样地称呼我的小说了，也是可以的吧。

现代笔记小说当然是要接续古代笔记小说的传统的，但是不必着意模仿古人。既是现代笔记，总得有点"现代"的东西。第一是思想，不能太旧；第二是文笔，不能有假古董气。老实说，现在笔记体小说颇为盛行，我是有几分担心的。

断　笔

这个故事已经有很多人写过了。

昆明人都知道这个故事。

昆明西山龙门，陡峭壁立，直上直下。登龙门，俯瞰滇池，帆影烟波，尽在眼底。不能久看，久看使人目眩。山顶有座魁星阁。据说由山下登山的石级，是一个道士以一人之力依山形开凿出来的。魁星阁的阁顶、屋脊、梁柱都是在整块的岩石上凿出来的。阁中的魁星像也是就特意留出的一块青石上凿成的。这道士把魁星像凿成了，只剩下魁星手中点斗的一支笔了，他松了一口气，微微一笑。不想手中的錾子用力稍猛，铿的一声，笔断了！道士扔下锤子錾子，张开双臂，从山上跳了下去。

（现在魁星手中的笔是后配的。）

这个故事是真实的吗？

故事也许是虚构的。

但是故事的思想是真实的。

八指头陀

八指头陀法号指南，是我的祖父学佛的师父。他原是我们县最大的寺庙善因寺的方丈，退居后住在三圣庵。祖父曾带我去看过他（我到现在还不明白祖父为什么要带我去看这位老和尚，那时我还很小）。三圣庵是一个很小的庙子，地方很荒僻，在大淖旁边，周围没有人家，只是一些黄叶枯枝的杂树林子，一片吐着白絮的芦苇。一条似有若无的小路，小路平常似乎没有人走。小路尽处，是一个青砖瓦顶的小庵，孤零零的。

我记不清老和尚的年龄，只记得他干瘦干瘦的，穿了一件很旧的，但是干干净净的衲衣。

指南和尚没有什么特别处。一是他退居得比较早（后来善因寺的方丈是他的徒弟铁桥），一是祖父告诉我，他曾在香炉里把两只手的食指烧掉，因此自号八指头陀。

我没有看见他烧掉食指的手是什么样子，因为他始终把他的手放在衲衣的袖子里。

我不知道和尚为什么要烧掉手指，我想无非是考验自己的坚韧吧。不管怎么说，这是常人办不到的。

祖父对他很恭敬。我对他也很恭敬。我一直记得那座隐藏在黄叶芦苇中的小庵。

耿庙神灯

我小时候非常向往耿庙神灯，总希望能够看到一次。

天气突变，风浪大作，高邮湖上，天色浓黑，伸手不见五指，客船、货船、渔船全都失去方向，在大风浪里乱转，弄船的舵师水手惊慌失措。正在危急之际，忽然抬头一望，只见半空中出现了红灯。据说，有时两盏，有时四盏，有时六盏，多的时候能有八盏。或排列整齐，或错落有序，微微起落，红光熠熠。水手们欢呼："七公显灵了！七公显灵了！"船户朝红灯奋力划去,就会直达高邮县城。这就是"耿庙神灯","秦邮八景"之一。

多美的红灯呀!

七公是真有这个人的,姓耿,名遇德,生于北宋大元五年,山东兖州府东平州梁山泊人,排行第七,人称七公。后来隐居高邮,在高邮湖边住,有人看到他坐了一个蒲团泛湖上。

七公为高邮人做了很多好事,死后邑人为他立了庙,叫作"七公殿"。

有一年,运河决口,黑夜中见一盏红灯渐渐移近决口处,不知从哪里漂来很多柴草,把决口堵住了。人们隐隐约约看到一个紫衣人坐在柴草上,相貌很像七公殿里的七公塑像。

七公殿是一座庙,也是一个地名。我们小时常到七公殿去玩。

我的侄孙辈大概已经不知道什么"耿庙神灯"了。

无意义诗

　　我的儿子，他现在已经三十多岁，当了父亲了，小时候曾住过新华社的"少年之家"。有一次"少年之家"开晚会，他们，一群男孩子，上台去唱歌。他们神色很庄重。指挥一声令下："预备——齐！"他们大声唱了：

　　　　排着队，

　　　　唱着歌，

　　　　拉起大粪车！

　　　　花园里，

　　　　花儿多，

　　　　马蜂蜇了我！

　　老师傻了眼了：这是什么歌？

　　这是这帮男孩子自己创作的歌。他们都会唱，而且在"表演"时感情充沛。我觉得歌很美，而且很使我感动。

　　若干年后，我仔细想想，这是孩子们对于强加于他们的过于正经的歌曲的反抗，对于廉价的抒情的嘲讽。这些孩子是伟大的喜剧诗人，他们已经学会用滑稽来撕破虚伪的严肃。

　　我的女儿曾到黑龙江参加军垦（她现在也已经当了母亲

了）。她们那里忽然流行了一首歌。据说这首歌是从北京传过去的。后来不只是黑龙江,许多地区的"军垦战士"都唱起来了:

> 有一个小和尚,
> 泪汪汪,
> 整天想他娘。
> 想起了他的娘,
> 真不该,
> 叫他当和尚!

他们唱这首歌唱得很激动,他们用歌声来宣泄他们的复杂的、难于言传的强烈的感情。这种感情难道我们不能体会吗?

上述两首歌可以说是无意义的,但是,是有意义的。

英国曾有几个诗人专写"无意义诗"。朱自清先生曾作专文介绍。

许多无意义诗都是有意义的。我们不当于诗的表面意义上寻求其意义,而应该结合时代背景,于无意义中感受其意义。在一个不自由的时代,更当如此。在一个开始有了自由的时代,我们可以比较真切地琢磨出其中的意义了。

有意思的错字

　　文章排出了错字，在所难免。过去叫作"手民误植"。有些经常和别的字组成一个词的字，最易排错，如"不乏"常被排成"不缺"，这大概是因为"缺乏"在字架上是放一起的，捡字的时候，一不留神就把邻居夹出来了。有的是形近而讹。比如何其芳同志的一篇文章里的"无论如何"被排成了"天论如何"。一位学者曾抓住这句话做文章，把何其芳嘲笑了一顿。其实这位学者只要稍想一想，就知道这里有错字。何其芳何至于写出"天论如何"这样的句子呢？难怪何其芳要反唇相讥了。人刻薄了不好。双方论辩，不就对方的论点加以批驳，却在人家的字句上挑刺儿，显得不大方。——何况挑得也不是地方。这真是仰面唾天，唾沫却落在自己的脸上。不知道排何其芳文章的工人同志看到他们争论文章没有。如果看到，一定会觉得好笑的。

　　有错字不要紧。但是，周作人曾说过：不怕错得没有意思，那是读者一看就知道，这里肯定有错字的；最怕是错得有意思。这种有意思的错字往往不是"手民"误植出来的，而是编辑改出来的。邓友梅的《那五》几次提到"砂锅居"，发表出来，却改成了"沙锅店"。友梅看了，只有苦笑。处理友梅的稿子的编辑肯定没有在北京住过，也没有吃过砂锅居的白肉。不过这位编辑应该也想一想，卖沙锅的店里怎么能进去吃饭呢？我自己也时常遇到有意思的错字。我曾写过一篇谈沈从文先生的小说的文章，提到沈先生的语言很朴素，但是"这种朴素来自于雕琢"，编辑改成了"来自于不雕琢"。大概他认为"雕琢"是不好的。这样一改，这句话等于不说！我的一篇小说里有一句："一个人走进他的工作，是叫人感动的。"编辑在"工作"下面加了一个"间"。大概他认为原句不通，人怎么能走进"他的工作"呢？我最近写了一篇谈读杂书的小文章，提到"我从法布尔的书里知道知了原来是个聋子……实在非常高兴"。发表出来，却变成了"我从法布尔的书里知道他原来是个聋子……"这就成了法布尔是个聋子了。法布尔并不聋。而且如果他是个聋子，我又有什么可高兴的呢？阅稿的编辑可能不知道知了即是蝉，觉得"知道知了"读起来很拗口，就提笔改了。这个"他"字加得实在有点鲁莽。

　　我年轻时发表了文章，发现了错字，真是有如芒刺在背。后来见多了，就看得开些了。不过我奉劝编辑同志在改别人的文章时要慎重一些。我也当过编辑，有一次把一位名家的稿子改得多了点，他来信说我简直像把他的衣服剥光了让他在大街上走。我后来想想，是我不对。我一点不想抹杀编辑的苦劳，有的编辑改文章是改得很好的，包括对我的文章，有时真是"一字师"。我写这篇文章的用意是在息事宁人。编辑细致一些，作者宽容一些，不要因为错字而闹得彼此不痛快。

"揉面"

语言是艺术

语言本身是艺术，不只是工具。

写小说用的语言，文学的语言，不是口头语言，而是书面语言。是视觉的语言，不是听觉的语言。有的作家的语言离开口语较远，比如鲁迅；有的作家的语言比较接近口语，比如老舍。即使是老舍，我们可以说他的语言接近口语，甚至是口语化，但不能说他用口语写作，他用的是经过加工的口语。老舍是北京人，他的小说里用了很多北京话。陈建功、林斤澜、中杰英的小说里也用了不少北京话。但是他们并不是用北京话写作。他们只是吸取了北京话的词汇，尤其是北京人说话的神气、劲头、"味儿"。他们在北京人说话的基础上创造了各自的艺术语言。

小说是写给人看的，不是写给人听的。

外国人有给自己的亲友读自己的作品的习惯。普希金给老保姆读过诗。屠格涅夫给托尔斯泰读过自己的小说。效果不知如何。中国字不是拼音文字。中国的有文化的人，与其说是用汉语思维，不如说是用汉字思维。汉字的同音字又非常多。因此，很多中国作品不太宜于朗诵。

比如鲁迅的《高老夫子》：

他大吃一惊，至于连《中国历史教科书》也失手落在地上了，因为脑壳上突然遭到了什么东西的一击。他倒退两步，定睛看时，一枝夭斜的树枝横在他的面前，已被他的头撞得树叶都微微发抖。他赶紧弯腰去拾书本，书旁边竖着一块木牌，上面写道——

看小说看到这里，谁都忍不住失声一笑。如果单是听，是觉不出那么可笑的。

有的诗是专门写来朗诵的。但是有的朗诵诗阅读的效果比耳听还更好一些。比如柯仲平的诗：

人在冰上走，

水在冰下流……

这写得很美。但是听朗诵的都是识字的，并且大都是有一定的诗的素养的，他们还是把听觉转化成视觉的（人的感觉是相通的），实际还是在想象中看到了那几个字。如果叫一个不识字的、没有文学素养的普通农民来听，大概不会感受到那样的意境，那样浓厚的诗意。"老妪都解"不难，叫老妪都能欣赏就不那么容易。"离离原上草"，老妪未必都能击节。

我是不太赞成电台朗诵诗和小说的，尤其是配了乐。我觉得这常常限制了甚至损伤了原作的意境。听这种朗诵总觉得是隔着袜子挠痒痒，很不过瘾，不若直接看书痛快。

文学作品的语言和口语最大的不同是精练。高尔基说契诃夫可以用一个字说了很多意思。这在说话时很难办到，而且也不必要。过于简练，甚至使人听不明白。张寿臣的单口相声，看印出来的本子，会觉得很啰唆，但是说相声就得那么说，才明白。反之，老舍的小说也不能当相声来说。

其次还有字的颜色、形象、声音。

中国字原来是象形文字，它包含形、音、义三个部分。形、音，是会对义产生影响的。中国人习惯于望"文"生义。"浩瀚"必非小水，"涓涓"定是细流。木玄虚的《海赋》里用了许多三点水的字，许多模拟水的声音的词，这有点近于魔道。但是中国字有这些特点，是不能不注意的。

说小说的语言是视觉语言，不是说它没有声音。前已说过，人的感觉是相通的。声音美是语言美的很重要的因素。一个有文学修养的人，对文字训练有素的人，是会直接从字上"看"出它的声音的。中国语言因为有"调"，即"四声"，所以特别富于音乐性。一个搞文字的人，不能不讲一点声音之道。"前有浮声，则后有切响"，沈约把语言声音的规律概括得很扼要。简单地说，就是平仄声要交错使用。一句话都是平声或都是仄声，一顺边，是很难听的。京剧《智取威虎山》里有一句唱词，原来是"迎来春天换人间"，毛主席给改了一个字，把"天"字改成"色"字。有一点旧诗词训练的人都会知道，除了"色"字更具体之外，全句声音上要好听得多。原来全句六个平声字，声音太飘，改一个声音沉重的"色"字，一下子就扳过来了。写小说不比写诗词，不能有那样严的格律，但不能不追求语言的声音美，要训练自己的耳朵。一个写小说的人，如果学写一点旧诗、曲艺、戏曲的唱词，是有好处的。

外国话没有四声，但有类似中国的双声叠韵。高尔基曾批评一个作家的作品，说他用"咝"音的字太多，很难听。

中国语言里还有对仗这个东西。

中国旧诗用五七言，而文章中多用四六字句。骈体文固然是这样，骈四俪六；就是散文也是这样。尤其是四字句。四字句多，几乎成了汉语的一个特色。没有一篇文章找不出大量的四字句。如果有意避免四字句，便会形成一种非常奇特的拗体，适当地运用一些四字句，可以造成文章的稳定感。

我们现在写作时所用的语言，绝大部分是前人已经用过，在文章里写过的。有的语言，如果知道它的来历，便会产生联想，使这一句话有更丰富的意义。比如毛主席的诗："落花时节读华章"，如果不知出处，"落花时节"，就只是落花的时节。如果读过杜甫的诗:"岐王宅里寻常见,崔九堂前几度闻,正是江南好风景,落花时节又逢君",就会知道"落花时节"就包含着久别重逢的意思,就可产生联想。《沙家浜》里有两句唱词:"垒起七星灶,铜壶煮三江",是从苏东坡的诗"大瓢贮月归春瓮,小杓分江入夜瓶"脱胎出来的。我们许多的语言,自觉或不自觉地,都是从前人的语言中脱胎而出的。如果平日留心,积学有素,就会如有源之水,触处成文。否则就会下笔枯窘,想要用一个词句,一时却找它不出。

语言是要磨炼,要学的。

怎样学习语言?——随时随地。

首先是向群众学习。

我在张家口听见一个饲养员批评一个有点个人英雄主义的组长:

"一个人再能,当不了四堵墙。旗杆再高,还得有两块石头夹着。"

我觉得这是很好的语言。

我刚到北京京剧团不久,听见一个同志说:

"有枣没枣打三竿,你知道哪块云彩里有雨啊?"

我觉得这也是很好的语言。

一次,我回乡,听家乡人谈过去运河的水位很高,说是站在河堤上可以"踢水洗脚",我觉得这非常生动。

我在电车上听见一个幼儿园的孩子念一首大概是孩子们自

己编的儿歌：

　　　　山上有个洞，

　　　　洞里有个碗，

　　　　碗里有块肉，

　　　　你吃了，我尝了，

　　　　我的故事讲完了！

　　他翻来覆去地念，分明从这种语言的游戏里得到很大的快乐。我反复地听着，也能感受到他的快乐。我觉得这首几乎是没有意义的儿歌的音节很美。我也琢磨出中国语言除了押韵之外还可以押调。"尝""完"并不押韵，但是同是阳平，放在一起，产生一种很好玩的音乐感。

　　《礼记》的《月令》写得很美。

　　各地的"九九歌"是非常好的诗。

　　只要你留心，在大街上，在电车上，从人们的谈话中，从广告招贴上，你每天都能学到几句很好的语言。

　　其次是读书。

　　我要劝告青年作者，趁现在还年轻，多背几篇古文，背几首诗词，熟读一些现代作家的作品。

　　即使是看外国的翻译作品，也注意它的语言。我是从契诃夫、海明威、萨洛扬的语言中学到一些东西的。

读一点戏曲、曲艺、民歌。

我在《说说唱唱》当编辑的时候,看到一篇来稿,一个小戏,人物是一个小炉匠,上场念了两句对子:

> 风吹一炉火,
> 锤打万点金。

我觉得很美。

一九四七年,我在上海翻看一本老戏考,有一段滩簧,一个旦角上场唱了一句:

> 春风弹动半天霞。

我大为惊异:这是李贺的诗!

二十多年前,看到一首傣族的民歌,只有两句,至今忘记不了:

> 斧头砍过的再生树,
> 战争留下的孤儿。

巴甫连科有一句名言:"作家是用手思索的。"得不断地写,才能扪触到语言。老舍先生告诉过我,说他有的写,没的写,每天至少要写五百字。有一次我和他一同开会，有一位同志作了一个冗长而空洞的发言，老舍先生似听不听，他在一张纸上把几个人的姓名连缀在一起，编了一副对联：

伏园焦菊隐
老舍黄药眠

一个作家应该从语言中得到快乐，正像电车上那个念儿歌的孩子一样。

董其昌见一个书家写一个便条也很用心，问他为什么这样，这位书家说："即此便是练字。"作家应该随时锻炼自己的语言，写一封信，一个便条，甚至是一个检查，也要力求语言准确合度。

鲁迅的书信、日记，都是好文章。

语言学中有一个术语，叫作"语感"。作家要锻炼自己对于语言的感觉。

王安石曾见一个青年诗人写的诗，绝句，写的是在宫廷中值班，很欣赏。其中的第三句是："日长奏罢长杨赋"，王安石给改了一下，变成"日长奏赋长杨罢"，且说："诗家语必此等乃健"。为什么这样一改就"健"了呢？写小说的，不必写"日长奏赋长杨罢"这样的句子，但要能体会如何便"健"。要能体会峭拔、委婉、流利、安详、沉痛……

建议青年作家研究研究老作家的手稿，琢磨他为什么改两个字，为什么要把那两个字颠倒一下。

"如鱼饮水，冷暖自知"，语言艺术有时是可以意会，难于言传的。

揉　面

使用语言，譬如揉面。面要揉到了，才软熟，筋道，有劲儿。水和面粉本来是两不相干的，多揉揉，水和面的分子就发生了变化。写作也是这样，下笔之前，要把语言在手里反复团弄。我的习惯是，打好腹稿。我写京剧剧本，一段唱词，二十来句，我是想得每一句都能背下来，才落笔的。写小说，要把全篇大体想好。怎样开头，怎样结尾，都想好。在写每一段之间，我是想得几乎能背下来，才写的（写的时候自然会又有些变化）。写出后，如果不满意，我就把原稿扔在一边，重新写过。我不习惯在原稿上涂改。在原稿上涂改，我觉得很别扭，思路纷杂，文气不贯。

曾见一些青年同志写作，写一句，想一句。我觉得这样写出来的语言往往是松的，散的，不成"个儿"，没有咬劲。

有一位评论家说我的语言有点特别，拆开来看，每一句都很平淡，放在一起，就有点味道。我想谁的语言不是这样？拆开来，不都是平平常常的话？

中国人写字，除了笔法，还讲究"行气"。包世臣说王羲之的字，看起来大大小小，单看一个字，也不见怎么好，放在一起，字的笔画之间，字与字之间，就如"老翁携带幼孙，顾盼有情，痛痒相关"。安排语言，也是这样，一个词，一个词；一句，一句；痛痒相关，互相映带，才能姿势横生，气韵生动。

中国人写文章讲究"文气"，这是很有道理的。

自铸新词

托尔斯泰称赞过这样的语言："菌子已经没有了，但是菌子的气味留在空气里"，以为这写得很美。好像是屠格涅夫曾经这样描写一棵大树被伐倒："大树叹息着，庄重地倒下了。"这写得非常真实。"庄重"真好！我们来写，也许会写出"慢慢地倒下"，"沉重地倒下"，写不出"庄重"。鲁迅的《药》这样描写枯草："枯草支支直立，有如铜丝。"大概还没有一个人用"铜丝"来形容过稀疏瘦硬的秋草。《高老夫子》里有这样几句话："我没有再教下去的意思。女学堂真不知道要闹成什么样子。我辈正经人，确乎犯不上酱在一起……""酱在一起"，真是妙绝（高老夫子是绍兴人。如果写的是北京人，就只能说"犯不上一块掺和"，那味道可就差远了）。

我的老师沈从文在《边城》里两次写翠翠拉船，所用字眼不一样。一次是：

> 有时过渡的是从川东过茶峒的小牛,是羊群,是新娘子的花轿,翠翠必争着做渡船夫,站在船头,懒懒地攀引缆索,让船缓缓地过去。

又一次:

> 翠翠斜睨了客人一眼,见客人正盯着她,便把脸背过去,抿着嘴儿,不声不响,很自负地拉着那条横缆。

"懒懒地""很自负地",都是很平常的字眼,但是没有人这样用过。要知道盯着翠翠的客人是翠翠所喜欢的傩送二老,于是"很自负地"四个字在这里就有了很多很深的意思了。

我曾在一篇小说里描写过火车的灯光:"车窗蜜黄色的灯光连续地映在果园东边的树墙子上,一方块,一方块,川流不息地追赶着";在另一篇小说里描写过夜里的马:"正在安静地、严肃地咀嚼着草料",自以为写得很贴切。"追赶""严肃"都不是新鲜字眼,但是它表达了我自己在生活中捕捉到的印象。

一个作家要养成一种习惯,时时观察生活,并把自己的印象用清晰的、明确的语言表达出来。写下来也可以。不写下来,就记住(真正用自己的眼睛观察到的印象是不易忘记的)。记忆里保存了这种常用语言固定住的印象多了,写作时就会从笔端流出,不觉吃力。

语言的独创，不是去杜撰一些"谁也不懂的形容词之类"。好的语言都是平平常常的，人人能懂，并且也可能说得出来的语言——只是他没有说出来。人人心中所有，笔下所无。"红杏枝头春意闹""满宫明月梨花白"都是这样。"闹"字、"白"字，有什么稀奇呢？然而，未经人道。

写小说不比写散文诗，语言不必那样精致。但是好的小说里总要有一点散文诗。

语言要和人物贴近

我初学写小说时喜欢把人物的对话写得很漂亮，有诗意，有哲理，有时甚至很"玄"。沈从文先生对我说："你这是两个聪明脑壳打架！"他的意思是说这不像真人说的话。托尔斯泰说过："人是不能用警句交谈的。"

尼采的"苏鲁支语录"是一个哲人的独白。纪伯伦的《先知》讲的是一些箴言。这都不是人物的对话。《朱子语类》是讲道德，谈学问，倒是谈得很自然，很亲切，没有那么多道学气，像一个活人说的话。我劝青年同志不妨看看这本书，从里面可以学习语言。

《史记》里用口语记述了很多人的对话，很生动。"伙颐！

涉之为王沉沉者！"写出了陈涉的乡人乍见皇帝时的惊叹。（"伙颐"历来的注家解释不一，我以为这就是一个状声的感叹词，用现在的字写出来就是："嗬咦！"）《世说新语》里记录了很多人的对话，寥寥数语，风度宛然。张岱记两个老者去逛一处林园，婆娑其间，一老者说："真是蓬莱仙境了也！"另一个老者说："个边哪有这样！"生动之至，而且一听就是绍兴话。《聊斋志异·翩翩》写两个少妇对话："一日，有少妇笑人曰：'翩翩小鬼头快活死！薛姑子好梦几时做得？'女迎笑曰：'花城娘子，贵趾久弗涉，今日西南风紧，吹送来也——小哥子抱得未？'曰：'又一小婢子。'女笑曰：'花娘子瓦窑哉！——那弗将来？'曰：'方鸣之，睡却矣。'"这对话是用文言文写的，但是神态跃然纸上。

写对话就应该这样，普普通通，家长里短，有一点人物性格、神态，不能有多少深文大义。——写戏稍稍不同，戏剧的对话有时可以"提高"一点，可以讲一点"字儿话"，大篇大论，讲一点哲理，甚至可以说格言。

可是现在不少青年同志写小说时，也像我初学写作时一样，喜欢让人物讲一些他不可能讲的话，而且用了很多辞藻。有的小说写农民，讲的却是城里的大学生讲的话——大学生也未必那样讲话。

不单是对话，就是叙述、描写的语言，也要和所写的人物"靠"。

我最近看了一个青年作家写的小说，小说用的是第一人称，小说中的"我"是一个才入小学的孩子，写的是"我"的一个同桌的女同学，这未尝不可。但是这个"我"对他的小同学的印象却是："她长得很纤秀。"这是不可能的。小学生的语言里不可能有这个词。

有的小说，是写农村的。对话是农民的语言，叙述却是知识分子的语言，叙述和对话脱节。

小说里所描写的景物，不但要是作者眼中所见，而且要是所写的人物的眼中所见。对景物的感受，得是人物的感受。不能离开人物，单写作者自己的感受。作者得设身处地，和人物感同身受。小说的颜色、声音、形象、气氛，得和所写的人物水乳交融，浑然一体。就是说，小说的每一个字，都渗透了人物。写景，就是写人。

契诃夫曾听一个农民描写海，说："海是大的。"这很美。一个农民眼中的海也就是这样。如果在写农民的小说中，有海，说海是如何苍茫、浩瀚、蔚蓝……统统都不对。我曾经坐火车经过张家口坝上草原，有几里地，开满了手掌大的蓝色的马兰花，我觉得真是到了一个童话的世界。我后来写一个孩子坐牛车通过这片地，本是顺理成章，可以写成：他觉得到了一个童话的世界。但是我不能这样写，因为这个孩子是个农村的孩子，他没有念过书，在他的语言里没有"童话"这样的概念。我只能写：他好像在一个梦里。我写一个从山里来的放羊的孩子看一个农业科学研究所的温室，温室里冬天也结黄瓜，结西红柿：

西红柿那样红,黄瓜那样绿,好像上了颜色一样。我只能这样写。"好像上了颜色一样",这就是这个放羊娃的感受。如果稍微写得华丽一点, 就不真实。

有的作者有鲜明的个人风格,可以不用署名,一看就知是某人的作品。但是他的各篇作品的风格又不一样。作者的语言风格每因所写的人物、题材而异。契诃夫写《万卡》和写《草原》《黑修士》所用的语言是很不相同的。作者所写的题材愈广泛,他的风格也是愈易多样。

我写《徙》里用了一些文言的句子,如"呜呼,先生之泽远矣","墓草萋萋,落照昏黄,歌声犹在,斯人邈矣"。因为写的是一个旧社会的国文教员。写《受戒》《大淖记事》,就不能用这样的语言。

作者对所写的人物的感情、态度,决定一篇小说的调子,也就是风格。鲁迅写《故乡》《伤逝》和《高老夫子》《肥皂》的感情很不一样。对闰土、涓生有深浅不同的同情,而对高尔础、四铭则是不同的厌恶。因此,调子也不同。高晓声写《拣珍珠》和《陈奂生上城》的调子不同,王蒙的《说客盈门》和《风筝飘带》几乎不像是一个人写的。我写的《受戒》《大淖记事》,抒情的成分多一些,因为我很喜爱所写的人,《异秉》里的人物很可笑,也很可悲悯,所以文体上也就亦庄亦谐。

我觉得一篇小说的开头很难,难的是定全篇的调子。如果对人物的感情、态度把握住了,调子定准了,下面就会写得很顺畅。如果对人物的感情、态度把握不稳，心里没底，或是有什么顾虑，往往就会觉得手生荆棘，有时会半途而废。

作者对所写的人、事，总是有个态度，有感情的。在外国叫作"倾向性"，在中国叫作"褒贬"。但是作者的态度、感情不能跳出故事去单独表现，只能融化在叙述和描写之中，流露于字里行间，这叫作"春秋笔法"。

正如恩格斯所说：倾向性不要特别说出。

两栖杂述

我是两栖类。写小说，也写戏曲。我本来是写小说的。二十年来在一个京剧院担任编剧。近二三年又写了一点短篇小说。我过去的朋友听说我写京剧，见面时说："你怎么会写京剧呢？——你本来是写小说的，而且是有点'洋'的！"他觉得这简直不可思议。有些新相识的朋友，看过我近年的小说后，很诚恳地跟我说："您还是写小说吧，写什么戏呢！"他们都觉得小说和戏——京剧，是两码事，而且多多少少有点觉得我写京剧是糟蹋自己，为我惋惜。我很感谢他们的心意。有些戏曲界的先辈则希望我还是留下来写戏，当我表示我并不想离开戏曲界时，就很高兴。我也很感谢他们的心意。曹禺同志有一次跟我说："你还是双管齐下吧！"我接受了他的建议。

我小时候没有想过写戏，也没有想过写小说。我喜欢画画。

我的父亲是个画画的，在我们那个县城里有点名气。我从小就喜欢看他画画。每当他把画画的那间屋子打开（他不常画画），支上窗户，我就非常高兴。我看他研了颜色，磨了墨，铺好了纸；看他抽着烟想了一会儿，对着雪白的宣纸看了半天，用指甲或笔杆的一头在纸上比画比画，画几个道道，定了一幅画的间架章法，然后画出几个"花头"（父亲是画写意花卉的），然后画枝干、布叶、勾筋、补石、点苔，最后再"收拾"一遍，题款，用印，用摁钉钉在壁上，抽着烟对着它看半天。我很用心地看了全过程，每一步都看得很有兴趣。

我从小学到中学，都"以画名"。我父亲有一些石印的和珂罗版印的画谱，我都看得很熟了。放学回家，路过裱画店，我都要进去看看。

高中毕业，我本来是想考美专的。

我到四十来岁还想彻底改行，从头学画。

我始终认为用笔、墨、颜色来抒写胸怀，更为直接，也更快乐。

我到底没有成为一个画家。

到现在我还有爱看画的习惯，爱看展览会。有时兴之所至，特别是运动中挨整的时候，还时常随便涂抹几笔，发泄发泄。

喜欢画，对写小说，也有点好处。一个是，我在构思一篇小说的时候，有点像我父亲画画那样，先有一团情致，一种意向。然后定间架、画"花头"、立枝干、布叶、勾筋……一个是，可以锻炼对于形体、颜色、"神气"的敏感。我以为，一篇小说，总得有点画意。

我是怎样写起小说来的呢？

除了画画，我的"国文"成绩一直很好。从小学五年级到初中三年级，我的国文老师一直是高北溟先生。为了纪念他，我的小说《徙》里直接用了高先生的名字。他的为人、学问和教学的方法也就像我的小说里所写的那样——当然不尽相同，有些地方是虚构的。在他手里，我读过的文章，印象最深的是归有光的《项脊轩志》《先妣事略》。

有几个暑假，我还从韦子廉先生学习过。韦先生是专攻桐城派的。我跟着他，每天背一篇桐城派古文。姚鼐的、方苞的、刘大櫆和戴名世的。加在一起，不下百十篇。

到现在，还可以从我的小说里看出归有光和桐城派的影响。归有光以清淡之笔写平常的人情，我是喜欢的（虽然我不喜欢他正统派思想），我觉得他有些地方很像契诃夫。"桐城义法"，我以为是有道理的。桐城派讲究文：章的提、放、断、连、疾、徐、顿、挫，讲"文气"。正如中国画讲"血脉流通""气韵生动"。我以为"文气"是比"结构"更为内在、更精微的概念，和内容、思想更有有机联系。这是一个很好的、很先进的概念，比许多西方现代美学的概念还要现代的概念。文气是思想的直接的形式。我希望评论家能把"文气论"引进小说批评中来，并且用它来评论外国小说。

我好像命中注定要当沈从文先生的学生。

我读了高中二年级以后，日本人打了邻县，我"逃难"在乡下，住在我的小说《受戒》里所写的小和尚庵里。除了高中教科书，我只带了两本书，一本屠格涅夫的《猎人笔记》，一本上海一家野鸡书店盗印的《沈从文小说选》。我于是翻来覆去地看这两本书。

我到昆明考大学，报了西南联大中国文学系，就是因为这个大学中文系有朱自清先生、闻一多先生，还有沈先生。

我选读了沈先生的三门课："各体文习作""中国小说史"和"创作实习"。

我追随沈先生多年，受到教益很多，印象最深的是两句话。

一句是："要贴到人物来写。"

他的意思不大好懂。根据我的理解，有这样几层意思：

第一，小说是写人物的。人物是主要的，先行的。其余部分都是次要的，派生的。作者要爱所写的人物。沈先生曾说过，对于兵士和农民"怀了不可言说的温爱"。"温爱"，我觉得提得很好。他不说"热爱"，而说"温爱"，我以为这更能准确地说明作者和人物的关系。作者对所写的人物要具有充满人道主义的温情，要有带抒情意味的同情心。

第二，作者要和人物站在一起，对人物采取一个平等的态度。除了讽刺小说，作者对于人物不宜居高临下。要用自己的心贴近人物的心，以人物哀乐为自己的哀乐。这样才能在写作的大部分的过程中，把自己和人物融为一体，语语出自自己的肺腑，也是人物的肺腑。这样才不会作出浮泛的、不真实的、概念的和抄袭借用来的描述。这样，一个作品的形成，才会是人物行动逻辑自然的结果。这个作品是"流"出来的，而不是"做"出来的。人物的身上没有作者为了外在的目的强加于他身上的东西。

第三，人物以外的其他的东西都是附属于人物的。景物、环境，都得服从于人物，景物、环境都得具有人物的色彩，不能脱节，不能游离。一切景物、环境、声音、颜色、气味，都必须是人物所能感受到的。写景，就是写人，是写人物对于周围世界的感觉。这样，才会使一篇作品处处浸透了人物，散发着人物的气息，在不是写人物的部分有人物。

另外一句话是："千万不要冷嘲。"

这是对于生活的态度，也是写作的态度。我在旧社会，因为生活的穷困和卑屈，对于现实不满而又找不到出路，又读了一些西方的现代派的作品，对于生活形成一种带有悲观色彩的尖刻、嘲弄、玩世不恭的态度。这在我的一些作品里也有所流露。沈先生发觉了这点，在昆明时就跟我讲过；我到上海后，又写信给我讲到这点。他要求的是对于生活的"执着"，要对生活充满热情，即使在严酷的现实面前，也不能觉得"世事一无可取，也一无可为"。一个人，总应该用自己的工作，使这个世界更美好一些，给这个世界增加一点好东西。在任何逆境之中也不能丧失对于生活带有抒情意味的情趣，不能丧失对于生活的爱。沈先生在下放咸宁干校时，还写信给黄永玉，说："这里的荷花真好！"沈先生八十岁了，还每天工作十几个小时，完成《中国服饰研究》这样的巨著，就是靠这点对于生活的执着和热情支持着的。沈先生的这句话对我的影响很深。

我是怎样写起京剧剧本来的呢？

我从小爱看京剧，也爱唱唱。我父亲会拉胡琴，我初中一年级的时候就随着他的胡琴唱戏，唱老生，也唱青衣。到读大学时还唱。有个广东同学听到我唱戏，就说："丢那妈，猫叫！"

因为读的是中文系，我后来又学唱了昆曲。

我喜欢看戏，看京剧，也爱看地方戏，特别爱看川剧。

我没有想到过写戏曲剧本。

因为当编辑，编《说说唱唱》，想写作，又下不去，没有生活，不免发牢骚。那年恰好是纪念世界名人吴敬梓，有人就建议我在《儒林外史》里找一个题材，写写京剧剧本，我就写了一个《范进中举》。这个剧本演出了，还在北京市戏曲会演中得了一个奖。

一九五八年，我戴了右派帽子下去劳动。摘了帽子，想调回北京，恰好北京京剧团还有个编剧名额，我就这样调到了京剧团，一直到现在，二十年了。

搞文学的人是不大看得起京剧的。

这也难怪。京剧的文学性确实是很差，很多剧本简直是不知所云。前几个月，我在北京，每天到玉渊潭散步，每天听一个演员在练《珠帘寨》的定场诗：

　　　李白斗酒诗百篇，
　　　长安市上酒家眠。
　　　摔死国舅段文楚，
　　　唐王一怒贬北番！

李克用和李太白有什么关系呢?

《花田错》里有一句唱词:

　　桃花不比杏花黄……

桃花不黄,杏花也不黄呀!

可是,京剧毕竟是我们的文化遗产呀!而且,就是京剧,也有些很好的东西。比如大家都知道的《四进士》,用了那样多的典型的细节,刻画了宋士杰这样一个独特的人物,这就不用说了。我以为这出戏放在世界戏剧名作之林中,是毫不逊色的。再如《打渔杀家》里萧恩和桂英离家时的对话:

　　萧恩:开门哪。(出门介)

　　桂英:爹爹请转。

　　萧恩:儿呀何事?

　　桂英:这门还未曾上锁呢。

　　萧恩:这门嗒,关也罢不关也罢。

　　桂英:里面还有许多动用家具呢。

　　萧恩:傻孩子呀,门都不要了,要家具作甚哪!

　　桂英:不要了?

　　萧恩:不省事的冤家呀……

我觉得这是小说，很好的小说。我觉得写小说的，也是可以从戏曲里学到很多东西的。

戏曲、京剧，有些手法好像是旧。但是中国人觉得它很旧，外国人觉得它很新。比如"自报家门"，这就比用整整一幕戏来介绍人物省事得多。比如布莱希特的"间离效果"说，是受了中国戏曲的启发而提出来的，这很新呀！

我觉得我们不要妄自菲薄，数典忘祖。我们要"以故为新"，从遗产中找出新的东西来，特别是搞西方现代派的同志，我建议他们读一点旧文学，用比较文学的方法研究研究中国的古典文学。我总是希望能把古今中外熔为一炉。

我搞京剧，有一个想法，很想提高一下京剧的文学水平，提高其可读性，想把京剧变成一种现代艺术，可以和现代文学作品放在一起，使人们承认它和王蒙的、高晓声的、林斤澜的、邓友梅的小说是一个水平的东西，只不过形式不同。

搞搞京剧还有一个好处，即知道戏和小说是两种东西（当然又是相通的）。戏要夸张，要强调；小说要含蓄，要淡远。李笠翁说写诗文不可说尽，十分只能说二三分；写戏剧必须说尽，十分要说到十分。这是很有见地的话。托尔斯泰说人是不能用警句交谈的，这是指的小说；戏里的人物是可以用警句交谈的。因此，不能把小说写得像戏，不能有太多情节、太多的戏剧性。如果写的是一篇戏剧性很强的小说，那你不如干脆写成戏。

以上是一个两栖类的自白。

除了搞戏,我还搞过曲艺,编过《说说唱唱》;搞过民间文学,编了好几年《民间文学》。"文化大革命"以后，我发表的第一篇作品不是小说，而是民间文学的论文，而且和甘肃有点关系，是《"花儿"的格律》。我觉得这对写小说没有坏处。特别是民间文学，那真是一个宝库。我甚至可以武断地说，不读一点民歌和民间故事，是不能成为一个好小说家的。

　　我这个两栖类，这个"杂家"有点什么经验？一个是要尊重、热爱祖国的文学艺术传统；一个是兼收并蓄，兴趣更广泛一些，知识更丰富一些。

　　我希望有更多的两栖类，希望诗人、小说家都来写写戏曲。

小说笔谈

语　言

在西单听见交通安全宣传车播出："横穿马路不要低头猛跑"，我觉得这是很好的语言。在校尉营一派出所外宣传夏令卫生的墙报上看到一句话："残菜剩饭必须回锅见开再吃"，我觉得这也是很好的语言。这样的语言真是可以悬之国门，不能增减一字。

语言的目的是使人一看就明白，一听就记住。语言的唯一标准，是准确。

北京的店铺，过去都用八个字标明其特点。有的刻在匾上，有的用黑漆漆在店面两旁的粉墙上，都非常贴切。"尘飞白雪，品重红绫"，这是点心铺。"味珍鸡跖，香渍豚蹄"，是桂香村。煤铺的门额上写着"乌金墨玉，石火光恒"，很美。八面槽有一家"老娘"（接生婆）的门口写的是："轻车快马，吉祥姥姥"，这是诗。

店铺的告白，往往写得非常醒目。如"照配钥匙，立等可取"。在西四看见一家，门口写着："出售新藤椅，修理旧棕床"，很好。过去的澡堂，一进门就看见四个大字："各照衣帽"，真是简到不能再简。

《世说新语》全书的语言都很讲究。

同样的话，这样说，那样说，多几个字，少几个字，味道便不同。张岱记他的一个亲戚的话："尔兄弟奇矣！肉只是吃，不管好吃不好吃；酒只是不吃，不知会吃不会吃。"有一个人把这几句话略改了几个字，张岱便斥之为"伧父"。

一个写小说的人得训练自己的"语感"。

要辨别得出，什么语言是无味的。

结　构

戏剧的结构像建筑，小说的结构像树。

戏剧的结构是比较外在的、理智的。写戏总要有介绍人物，矛盾冲突、高潮（写戏一般都要先有提纲，并且要经过讨论），多少是强迫读者（观众）接受这些东西的。戏剧是愚弄。

小说不是这样，一棵树是不会事先想到怎样长一个枝子、一片叶子，再长的。它就是这样长出来了。然而这一个枝子，这一片叶子，这样长，又都是有道理的。从来没有两个树枝、两片树叶是长在一个空间的。

小说的结构是更内在的，更自然的。

我想用另外一个概念代替"结构"——节奏。

中国过去讲"文气"，很有道理。什么是"文气"？我以为是内在的节奏。"血脉流通""气韵生动"，说得都很好。

小说的结构是更精细，更复杂，更无迹可求的。

苏东坡说："但常行于所当行，止于所不可不止"，说的是结构。

章太炎《菿汉微言》论汪容甫的骈体文，"起止自在，无首尾呼应之式"。写小说者，正当如此。

小说的结构的特点，是：随便。

叙事与抒情

现在的年轻人写小说是有点爱发议论。夹叙夹议，或者离开故事单独抒情。这种议论和抒情有时是可有可无的。

法朗士专爱在小说里发议论。他的一些小说是以议论为主的，故事无关重要。他不过借一个故事来发表一通牵涉到某一方面的社会问题的大议论。但是法朗士的议论很精彩，很精辟，很深刻。法朗士是哲学家。我们不是。我们发不出很高深的议论。因此，不宜多发。

倾向性不要特别地说出。

一件事可以这样叙述，也可以那样叙述。怎样叙述，都有倾向性。可以是超然的、客观的、尖刻的、嘲讽的（比如鲁迅的《肥皂》《高老夫子》)，也可以是寄予深切的同情的（比如《祝福》《伤逝》)。

董解元《西厢记》写张生和莺莺分别："马儿登程，坐车儿临归；马儿往西行，坐车儿往东拽：两口儿一步儿离得远如一步也！"这是叙事。但这里流露出董解元对张生和莺莺的恋爱的态度，充满了感情。"一步儿离得远如一步也"，何等痛切。作者如无深情，便不能写得如此痛切。

在叙事中抒情，用抒情的笔触叙事。

怎样表现倾向性？中国的古话说得好：字里行间。

悠闲和精细

写小说就是要把一件平平淡淡的事说得很有情致（世界上哪有许多惊心动魄的事呢）。同样一件事，一个人可以说得娓娓动听，使人如同身临其境；另一个人也许说得索然无味。

《董西厢》是用韵文写的，但是你简直感觉不出是押了韵的。董解元把韵文运用得如此熟练，比用散文还要流畅自如，细致入微，神情毕肖。

写张生问店二哥蒲州有什么可以散心处，店二哥介绍了普救寺：

> 店都知，说一和，道："国家修造了数载余过，其间盖造的非小可，想天宫上光景，赛他不过。说谎后小人图什么？普天之下，更没两座。"张生当时听说后，道："譬如闲走，与你看去则个。"

张生与店二哥的对话，语气神情，都非常贴切。"说谎后，小人图什么"，活脱是一个二哥的口吻。

写张生游览了普救寺，前面铺叙了许多景物，最后写：

> 张生觑了，失声地道："果然好！"频频地稽首。欲待问是何年建，见梁文上明写着："垂拱二年修。"

这真是神来之笔。"垂拱二年修"，"修"字押得非常稳。这一句把张生的思想活动、神情、动态，全写出来了。——换一个写法就可能很呆板。

要把一件事说得有滋有味，得要慢慢地说，不能着急，这样才能体察人情物理，审词定气，从而提神醒脑，引人入胜。急于要告诉人一件什么事，还想告诉人这件事当中包含的道理，面红耳赤，是不会使人留下印象的。

张岱记柳敬亭说武松打虎，武松到酒店里，蓦地一声，店中的空酒坛都嗡嗡作响，说他"闲中着色，细微至此"。

唯悠闲才能精细。

不要着急。

董解元《西厢记》与其说是戏曲，不如说是小说。人民文学出版社出版的《董西厢》的"前言"里说："它的组织形式和它采取的艺术手法，为后来的戏曲、小说开阔了蹊径"，是很有见识的话。从小说的角度来看，《董西厢》的许多细致处远胜于许多话本。它的许多方法，到现在对我们还有用，看起来还很"新"。

风格和时尚

齐白石在他的一本画集的前面题了四句诗："冷艳如雪箇，来京不值钱。此翁无肝胆，空负一千年。"他后来创出了红花黑叶一派，他的画被买主——首先是那些壁悬名人字画的大饭庄所接受了。

于非闇开始的画也是吴昌硕式的大写意的。后来张大千告诉他："现在画吴昌硕式的人这样多，你几时才能出头？"他建议于非闇改画院体的工笔画。于非闇于是改画勾勒重彩。于非闇的画也被北京的市民接受了。

扬州八怪的知音是当时的盐商。

我不以为盐商是不懂艺术的。

艺术是要卖钱的，是要被人们欣赏、接受的。

红花黑叶、勾勒重彩、扬州八怪，一时成为风尚。实际上决定一时风尚的是买主。画家的风格不能脱离欣赏者的趣味太远。

小说也是这样。就是像卡夫卡那样的作家。如果他的小说没有一个人欣赏，他的作品是不会存在的。

但是一个作家的风格总得走在时尚前面一点，他的风格才有可能转而成为时尚。

　　追随时尚的作家，就会为时尚所抛弃。

谈风格

　　一个人的风格是和他的气质有关的。布封说过："风格即人。"中国也有"文如其人"的说法。人和人是不一样的。趋舍不同，静躁异趣。杜甫不能为李白的飘逸，李白也不能为杜甫的沉郁。苏东坡的词宜关西大汉执铁绰板唱"大江东去"，柳耆卿的词宜十三四女郎持红牙板唱"今宵酒醒何处，杨柳岸晓风残月"。中国的词可分为豪放与婉约两派。其他文体大体也可以这样划分。不知从什么时候起，因为什么，豪放派占了上风。茅盾同志曾经很感慨地说：现在很少人写婉约的文章了。"十年浩劫"，没有人提起风格这个词。我在"样板团"工作过。江青规定："要写'大江东去'，不要'小桥流水'！"我是个只会写"小桥流水"的人，也只好跟着唱了十年空空洞洞的豪言壮语。三中全会以后，我才又重新开始发表小说，我觉得我可以按照我自己的样子写小说了。三中全会以后，文艺形势空前大好的标志之一，是出现了很多不同风格的作品。这一点是"十七年"所不能比拟的。那时作品的风格比较单一。茅盾同志发出感慨，正是在这样的时候。一个人要使自己的作品有风格，要能认识自己、发现自己，并且，应该不客气地说，欣赏自己。"我与我周旋久，宁作我。"一个人很少愿意自己是另外一个人的。一个人不能说自己写得最好，老子天下第一。但是就这个题材，这样的写法，以我为最好，只有我能这样写。我和我比，我第一！一个随人俯仰，毫无个性的人是不能成为一个作家的。

其次，要形成个人的风格，读和自己气质相近的书。也就是说，读自己喜欢的书，对自己口味的书，我不太主张一个作家有系统地读书。作家应该博学，一般的名著都应该看看。但是作家不是评论家，更不是文学史家。我们不能按照中外文学史循序渐进，一本一本地读那么多书，更不能按照文学史的定论客观地决定自己的爱恶。我主张抓到什么就读什么，读得下去就一连气读一阵，读不下去就抛在一边。屈原的代表作是《离骚》。我直到现在还是比较喜欢《九歌》。李、杜是大家，他们的诗我也读了一些，但是在大学的时候，我有一阵偏爱王维，后来又读了一阵温飞卿、李商隐。诗何必盛唐。我觉得龚自珍的态度很好："我论文章恕中晚，略工感慨是名家。"有一个人说得更为坦率："一种风情吾最爱，六朝人物晚唐诗。"有何不可。一个人的兴趣有时会随年龄、境遇发生变化。我在大学时很看不起元人小令，认为浅薄无聊。后来因为工作关系，读了一些，才发现其中的淋漓沉痛处。巴尔扎克很伟大，可是我就是不能用社会学的观点读他的《人间喜剧》。托尔斯泰的《战争与和平》，我是到近四十岁时，因为成了右派，才在劳动改造的过程中硬着头皮读完了的。孙犁同志说他喜欢屠格涅夫的长篇，不喜欢他的短篇；我则正好相反。我认为都可以。作家读书，允许有偏爱。作家所偏爱的作品往往会影响他的气质，成为他的个性的一部分。契诃夫说过：告诉我你读的是什么书，我就可知道你是一个怎样的人。作家读书，实际上是读另外一个自己所写的作品。法朗士在《生活文学》第一卷的序言里说过："为了真诚坦白，批评家应该说：'先生们，关于莎士比亚，关于拉辛，我所讲的就是我自己。'"作家更是这样。一个作家在谈论别的作家时，谈的常常是他自己。"六经注我"，中国的古人早就说过。

一个作家读很多书，但是真正影响到他的风格的，往往只有不多的作家，不多的作品。有人问我受哪些作家影响比较深，我想了想：古人里是归有光，中国现代作家是鲁迅、沈从文、废名，外国作家是契诃夫和阿左林。

我曾经在一次讲话中说到归有光善于以清淡的文笔写平常的人事。这个意思其实古人早就说过。黄梨洲《文案》卷三《张节母叶孺人墓志铭》云：

予读震川文之为女妇者，一往情深，每以一二细事见之，使人欲涕。盖古今来事无巨细，唯此可歌可泣之精神，长留天壤。

姚鼐《与陈硕士》尺牍云：

归震川能于不要紧之题，说不要紧之语，却自风韵疏淡，此乃是于太史公深有会处，此境又非石士所易到耳。

王锡爵《归公墓志铭》说归文"无意于感人，而欢愉惨恻之思，溢于言表"。连被归有光诋为"庸妄巨子"的王世贞在晚年也说他"不事雕饰而自有风味"（《归太仆赞序》）。这些话都说得非常中肯。归有光的名文有《先妣事略》《项脊轩志》《寒花葬志》等篇。我受到影响的也只是这几篇。归有光在思想上是正统派，我对他的那些谈学论道的大文实在不感兴趣。我曾想：一个思想迂腐的正统派，怎么能写出那样富于人情味的优美的抒情散文呢？这问题我一直还没有想明白。归有光自称他的文章出于欧阳修。读《泷冈阡表》，可以知道《先妣事略》这样的文章的渊源。但是归有光比欧阳修写得更平易，更自然。他真是做到"无意为文"，写得像谈家常话似的。他的结构"随事曲折"，若无结构。他的语言更接近口语，叙述语言与人物语言衔接处若无痕迹。他的《项脊轩志》的结尾：

庭有枇杷树，吾妻死之年所手植也，今已亭亭如盖矣！

平淡中包含几许惨恻，悠然不尽，是中国古文里的一个有名的结尾。使我更为惊奇的是前面的：

"吾妻归宁，述诸小妹语曰：'闻姊家有阁子，且何谓阁子也？'"话没有说完，就写到这里。想来归有光的夫人还要向小妹解释何谓阁子的，然而，不写了。写出了，有何意味？写了半句，而闺阁姊妹之间闲话神情遂如画出。这种照生活那样去写生活，是很值得我们今天写小说时参考的。我觉得归有光是和现代创作方法最能相通，最有现代味儿的一位中国古代作家。我认为他的观察生活和表现生活的方法很有点像契诃夫。我曾说归有光是中国的契诃夫，并非怪论。

　　中国现代作家的作品我读得比较熟的是鲁迅。我在下放劳动期间曾发愿将鲁迅的小说和散文像金圣叹批《水浒》那样，逐句逐段地加以批注。搞了两篇，因故未竟其事。中国五十年代以前的短篇小说作家不受鲁迅的影响的，几乎没有。近年来研究鲁迅的谈鲁迅的思想的较多，谈艺术技巧的少。现在有些年轻人已经读不懂鲁迅的书，不知鲁迅的作品好在哪里了。看来宣传艺术家鲁迅，还是我们的责任。这一课必须补上。

　　我是沈从文先生的学生。

　　废名这个名字现在几乎没有人知道了。国内出版的中国现代文学史没有一本提到他。这实在是一个真正很有特点的作家。他在当时的读者就不是很多，但是他的作品曾经对相当多的三十年代、四十年代的青年作家，至少是北方的青年作家，产生过颇深的影响。这种影响现在看不到了，但是它并未消失。它像一股泉水，在地下流动着。也许有一天，会汩汩地流到地面上来的。他的作品不多，一共大概写了六本小说，都很薄。他后来受了佛教思想的影响，作品中有见道之言，很不好懂。《莫须有先生传》就有点令人莫名其妙，到了《莫须有先生坐飞机以后》就不知所云了。但是他早期的小说，《桥》《枣》《桃园》和《竹林的故事》，写得真是很美。他把晚唐诗的超越理性、直写感觉的象征手法移到小说里来了。他用写诗的办法写小说，他的小说实际上是诗。他的小说不注重写人物，也几乎没有故事。《竹林的故事》算是长篇，叫作"故事"，实无故事，只是几个孩子每天生活的记录。他不写故事，写意境。但是他的小说是感人的，使人得到一种不同寻常的感动。因为他对于小儿女是那样富于同情心。他用儿童一样明亮而敏感的眼睛观察周围世界，用儿童一样简单而准确的笔墨来记录。他的小说是天真的，具有天真的美。因为他善于捕捉儿童的飘忽不定的思想和情绪，他运用了意识流。他的意识流是从生活里发现的，不是从外国的理论或作品里搬来的。有人说他的小说很像弗·伍尔芙，他说他没有看过伍尔芙的作品。后来找来看看，自己也觉得果然很像。这是一个很有趣的现象。身在不同的国度，素无接触，为什么两个作家会找到同样的方法呢？因为他追随流动的意识，因此他的行文也和别人不一样。周作人曾说废名是一个讲究文章之美的小说家。又说他的行文好比一溪流水，遇到一片草叶，都要去抚摸一下，然后又汪汪地向前流去。这说得实在非常好。

我讲了半天废名，你也许会在心里说：你说的是你自己吧？我跟废名不一样（我们的世界观首先不同）。但是我确实受过他的影响，现在还能看得出来。

契诃夫开创了短篇小说的新纪元。他在世界范围内使"小说观"发生了很大的变化，从重情节、编故事发展为写生活，按照生活的样子写生活。从戏剧化的结构发展为散文化的结构。于是才有了真正的短篇小说，现代的短篇小说。托尔斯泰最初很看不惯契诃夫的小说。他说契诃夫是一个很怪的作家，他好像把文字随便地丢来丢去，就成了一篇小说了。托尔斯泰的话说得非常好。随便地把文字丢来丢去，这正是现代小说的特点。

"阿左林是古怪的"（这是他自己的一篇小品的题目）。他是一个沉思的、回忆的、静观的作家。他特别擅长于描写安静，描写在安静的回忆中的人物的心理的潜微的变化。他的小说的戏剧性是觉察不出来的戏剧性。他的"意识流"是明澈的，覆盖着清凉的阴影，不是芜杂的、纷乱的。热情的恬淡，人世的隐逸。阿左林笔下的西班牙是一个古旧的西班牙，真正的西班牙。

以上，我老实交代了我曾经接受过的影响，未必准确。至于这些影响怎样形成了我的风格（假如说我有自己的风格），那是说不清楚的。人是复杂的，不能用化学的定性分析方法分析清楚。但是研究一个作家的风格，研究一下他所曾接受的影响是有好处的。如果你想学习一个作家的风格，最好不要直接学习他本人，还是学习他所师承的前辈。你要认老师，还得先见见太老师。一祖三宗，渊源有自。这样才不至流于照猫画虎，邯郸学步。

一个作家形成自己的风格大体要经过三个阶段：一、模仿；二、摆脱；三、自成一家。初学写作者，几乎无一例外，要经过模仿的阶段。我年轻时写作学沈先生，连他的文白杂糅的语言也学。我的《汪曾祺短篇小说选》第一篇《复仇》，就有模仿西方现代派的方法的痕迹。后来岁数大了一点，到了"而立之年"了吧，我就竭力想摆脱我所受的各种影响，尽量使自己的作品不同于别人。郭小川同志在"文化大革命"后期有一次碰到我，说："你说过的一句话，我到现在还记得。"我问他是什么话，他说："你说过：凡是别人那样写过的，我就决不再那样写！"我想，是说过。那还是反右以前的事了。我现在不说这个话了。我现在岁数大了，已经无意于使自己的作品像谁，也无意使自己的作品不像谁了。别人是怎样写的，我已经模糊了，我只知道自己这样的写法，只会这样写了。我觉得怎样写合适，就怎样写。我现在看作品，已经很少从形成自己的风格这样的角度去看了。对于曾经影响过我的作家的作品，近几年我也很少再看。然而：

菌子已经没有了，但是菌子的气味留在空气里。

影响，是仍然存在的。一个人也不能老是一个风格，只有一种风格。风格，往往是因为所写的题材不同而有差异的。或庄、或谐；或比较抒情，或尖刻冷峻。但是又看得出还是一个人的手笔。一方面，文备众体；另一方面又自成一家。

美在众人反映中

用文字来为人物画像，是吃力不讨好的事情。中外小说里的人物肖像都不精彩。中国通俗演义的"美人赞"都是套话。即《红楼梦》亦不能免。《红楼梦》写凤姐，极生动，但写其出场时之相貌："一双丹凤三角眼，两弯柳叶吊梢眉"，实在不美。一种办法是写其神情意态。《古诗为焦仲卿妻作》具体地写了焦仲卿妻的容貌装饰，给人印象不深，但"纤纤作细步，精妙世无双"却使人不忘。"行到中庭数花朵，蜻蜓飞上玉搔头"，不写容貌如何，而其人之美自见：另一种办法，是不直接写本人，而写别人看到后的反映，使观者产生无边的想象。希腊史诗《伊利亚特》里的海伦王后是一个绝世的美人，她的美貌甚至引起一场战争，但这样的绝色是无法用语言描绘的，荷马在叙述时没有形容她的面貌肢体，只是用相当多的篇幅描述了看到海伦的几位老人的惊愕。用的就是这种办法。汉代乐府《陌上桑》写罗敷之美：

> 行者见罗敷，下担捋髭须。
> 少年见罗敷，脱帽著帩头。
> 耕者忘其犁，锄者忘其锄。
> 来归相怨怒，但坐观罗敷。

用的也是这种办法，虽然这不免有点喜剧化，不那么诚实（《陌上桑》本身是一个喜剧，是娱乐性的唱段）。

释迦牟尼是一个美男子，威仪具足，非常能摄人。诸经都载他具三十二"相"，七十（或八十）种"好"，《释迦谱》对三十二"相"有详细具体的记载，从他的脚后跟一直写到眼睛的颜色。但是只觉其烦琐啰唆，不让人产生美感。七十种"好"我还未见到都是什么，如有，只有更加啰唆。《佛本行经·瓶沙王问事品》（宋凉州沙门释宝云译），写释迦牟尼人工舍城，写得很铺张（佛经描述往往不厌其烦），没有用这种开清单的办法，正是从众人的反映中写出释迦牟尼之美，摘引如下：

> ……
>
> 见太子体相，功德耀巍巍。
>
> 所服寂灭衣，色应清净行。
>
> 人民皆愕然，扰动怀欢喜。
>
> 熟观菩萨形，眼睛如系著。
>
> 聚观是菩萨，其心无厌极。
>
> 宿界功德备，众相悉具足。
>
> 犹如妙芙蓉，杂色千种藕。
>
> 众人往自观，如蜂集莲华。
>
> ……

抱上婴孩儿，口皆放母乳。

熟视观菩萨，忘不还求乳。

举城中人民，皆共竞欢喜。

　　这写得实在很生动。"众人往自观，如蜂集莲华（花）"，比喻极新鲜。尤其动人的是："抱上婴孩儿，口皆放母乳。熟视观菩萨，忘不还求乳"，真是亏他想得出！这不但是美，而且有神秘感。在世界文学中，我还没见到过写婴孩对于美的感应有如此者！

　　这种方法至少已有两千年的历史，是一个老方法了。但是方法无新旧，问题是一要运用得巧妙自然，不落痕迹，不能让人一眼就看出这是从什么地方学来的；二是方法，要以生活和想象做基础的。上述婴儿为美所吸引，没有生活中得来的印象和活泼的想象，是写不出来的。我们在当代作品中还时常可以看到这种方法的灵活运用，不绝如缕。

谈读杂书

　　我读书很杂，毫无系统，也没有目的。随手抓起一本书来就看。觉得没意思，就丢开。我看杂书所用的时间比看文学作品和评论的要多得多。常看的是有关节令风物民俗的，如《荆楚岁时记》《东京梦华录》。其次是方志、游记，如《岭表录异》《岭外代答》。讲草木虫鱼的书我也爱看，如法布尔的《昆虫记》、吴其濬的《植物名实图考》、陈淏子的《花镜》。讲正经学问的书，只要写得通达而不迂腐的也很好看，如《癸巳类稿》。《十驾斋养新录》差一点，其中一部分也挺好玩。我也爱读书论、画论。有些书无法归类，如《宋提刑洗冤录》，这是讲验尸的。有些书本身内容就很庞杂，如《梦溪笔谈》《容斋随笔》之类的书，只好笼统地称之为笔记了。

　　读杂书至少有以下几种好处：第一，这是很好的休息。泡一杯茶懒懒地靠在沙发里，看杂书一册，这比打扑克要舒服得多。第二，可以增长知识，认识世界。我从法布尔的书里知道知了原来是个聋子，从吴其濬的书里知道古诗里的葵就是湖南、四川人现在还吃的冬苋菜，实在非常高兴。第三，可以学习语言。杂书的文字都写得比较随便，比较自然，不是正襟危坐，刻意为文，但自有情致，而且接近口语。一个现代作家从古人学语言，与其苦读《昭明文选》、"唐宋八家"，不如多看杂书。

这样较易融入自己的笔下。这是我的一点经验之谈。青年作家，不妨试试。第四，从杂书里可以悟出一些写小说、写散文的道理，尤其是书论和画论。包世臣《艺舟双楫》云："吴兴书笔专用平顺；一点一画，一字一行，排次顶接而成。古帖字体，大小颇有相径庭者，如老翁携幼孙行，长短参差，而情意真挚，痛痒相关。吴兴书如市人入隘巷，鱼贯徐行，而争先竞后之色人人见面，安能使上下左右，空白有字哉！"他讲的是写字，写小说、散文不也正当如此吗？小说、散文的各部分，应该"情意真挚，痛痒相关"，这样才能做到"形散而神不散"。

读廉价书

　　文章滥贱，书价腾踊。我已经有好多年不买书了。这一半也是因为房子太小，买了没有地方放。年轻时倒也有买书的习惯。上街，总要到书店里逛逛，挟一两本回来。但我买的，大都是便宜的书。读廉价书有几样好处：一是买得起，掏出钱时不肉痛；二是无须珍惜，可以随便在上面圈点批注；三是丢了就丢了，不心疼。读廉价书亦有可记之事，爱记之。

一折八扣书

　　一折八扣书盛行于三十年代。中学生所买的大都是这种书。一折，而又打八扣，即定价如是一元，实售只是八分钱。当然书后面的定价是预先提高了的。但是经过一折八扣，总还是很便宜的。为什么不把定价压低，实价出售，而用这种一折八扣的办法呢？大概是投合买书人贪便宜的心理：这差不多等于白给了。

　　一折八扣书多是供人消遣的笔记小说，如《子不语》《夜雨秋灯录》《续齐谐记》等等。但也有文笔好、内容有意思的，如余澹心的《板桥杂记》、冒辟疆的《影梅庵忆语》。也有旧诗词集。我最初读到的《漱玉词》和《断肠词》就是这种一折八扣本。《断肠词》的样子我到现在还记得，封面是砖红色的，一侧画一支滴下两滴墨水的羽毛笔。一折八扣书都很薄，但也有较厚的，《剑南诗钞》即是相当厚的两本。这书的封面是米黄色的铜版纸，王西神题签。这在一折八扣书中是相当贵的了。

星期天，上午上街，买买东西（毛巾、牙膏、袜子之类），吃一碗脆鳝面或辣油面（我读高中在江阴，江阴的面我以为是做得最好的，真是细若银丝，汤也极好）、几只猪油青韭馅饼（满口清香），到书摊上挑一两本一折八扣书，回校。下午躺在床上吃粉盐豆（江阴的特产），喝白开水，看书，把三角函数、化学分子式暂时都忘在脑后，考试、分数，于我何有哉，这一天实在过得蛮快活。

一折八扣书为什么卖得如此之贱？因为成本低。除了垫出一点纸张油墨，就不需花什么钱。谈不上什么编辑，选一个底本，排印一下就是。大都只是白文，无注释，多数连标点也没有。

我倒希望现在能出这种无前言后记，无注释、评语、考证，只印白文的普及本的书。我不爱读那种塞进长篇大论的前言后记的书，好像被人牵着鼻子走。读了那样板着面孔的前言和啰唆的后记，常常叫人生气。而且加进这样的东西，书就卖得很贵了。

扫叶山房

扫叶山房是龚半千的斋名，我在南京，曾到清凉山看过其遗址。但这里说的是一家书店。这家书店专出石印线装书，白连史纸，字颇小，但行间加栏，所以看起来不很吃力。所印书大都几册作一部，外加一个蓝布函套。挑选的都是内容比较严肃、有一定学术价值的古籍，这对于置不起善本的想做点学问的读书人是方便的。我不知道这家书店的老板是何许人，但是觉得是个有心人，他也想牟利，但也想做一点于人有益的事。这家书店在什么地方，我不记得了，印象中好像在上海四马路。扫叶山房出的书不少，嘉惠士林，功不可泯。我希望有人调查一下扫叶山房的始末，写一篇报告，这在中国出版史上将是有意思的一笔，虽然是小小的一笔。

我买过一些扫叶山房的书，都已失去。前几年架上有一函《景德镇陶录》，现在也不知去向了。

旧书摊

昆明的旧书店集中在文明街，街北头路西，有几家旧书店。我们和这几家旧书店的关系，不是去买书，倒是常去卖书。这几家旧书店的老板和伙计对于书都不大内行，只要是稍微整齐一点的书，古今中外，文法理工，都要，而且收购的价钱不低。尤其是工具书，拿去，当时就付钱。我在西南联大时，时常断顿，有时日高不起，拥被坠卧。朱德熙看我到快十一点钟还不露面，便知道我午饭还没有着落，于是挟了一本英文字典，走进来，推推我："起来起来，去吃饭！"到了文明街，出脱了字典，两个人便可以吃一顿破酥包子或两碗焖鸡米线，还可以喝二两酒。

工具书里最走俏的是《辞源》。有一个同学发现一家书店的《辞源》的收售价比原价要高出不少，而拐角的商务印书馆的书架就有几十本崭新的《辞源》，于是以原价买到，转身即以高价卖给旧书店。他这种搬运工作干了好几次。

我应当在昆明旧书店也买过几本书，是些什么书，记不得了。

在上海，我短不了逛逛旧书店。有时是陪黄裳去，有时我自己去。也买过几本书。印象真凿的是买过一本英文的《威尼斯商人》。其时大概是想好好学学英文，但这本《威尼斯商人》始终没有读完。

我倒是在地摊上买到过几本好书。我在福煦路一个中学教书。有一个工友，姑且叫他老许吧，他管打扫办公室和教室外面的地面，打开水，还包几个无家的单身教员的伙食。伙食极简便，经常提供的是红烧小黄鱼和炒鸡毛菜。他在校门外还摆了一个书摊。他这书摊是名副其实的"地摊"，连一块板子或油布也没有，书直接平摊在人行道的水泥地上。老许坐于校门内侧，手里做着事，择菜或清除洋铁壶的水碱，一面拿眼睛向地摊上瞭着。我进进出出，总要蹲下来看看他的书。我曾经买过他一些书，——那是和烂纸的价钱差不多的，其中值得纪念的有两本。一本是张岱的《陶庵梦忆》，这本书现在大概还在我家不知哪个角落里。一本在我来说，是很名贵的：万有文库汤显祖评本《董解元西厢记》。我对董西厢一直有偏爱，以为非王西厢所可比。汤显祖的批语包括眉批和每一出的总批，都极精彩。这本书字大，纸厚，汤评是照手书刻印的。汤显祖字似欧阳率更《张翰帖》，秀逸处似陈老莲，极可爱。我未见过临川书真迹，得见此影印刻本，而不禁神往不置。"万有文库"算是什么稀罕版本呢？但在我这个向不藏书的人，是视同珍宝的。这书跟随我多年，约十年前为人借去不还，弄得我想引用汤评时，只能于记忆中得其仿佛，不胜怅怅！

小镇书遇

我戴了右派帽子，下放张家口沙岭子劳动。沙岭子是宣化至张家口之间的一个小站。这里有一个镇，本地叫作"堡"（读如"捕"）。每遇星期天，节假日，没有什么地方可去，我们就去堡里逛逛。堡里有一个供销社（卖红黑灯芯绒、凤穿牡丹被面、花素直贡呢，动物饼干、果酱面包、油盐酱醋、韭菜花、青椒糊、臭豆腐），一个山货店，一个缝纫社，一个木业生产合作社，一个兽医站。若是逢集，则有一些卖茄子、辣椒、疙瘩白的菜担，一些用绳络网在筐里的小猪秧子。我们就怀了很大的兴趣，看凤穿牡丹被面，看铁锅，看扫帚，看茄子，看辣椒，看猪秧子。

堡里照例还有一个新华书店。充斥于书架上的当然是"毛选"，此外还有些宣传计划生育的小册子，介绍化肥农药配制的科普书，连环画《智取威虎山》《三打白骨精》。有一天，我去逛书店，忽然在一个书架的最高层发现了几本书:《梦溪笔谈》《容斋随笔》《癸巳类稿》《十驾斋养新录》。我不无激动地搬过一张凳子，把这几册书抽下来，请售货员计价。售货员把我打量了一遍，开了发票。

"你们这个书店怎么会进这样的书?"

"谁知道! 也除是你，要不然，这几本书永远不会有人要。"

不久，我结束劳动，派到县上去画马铃薯图谱。我就带了这几本书，还有一套郭茂倩的《乐府诗集》，到沽源去了。白天画图谱，夜晚灯下读书，如此右派，当得!

这几本书是按原价卖给我的，不是廉价书。但这是早先的定价，故不贵。

鸡蛋书

赵树理同志曾希望他的书能在农村的庙会上卖，农民可以拿几个鸡蛋来换。这个理想一直未见实现。用实物换书，有一定困难，因为鸡蛋的价钱是涨落不定的。但是便宜到只值两三个鸡蛋，这样的书原先就有过。

我家在高邮北市口开了一爿中药店万全堂。万全堂的廊下常年摆着一个书摊。两张板凳支三块门板，"书"就一本一本地平放在上面。为了怕风吹跑，用几根削方了的木棍横压着。摊主用一个小板凳坐在一边，神情古朴。这些书都是唱本，封面一色是浅紫色的很薄的标语纸的，上面印了单线的人物画，都与内容有关，左边留出长方的框，印出书名：《薛丁山征西》《三请樊梨花》《李三娘挑水》《孟姜女哭长城》……里面是白色有光纸石印的"文本"，两句之间空一字，念起来不易串行。我曾经跟摊主借阅过。一本"书"一会儿就看完了，因为只有几页，看完一本，再去换。这种唱本几乎千篇一律，开头总是："自从盘古开天地，三皇五帝到如今"，三皇五帝是和什么故事都挨得上的。唱词是没有多大文采的，但却文从字顺，合辙押韵（七字句和十字句）。当中当然有许多不必要的"水词"。老舍先生曾批评旧曲艺有许多不必要的字，如"开言有语叫张生"，"叫张生"就得了嘛，干吗还要"开言"还"有语"呢？不行啊，不这样就凑不足七个字，而且韵也押不好。这种"水词"在唱本中比比皆是，也自成一种文理。我倒想什么时候有空，专门研究一下曲艺唱本里的"水词"。不是开玩笑，我觉得我们的新诗里所缺乏的正是这种"水词"，字句之间过于拥挤，这是题外话。我读过的唱本最有趣的一本是《王婆骂鸡》。

这种唱本是卖给农民的。农民进城，打了油，撕了布，称了盐，到万全堂买了治牙疼的"过街笑"、治肚子疼的暖脐膏，顺便就到书摊上翻翻，挑两本，放进捎码子，带回去了。

农民拿了这种书，不是看，是要大声念的。会唱"送麒麟""看火戏"的还要打起调子唱。一人唱念，就有不少人围坐静听。自娱娱人，这是家乡农村的重要文化生活。

唱本定价一百二十文左右，与一碗宽汤饺面相等，相当于三个鸡蛋。

这种石印唱本不知是什么地方出的（大概是上海），曲本作者更不知道是什么人。

另外一种极便宜的书是"百本张"的鼓曲段子。这是用毛边纸手抄的，折叠式，不装订，书面写出曲段名，背后有一方长方形的墨印"百本张"的印记（大小如豆腐干）。里面的字颇大，是蹩脚的馆阁体楷书，而皆微扁。这种曲本是在庙会上卖的。我曾在隆福寺买到过几本。后来，就再看不见了。这种唱本的价钱，也就是相当于三个鸡蛋。

附带想到一个问题。北京的鼓词俗曲的资料极为丰富，可是一直没有人认真地研究过。孙楷第先生曾编过俗曲目录，但只是目录而已。事实上这里可研究的东西很多，从民俗学的角度，从北京方言角度，当然也从文学角度，都很值得钻进去，搞十年八年。一般对北京曲段多只重视其文学性，重视罗松窗、韩小窗，对于更俚俗的不大看重。其实有些极俗的曲段，如"阔大奶奶逛庙会""穷大奶奶逛庙会"，单看题目就知道是非常有趣的。车王府有那么多曲本，一直躺在首都图书馆睡觉，太可惜了！

书到用时

　　我曾经想写一短文，谈中国人的吃葱，想引用两句谚语："宁吃一斗葱，莫逢屈突通。"说明中国有些人是怕吃葱的。屈突通想必是个很残暴的人。但是他是哪一朝代的人，他做过什么事，为什么叫人望而生畏，却不甚了了。这一则谚语只好放弃。好像是《梦溪笔谈》上说过，对于读书"用即不错，问却不会"。很多人也像我一样，对于人物、典故能用，但是出处和意义不明白，记不住，知其然而不知其所以然。这样读书实在是把时间白白地浪费了。

　　我曾有过一本影印的汤显祖评点本《董西厢》，我很喜欢这本书。汤显祖是大戏曲作家，又是大戏曲评论家。他的评点非常深刻，非常生动。他的语言也极富才华，单是读评点文章，就是很大的享受，比现在的评论家不知道要强多少倍——现在的评论家的文章特点，几乎无一例外：噜苏！汤显祖谈《董西厢》的结尾有两种。一是"煞尾"，一是"度尾"。"煞尾"如"骏马收缰，寸步不移"；"度尾"如"画舫笙歌，从远处来，过近处，又向远处去"。这样用比喻写感受，真是妙喻！我很喜欢"汤评"，经常要翻一翻。这本书为一戏曲史家借去不还。我不蓄图书，书丢了就丢了，这本书丢了却叫我多年耿耿，因为在写文章时不能准确地引用，只能凭记忆背出来，字句难免有出入。——

汤显祖为文是字字都精致讲究的。

为什么读书？是为了写作。朱光潜先生曾说，为了写作而读书，比平常地读书的理解、记忆要深刻，这是非常正确的经验之谈。即使是写写随笔、笔记，也比空过了强。毛泽东尝言：不动笔墨不读书。肯哉斯言。

雁不栖树

苏东坡《卜算子》：

> 缺月挂疏桐，漏断人初静。谁见幽人独往来？缥
> 缈孤鸿影。　　惊起却回头，有恨无人省。拣尽寒枝
> 不肯栖，寂寞沙洲冷。

苕溪渔隐曰："'拣尽寒枝不肯栖'之句，或云：鸿雁未尝
栖宿树枝，惟在田野苇丛间，此亦语病也。"雁不落在树上，只
在田野苇丛间，这是常识，苏东坡会不知道吗？他是知道的。
他的诗《高邮陈直躬处士画雁》一开头说："野雁见人时，未起
意先改。君从何处看？得此无人态。"虽未说出雁出何处，但给
人的感觉是在沙滩上。下面就说得很清楚了："北风振枯苇，微
雪落璀璀。惨淡云水昏，晶荧沙砾碎。"然而苏东坡怎么会搞
出这样的语病来呢？

这首词的副题作"黄州定慧院寓居作"。"缺月挂疏桐，漏
断人初静"，是庭院中的即景。这只孤雁怎会在缺月疏桐之间飞
来飞去呢？或者说：雁想落在疏桐的寒枝上，但又觉得不是地
方，想回到沙洲，沙洲又寂寞而冷，于是很彷徨。不过这样解
词未免穿凿。一首看来没有问题、很好懂的词竟成了谜语，这

是我初读此词时所未想到的。

《能改斋漫录》卷十六:"东坡先生谪居黄州,作卜算子云云,其属意盖为王氏女子也,读者不能解。"这里似乎还有个浪漫故事。是怎么回事,猜不出。《漫录》又云:"张右史文潜继贬黄州,访潘邠老,尝得其详,题诗以志之",读张文潜的题诗,更觉得莫名其妙。

雁为什么不能栖在树上?因为雁的脚趾是不能弯曲的,抓不住树枝。雁、鹅、鸭都是这样。不能"赶着鸭子上架",因为鸭脚在架上待不住。鸟类的脚趾有一些是不能弯曲的。画眉可以待在"栖棍"上,百灵就不能,只能在沙地上跳来跳去,"哨"的时候也只能立在"台"上。

读诗抬杠

　　"春江水暖鸭先知"，有人说："鸭先知，鹅不先知耶？"鹅亦当先知，但改成"春江水暖鹅先知"，就很可笑。"五月临平山下路，藕花无数满汀洲"，有人说："为什么是五月？应是六月，六月荷花始盛。"有人和他辩论，说："五月好。"他说："有何好！你只是读得惯了！""疏影横斜水清浅，暗香浮动月黄昏"，有人说："为什么一定是梅花？用之桃杏亦无不可。"东坡闻之，笑曰："用之桃杏诚亦可，但恐桃杏不敢当耳！"读诗不可死抠字面，唯可意会。一种花有一种花的精神品格。"水清浅""月黄昏"，只是梅花的精神品格，别的花都无此高格，若桃花只宜"桃花乱落如红雨"；杏花只宜"红杏枝头春意闹"。其人不服，且曰："'红杏枝头春意闹'不通！杏花不能发出声音，怎可说'闹'？"对这种人只有一个办法，给他一块锅饼，两根大葱，抹一点黄酱，让他一边蹲着吃去。

诗与数字

杜牧诗："千里莺啼绿映红，水村山郭酒旗风。南朝四百八十寺，多少楼台烟雨中。"杨升庵以为"千里"当作"十里"，千里之外，莺声已不可闻。杨升庵是才子，著书甚多，但常有很武断的话。"千里"是宏观。诗题是《江南春》，泛指江南，并非专指一个地区。"四百八十寺"也是极言其多，未必真是四百八十座庙。诗里的数字大都宏观。"千山鸟飞绝，万径人踪灭""群山万壑赴荆门"，"千""万"，都不是实数。"千里江陵一日还"，也不是整整一千里（郦道元《水经注》："有时朝发白帝，暮到江陵，其间千二百里。"）。

以数字入诗，好像是中国诗的特有现象，非常普遍。骆宾王尤喜用数字，被称为"算博士"，但即是骆宾王，所用数字也未必准确。有的诗里的数字倒可能是确数，如"故乡七十五长亭"。

栈

昔在张家口坝上，听人说北京东来顺涮羊肉用的羊都是从坝上赶下去的（不是用车运去的），赶到了，还要zhan几天，才杀，所以特别好。我不知这zhan字怎么写，以为是"站"，而且望文生义，以为是让羊站着不动，喂几天。可笑也。后读《清异录·玉尖面》条：

> 赵宗儒在翰林时，闻中使言："今日早馔玉尖面，用消熊、栈鹿为内馅，上甚嗜之。"问其形制，盖人间出尖馒头也。又问消之说，曰："熊之极肥者曰消，鹿以倍料精养者曰栈。"

这才恍然大悟：此字当写作"栈"，是精饲料喂养的意思。《清异录·丑未觔》条云：

> "予开运中赐丑未觔，法用雍酥栈羊筒子髓置醇酒中，暖消而后饮。"注云："栈羊，圈内饲养的肥羊。"

这也有道理。"栈"本是养牲口的木棚或栅栏。《庄子·马蹄》："编之以皂栈"，陆德明释文引崔撰云："皂，马闲也；栈，木棚

333

也。"这个字更全面的解释应是：用精饲料圈养（即不是牧养）。《水浒传》里有这个字。明容与堂刻本《水浒传》第二十五回：

……郓哥见了，立住了脚，看着武大道："这几时不见你，怎么吃得肥了？"武大歇下担儿道："我只是这般模样，有什么吃得肥处！"郓哥道："我前日要籴些麦稃，一地里没籴处，人都道你屋里有。"武大道："我屋里又不养鹅鸭，哪里有这麦稃！"郓哥道："你说没麦稃，你怎的栈得肥腾腾地，便颠倒提起你来也不妨，煮你在锅里也没气！"武大道："含鸟猢狲，倒骂得我好！我的老婆又不偷汉子，我如何是鸭？"……

这个字先秦时就用，元明小说中还有，现代口语中也还活着，其生命可谓长矣。年轻人大概不知道了。即是东来顺的中年以下的师傅也未必知其所以然，但老师傅或者还有晓得的。听说有人要写关于东来顺的小说，那么我向您提供这个字，您也许用得着。——您的小说写成了，哪天在东来顺三楼请客的时候，可别忘了我！

有些字，要用，不知道怎么写，最好查一查，不要以为这个字大概是"有音无字"，随便用一个字代替。其实这是有本字的。我写小说《王全》，有一小段：

这地方管缺个心眼叫"偢",读作"俏"。王全行六，据说有点缺个心眼，故名"偢六"。

这个"偢"字我不知怎么写，写信问了语言学家李荣，李荣告诉了我，并告诉我字的出处，有一本书里有"傻偢不仁"的句子（李荣的复信已失去，出处我忘了）。不错！京剧《李逵负荆》里有一句念白："众家哥弟一个个佯偢而不睬。""佯偢"是装傻的意思。不过我听几个演员和票友都念成了"佯秋"！

作家和演员都要识字。

呼雷豹

京剧《南阳关》有一句唱词：

尚司徒跨下呼雷豹。

旧本《戏考》上是这样写的。小时候看戏，以为尚司徒骑的是一只豹，而且这只豹能够"呼雷"，以为这是个《封神榜》上的人物，虽然戏台上尚司徒只是摇着一根马鞭，看不出他骑的是什么。

十多年前，在内蒙古认识一个抗日战争时期在草原打过游击的姓曹的同志，他说起他当时骑的是一匹"豹花马"。后来在草原上他指给我看一匹黑白斑点相杂的马，说："这就是豹花马。"我恍然大悟，"豹花马"的"豹"应该写成"驳"。《辞海》"驳"字条云"马毛色不纯"，引《诗·豳风·东山》："皇驳其马"。毛传："骄白曰驳。"马的毛色不纯，都可叫作驳，不过似乎又专指黑白斑点相杂的马。有一种鸡，羽毛黑白斑点相杂，很多地方叫它"芦花鸡"，那位姓曹的同志告诉我，内蒙古叫"驳花鸡"，可为旁证。那么尚司徒胯下的原是黑白斑点相杂的马，不是金钱豹。"驳"字《辞海》音bó，读成bào，只是字调的变化。

为什么叫"呼雷驳"？"呼雷"，即"忽律"，声之转也，"忽律"即鳄鱼（出处偶忘，但我是记得不错的）。《水浒传》的朱贵绰号"旱地忽律"，是说他像一条旱地上的鳄鱼。鳄鱼身上是黑白相杂，斑斑点点的。"呼雷驳"者，有像鳄鱼那样黑白相杂的斑点的马也。

这种马是名马，曾见张大千摹宋人《杨妃上马图》，杨贵妃要骑上去的正是一匹驳花马。

由此想到《三国演义》上关云长骑的"赤兔马"的"兔"，大概也不能照字面解释。马像个兔子，无神骏可言，而且马哪儿都不像兔。曾在内蒙古读过一本《内蒙古文史资料》，记一个在包头做生意的山西掌柜的，因为急事，骑上他的千里驹"沙力兔"连夜直返太原，"兔"可能是骏马的一种，而且我怀疑"兔"是少数民族语言的译音。

中国古代人善于识马，《说文》《尔雅》多有记载，其区别主要在毛色。现代人对马的知识就很少了。牧区的少数民族还能说出很多马的名称，汉民，即使生活在草原附近的，除了白马、黑马，大概只能说出"黄骠马""枣骝马"等等不多的几种。画马的名家如徐悲鸿、尹瘦石、刘勃舒……能够分辨出几种？居住在城市里的青年，能说得出好多汽车的牌号：丰田、福特、奔驰、皇冠，还有一些曲里拐弯很难念的牌号，并且一眼就分得出坐车人的级别；对马的区别，就茫然了。这是时地使然，原无足怪。但是我还是希望精通马道的人能写出一本《中

国马谱》，否则读起古书就很难得其仿佛。载涛①想是能写马谱
的，可惜他已经故去了。

---

① 载涛：爱新觉罗·溥仪之族叔。